WITCHES
HEXENGIRLS

Band 10

H. B. Gilmour & Randi Reisfeld

WITCHES
HEXENGIRLS

Band 10

Die dunkle Gefahr

Aus dem amerikanischen Englisch
von Karlheinz Dürr

Ravensburger Buchverlag

Für Jess – wie immer mit Liebe.
H.B.G.
SR, SR & MR wie immer in Liebe zugeeignet.
R.R.
Beide Autorinnen möchten besonders Aimee Friedman hochleben lassen, die mit ihrer eigenen Zauberkraft helfend und heilend eingriff, als es am Nötigsten war.

Bibliografische Information Der Deutschen Bibliothek

Die Deutsche Bibliothek verzeichnet diese Publikation in der Deutschen Nationalbibliografie; detaillierte bibliografische Daten sind im Internet über *http://dnb.ddb.de* abrufbar.

Dieses Werk wurde vermittelt durch die Agentur Thomas Schlück GmbH, Garbsen.

Die Schreibweise entspricht den Regeln der neuen Rechtschreibung.

1 2 3 07 06 05

Die Originalausgabe erschien
unter dem Titel „T*Witches – Destiny's Twins“
bei Scholastic Inc. New York

Umschlagillustration – Scholastic Inc.

Redaktion – Heike Brillmann-Ede

Printed in Germany

ISBN 3-473-34941-0

www.ravensburger.de

Kapitel 1

ZWISCHEN ZWEI WELTEN

„Nur über meine Leiche!“ Schäumend vor Wut lief Alexandra Fielding barfuß in dem Zimmer auf und ab, das sie mit ihrer Zwillingsschwester Camryn Barnes teilte.

„Noch dramatischer geht's ja wohl nicht“, sagte Camryn und betrachtete dabei eingehend ihre frisch lackierten Zehennägel. Alex schnaubte nur verächtlich beim Anblick von Cams Kunstwerken.

Es war Donnerstagmorgen und noch viel zu früh für eine Zehennagelbehandlung, jedenfalls nach Alex' Meinung. Erst vor einer Viertelstunde war sie mit dem Gefühl aufgewacht, dass heute etwas ganz Wichtiges passieren würde. Cams Ankündigung kam aus heiterem Himmel und gehörte ganz bestimmt nicht dazu.

„Du meinst wohl, noch dramatischer als du dich normalerweise aufführst?“, spottete Alex und richtete einen anklagenden Finger auf ihre Schwester. „Schau dich doch nur mal im Spiegel an, dann siehst du, was ich meine …“

„Was denn? Dass deine Zehennägel giftgrün sind und meine in dem neuesten Farbton *Perfectly Pink* leuchten?“ Cam entfernte die kleinen Schaumstoffpolster zwischen ihren Zehen und stand vorsichtig auf. „Wir reden hier von einer steilen Sweet-Sixteen-Party, Alex, von unserer Geburtstagsfete. Wir reden nicht von irgendeiner abgefeimten Foltermethode."

„Das läuft in diesem Fall auf dasselbe hinaus, denn was könnte ich mir zu meinem Geburtstag sehnlicher wünschen als die Blamage und Demütigung, die eine Fete für mich bedeutet? Bist du eigentlich ganz sicher, dass du Emilys Gedanken richtig gelesen hast?"

Emily war Cams Adoptivmutter, von Beruf Innenarchitektin, ein zierliches blondes Energiebündel. Gestern Abend war sie mit überquellenden Einkaufstüten, aus denen Rollen von grellbuntem Seidenpapier ragten, ins Haus gestürzt. Cam, die gerade die Treppe herunterkam, spürte sofort, dass sich Emily in einer seltsam angespannten Stimmung befand.

Zu Cams außergewöhnlichen Fähigkeiten gehörte, dass sie Visionen hatte, das heißt hellseherisch in die Zukunft blicken konnte. Aber ihre Fähigkeit, die Gedanken anderer Menschen zu hören, war weit weniger gut entwickelt als bei ihrer Schwester. Alex war schon seit vielen Jahren in der Lage, sich unbemerkt in die Gedanken anderer Leute einzuloggen, während Cam erst vor kurzem entdeckt hatte, dass sie neuerdings undeutliche Wortfetzen fremder Menschen oder auch mal einen halb fertigen Gedanken auffangen konnte. Aber gestern Abend hatte sie von der Treppe auf ihre listig lächelnde Mutter hinuntergeblickt und war buchstäblich auf eine richtige Goldmine an sprudelnden Gedanken gestoßen.

Emily plante tatsächlich in aller Heimlichkeit eine Megafete zum sechzehnten Geburtstag der Zwillinge!

Noch stand nicht fest, wo und wann die Party steigen sollte, nur dass sie als Überraschung gedacht war – und das konnte nur heißen, dass sie vielleicht *doch nicht* an Halloween stattfinden würde, dem 31. Oktober, dem eigentlichen Geburtstag der Zwillinge.

Selbst wenn es Cam nicht gelungen wäre, die Gedanken ihrer Mutter zu hören, so hätte sich Emily allein durch ihr Tausend-Watt-Grinsen verraten. Sie glühte förmlich vor Aufregung und konnte sich kaum noch beherrschen.

Cam musste sich eingestehen, dass sie selbst ziemlich stark auf die Partysache abfuhr. Schon wirbelten Ideen durch ihren Kopf, was sie anziehen sollte, wen sie einladen würde, ob die Party hier zu Hause stattfinden sollte – vielleicht in einem Partyzelt im Garten? War vielleicht eine reine Mädchenparty an einem Pool geplant, das galt zurzeit als absolut cool ... Jedenfalls musste sie jetzt nur noch ihrer Mutter klar machen, dass deren süßes Geheimnis längst Schnee von gestern war und dass sie ruhig die Finger davon lassen konnte, denn Cam wollte die Party lieber selbst organisieren – und zwar auf *ihre eigene* Art und Weise.

Und wer sabotierte jetzt alles? Natürlich Alex. Weil Cam den Fehler gemacht hatte, diese Spaßverderberin von einer Zwillingsschwester in die Neuigkeit einzuweihen.

Cam seufzte und hätte sich dafür am liebsten selbst in den Hintern getreten. „Reiß dich wenigstens einmal zusammen, Alex. Du bist nicht das einzige Geburtstagskind hier, wenn es um die Fete geht, hab ich auch noch ein Wörtchen mitzureden. Okay, du willst vielleicht keine riesige Fete, aber ich will eine. Und noch viel wichtiger ist, dass auch Emily die Party will. Sie plant die Sache schon seit ...“

„... seit du als klitzekleine Hexe hier aufgekreuzt bist?“, warf

Alex ein. „Entschuldige mal, Camryn Barnes, aber deine Mutter hat echt null Ahnung. Zum Beispiel hält sie dich für normal. Ooooh, fast hätte ich's vergessen – nicht für *ganz* normal. Nein, Emily hält dich für das absolut Beste, was der Menschheit untergekommen ist, seit den Fischen Beine wuchsen."

Alex warf sich längelang auf den Boden und lehnte ihren Kopf gegen ihr Bett. Auf dem Bett lag ein Haufen benutzter Kleider, der jedem Altkleidersammler der Heilsarmee den blanken Neid ins Gesicht getrieben hätte, und daneben ein Stapel alter, in Leder gebundener Bücher. Einige der Bücher hatten die Zwillinge erst vor kurzem von ihrer leiblichen Mutter Miranda DuBaer bekommen; andere, darunter das *Kleine Handbuch der Zaubersprüche*, hatten sie von ihrer Kusine Ileana geschenkt bekommen. Den Rest hatten sie von der Bücherei auf der Insel Coventry ausgeliehen, jener von Hexen und Hexern bewohnten Inselgemeinde, in der Miranda und Ileana wohnten und wo Alex und Cam geboren worden waren.

Dort waren sie geboren worden, aufgewachsen waren sie jedoch woanders. Denn auf Coventry wäre das Leben für die Zwillinge zu gefährlich gewesen.

Ihr Vater Aron DuBaer war am Tag ihrer Geburt ermordet worden. Ihre Mutter Miranda, durch die Zwillingsgeburt geschwächt und vor Kummer halb wahnsinnig, hatte man weggebracht, angeblich, damit sie in einer Spezialklinik wieder gesund werden konnte. Seitdem hatte der Onkel der Zwillinge, Lord Thantos, in ständiger Furcht gelebt, dass ihm die beiden Mädchen eines Tages den Platz als Oberhaupt des Clans streitig machen würden. Deshalb hatte er immer wieder versucht, die Zwillinge zu entführen.

Also hatte man die Zwillinge schon als Säuglinge von der Insel geschmuggelt und sie weit voneinander entfernt in die Obhut von zwei verschiedenen Adoptivfamilien gegeben, so genannten „Beschützern", die über ihre wahre Herkunft aus der Hexenwelt nicht Bescheid wussten.

Bis Alex vierzehn Jahre alt war, hatte sie mit ihrer geliebten Beschützerin Sara Fielding in einem heruntergekommenen Wohnwagen in Crow Creek, Montana, gelebt. Doch dann war sie eines Tages ihrer Zwillingsschwester begegnet, von deren Existenz sie bis dahin nichts gewusst hatte – Camryn Barnes aus Marble Bay, Massachusetts.

Erst zu diesem Zeitpunkt hatten die Zwillinge erfahren, warum sie all die langen Jahre geglaubt hatten, dass mit ihnen „irgendetwas nicht stimmte": Sie waren Hexen. Zwillingshexen. Hexengirls.

Und so nannten sie sich seither.

Auf der Insel Coventry, der Hexengemeinde, galten sie als „Junghexen" – und das würden sie auch bleiben, bis sie ihre Hexenprüfung abgelegt und die feierlichen Weihen erhalten hatten.

Das große Ereignis, das Cam als „GHP" – die Große Hexenprüfung – bezeichnete, würde aus ihnen endlich vollwertige Hexen und Mitglieder der Inselgemeinschaft machen. Die Reifeprüfung in der „anderen" Welt, in der Schule auf dem Festland, würde erst ein Jahr später stattfinden.

Nach Alex' Meinung war die Hexenprüfung viel wichtiger als eine bescheuerte Geburtstagsfete, an der sowieso nur die dämlichen Freundinnen und Verehrer ihrer Schwester teilnehmen würden.

Alex schnappte sich eines der Bücher vom Bett und machte beim Durchblättern besonders viel Lärm, um Cam zu zeigen, dass sie eigentlich viel zu beschäftigt war, um sich mit Emilys langweiligen Partyplänen abzugeben. Für sie zählte nur eins: endlich das zu werden, wofür sie geboren worden war.

Die Weiheprüfung begann und endete mit ihrem Geburtsmonat Oktober. Den Höhepunkt und gleichzeitigen Abschluss bildeten eine achtundvierzigstündige Prüfung und die anschließende Weihezeremonie auf der Insel Coventry.

Auf Coventry.

Erleuchtung! Alex schaute von ihrem Buch hoch.

Vielleicht war Coventry der Grund, warum Cam nicht so scharf auf die Sache war?

Ihr letzter Besuch auf der Insel vor ein paar Monaten wäre um ein Haar tödlich verlaufen. Denn ihr heimtückischer Onkel Thantos DuBaer, der schon nach ihrer Geburt versucht hatte, sie zu entführen, hatte Cam in eine fast tödliche Falle gelockt. Gleichzeitig hatte es eine junge Dienerin von Thantos beinahe geschafft, Alex so weit fortzuschicken, dass sie für immer von Cam getrennt worden wäre.

Aber auf Coventry war etwas noch Wichtigeres geschehen: Die Zwillinge hatten entdeckt, dass sie dazu bestimmt waren, die Dynastie der DuBaers zu führen, als deren Oberhaupt sich noch immer ihr verschlagener Onkel fühlte.

Das sei ihre Bestimmung, ihre Berufung, wie Miranda und Ileana immer behaupteten.

Schon möglich, dachte Alex und warf das *Verzeichnis der Kräuter von Coventry* wieder auf den Bücherhaufen auf ihrem Bett. Oder vielleicht auch nicht.

Was war, wenn sie gar keine Lust hatte, eine Dynastie zu führen?

Sie hatte davon geträumt, Musikerin oder Songschreiberin zu

werden. Oder vielleicht auch Sozialarbeiterin oder Psychologin, da sie Freude daran hatte, Menschen zu helfen, und weil sie dabei dank ihrer magischen Kräfte wirklich nicht schlecht war.

Cam hatte ihr noch nicht erzählt, wie sie ihre Zukunft plante. Aber Alex konnte sich nicht vorstellen, dass ihre Zwillingsschwester jemals Marble Bay verlassen würde, wo sie ihre Freunde und ihre Adoptivfamilie hatte, die sie praktisch seit ihrer Geburt geliebt und beschützt hatten. Klar war nur, dass Cam überall den Ton angeben wollte – ob das nun in einer Dynastie war oder in ihrem Frauenfußballteam oder bei Emilys geheimen Partyplänen. Das war ihr praktisch zur zweiten Natur geworden.

Was auch immer aus den Zwillingen werden mochte, konnte jedenfalls nicht vor ihrer Weiheprüfung passieren.

Alex wandte sich plötzlich um und warf einen Blick auf den Digitalwecker auf dem Nachttisch zwischen ihrem und Cams Bett. Zeit, Tag und Datum leuchteten rot.

Okay, es war Donnerstag. So weit, so gut. Sie hatten wegen irgendeiner Lehrerkonferenz schulfrei bekommen. Aber darum ging es gar nicht. Das war nicht der Grund, warum heute ein ganz besonderer Tag war!

„Darf ich dich mal daran erinnern“, sagte Alex zu ihrer Schwester, „dass wir weit wichtigere Dinge zu tun haben, als uns mit einer doofen Geburtstagsfete zu beschäftigen?“

Cam versuchte, mit ihren Feueraugen ihre Zwillingsschwester wütend anzustarren, was dieser normalerweise großes Unbehagen bereitet hätte. Doch heute funktionierte es nicht. Und plötzlich fühlte sie sich sehr traurig. Schon seit dem grauenvollen Besuch auf Coventry mühte sie sich ab, ihre immer wieder spürbare Niedergeschlagenheit und Ernüchterung zu verdrängen.

Sie war damals nach Coventry gegangen, weil sie hoffte, einem jungen, charmanten Hexer beistehen zu können, der sie zu Hilfe gerufen hatte.

Bis sie wieder von der Insel abreiste, hatte sie entdecken müssen, dass er ein Betrüger war. Er hieß Shane. Shane der Betrüger.

Cam schraubte den Deckel ihres Nagellacks fest zu und warf ihn in einen kleinen Korb auf ihrem Schreibtisch. Noch einmal begutachtete sie ihre glänzenden Zehennägel, die nun perfekt zu ihren Fingernägeln passten: in *Perfectly Pink*. Ihre Bemühungen, sich schön zu machen, kamen ihr plötzlich fast so armselig vor wie der Versuch, ihre düstere Stimmung durch den Gedanken an die Geburtstagsfete aufzuheitern.

„Du hast doch selbst keinen Plan“, knurrte sie. „Kannst du dir eigentlich nicht vorstellen, dass ich vielleicht gar nicht an Coventry denken *will*? Mir kommt es dann immer so vor, als seien wir gerade erst zurückgekommen. Und vielleicht darf ich dich daran erinnern, dass der Ausflug dorthin alles andere als ein Zuckerschlecken war!“

Auch wenn Alex nicht über die gleichen hellseherischen Fähigkeiten ihrer Schwester verfügte, konnte sie doch klar erkennen, dass ihre Schwester unglücklich war. Hin und her gerissen zwischen Schuldgefühlen und Mitleid versuchte Alex, ihre Schwester ein wenig aufzumuntern.

„Zuckerschlecken? Wenn wir schon vom Essen reden – ich geh runter zum Frühstück. Kommst du mit?“

Cam sah, dass Alex sich um sie sorgte, trotzdem murmelte sie: „Erspar mir dein Mitleid.“

„Ach, vergiss Shane endlich!“, sagte Alex.

Der Name reichte, um Cam zusammenzucken zu lassen. „Vielen Dank, Doktor Psycho“, sagte sie sarkastisch und bemühte sich, möglichst gleichgültig zu klingen.

Alex schüttelte resigniert den Kopf und machte die Tür auf.

„Entschuldige“, sagte Cam. Natürlich zu leise und zu spät, denn ihre Schwester war bereits auf der Treppe.

Um zu vermeiden, dass der neu aufgetragene rosa Nagellack doch noch verschmierte, watschelte Cam wie eine Ente zu dem Kleiderhaufen, der Alex’ Bett unter sich begrub. Natürlich kannte sie das *Kleine Handbuch der Zaubersprüche* längst, aber sie nahm es trotzdem in die Hand. Es hatte kein Inhaltsverzeichnis, und so begann sie, darin zu blättern. Wonach suchte sie eigentlich? Sie schämte sich, es zuzugeben, aber im Grunde genommen suchte sie in den vergilbten Buchseiten nach einem Zauberspruch, der sie von ihrem Unbehagen erlösen konnte.

Und was genau bereitete ihr Unbehagen? Liebe? Nein, wohl eher nicht. Sondern eher eine Art … Besessenheit, vermutete sie. Sie war einfach nicht fähig, die Erinnerung und Scham über Shanes Betrug zu vergessen. *Ihn* zu vergessen.

Wie sollte sie sich bloß verhalten, wenn Alex und sie wieder nach Coventry zurückkehren mussten, um die letzten beiden Tage der Weiheprüfung hinter sich zu bringen?

Cam holte tief Luft. Alex hatte Recht. Natürlich hatte sie absolut Recht. Kämpfe dich nicht mit Kleinigkeiten ab, hatte sie Cam mehr als einmal geraten. Und Shane war eine solche Kleinigkeit, definitiv. Mikroskopisch klein im Vergleich zu den harten Tests und Prüfungen, durch die sie zu echten Hexen würden.

Was wirklich zählte, war ihre Weiheprüfung. Und die stand bald bevor …

War denn das die Möglichkeit?! Cam blickte auf die Digitaluhr. Das Datum wirkte auf sie wie eine Erleuchtung. Heute war der 1. Oktober! Der erste Tag des Oktober!

Ihre Weiheprüfung hatte bereits begonnen!

Kapitel 2

DIE PRÜFUNGSORDNUNG

Cam und Alex waren bei ihrem letzten Besuch auf der Insel Coventry von Miranda und Ileana zu einem eindrucksvollen Cottage am östlichen Ufer der Insel geführt worden. Das war am letzten Tag ihres Aufenthalts gewesen, wie sich Cam jetzt erinnerte, und der Kiesweg zur Haustür hatte sich durch eine dicht gewachsene Pracht von Kräutern und Blumen gewunden.

In diesem Cottage lebte Lady Rhianna – inmitten unzähliger Schalen mit glitzernden Kristallen und Steinen, inmitten von uralten Büchern über die Hexenkunst und hunderten Zaubertränken und Heilsalben jeder Art und Farbe. Ileana hatte ihnen erklärt, dass Lady Rhianna ihre „Weihementorin" sein würde; sie würde also die Zwillinge während des Prüfungsmonats begleiten und beraten. Bei diesem Besuch sollte ihnen Rhianna zuerst einmal die Grundregeln der bevorstehenden Weiheprüfung und der Weihezeremonie erklären.

Lady Rhianna kam ihnen entgegen und hieß sie willkommen. Alles an ihr hatte Übergröße, sodass ihre breiten Hüften und ihre zusammengefalteten Flügel ständig und überall an den

Regalen und Tischen entlangstreiften, auf denen sie ihre ungewöhnliche Sammlung aufbewahrte.
Rhianna hatte sie gar nicht erst eingeladen, sich zu setzen. Es mangelte sowieso an Sitzgelegenheiten. Im ganzen Haus gab es nur wenige Möbelstücke, Stühle eingeschlossen, auf denen sich nicht Kräutertöpfe und Bücher stapelten – oder kleine Vitrinen, die förmlich überquollen. Zudem ersparte Rhianna sich und ihnen jeglichen Smalltalk und kam gleich zur Sache.
„In unserer Gemeinschaft ist es Tradition, dass für Junghexen eine Weihefeier veranstaltet wird, wenn sie das Weihealter von sechzehn Jahren erreichen", erklärte sie. „Das Ereignis dauert einen ganzen Monat lang …"
Ereignis – gut, okay, dachte Cam jetzt. Die XXL-Hexe konnte es nennen, wie sie wollte, aber im Grunde war es ein Test. Eine Prüfung. Eine *Über*prüfung. Sie konnten sie bestehen – oder sie konnten durchfallen. Das wurde Cam und Alex schon sehr bald klar, nachdem Rhianna begonnen hatte, ihnen den ersten Teil der Sache zu erklären.
An jedem einzelnen Tag ihres Geburtsmonats Oktober würde man sie beurteilen und benoten. „Begutachten", wie man es auf Coventry nannte. „Bespitzeln", wie Alex die Misstrauische es nannte.
Wie auch immer: Ausgesuchte Hexen und Hexer – ihre leibliche Mutter Miranda, ihre Beschützerin Ileana und sämtliche Erhabenen Ältesten des Großen Einheitsrates der Insel – würden in der Lage sein, Cam und Alex ständig zu beobachten und zu belauschen, selbst wenn sich die Zwillinge hier in Marble Bay, Massachusetts, aufhielten, das auf dem Festland und tausend Meilen von Coventry entfernt lag.
Was immer die Zwillinge taten oder entschieden, würde be-

obachtet und bewertet werden – egal ob es um große oder kleine Dinge, um ernste oder triviale Angelegenheiten ging. Von jetzt an, von genau dieser Minute an, wurden ihre Überlegungen, ihre Entscheidungen, ihr ganzes Handeln genau verfolgt. Cam war völlig klar, dass sie ihre Hexenkünste ausüben musste, dass sie versuchen musste, jede Menge guter Noten im Fach „angewandte Magie“ zu sammeln. Aber die Anwendung der Magie würde ihr nur die volle Punktzahl bringen, wenn sie sie aus den richtigen Gründen ausübte. Aus Gründen, die dem Glaubensbekenntnis von Coventry entsprachen. „Dass alles zu höchster Blüte gedeihen möge.“ Das war der Leitfaden, dem sie und Alex zu folgen hatten, es musste das Ziel all ihrer Entscheidungen und Handlungen sein.

Außerdem mussten sie fast hundert Zaubersprüche auswendig kennen, hatte Rhianna weiter erklärt. Ob sie die Sprüche später anwendeten oder nicht, blieb ihnen überlassen.

Einhundert Zaubersprüche! Cam erinnerte sich, dass sie fast durchgedreht war, als sie das erfuhr – bis Miranda beiläufig erwähnte, dass diese hundert Sprüche nichts weiter als Variationen der drei großen Themen „Wahrheit“, „Reise“ und „Verwandlung“ waren.

Bingo! Mit allen drei Themen hatten sie und Alex schließlich schon ziemlich viel Erfahrungen gesammelt, und sie hatten schon öfters die „großen Drei“ mit hervorragendem Erfolg eingesetzt.

Natürlich hatte Rhianna gehört, dass sich Cam in Gedanken selbst lobte. Und hatte gleich noch eine entscheidende Regel draufgesetzt: keine Hilfe.

Keine Hilfe? Die Zwillinge durften während der gesamten

Weiheprüfungszeit von keiner anderen Hexe und keinem anderen Hexer auch nur die geringste Hilfe erwarten. Egal wie, wo und bei wem sie es auch versuchten.
Als Alex diese neue Regel hörte, hatte sie Cam einen scharfen Blick zugeworfen und per Denkmail ihren Kommentar abgegeben: *Oh Mann, das ist echt beschissen.*
„Ihr müsst allein zurechtkommen", verkündete Rhianna kurz und bündig. „Eure Prüfungszeit beginnt mit dem ersten Tag des Oktober ..."
„Aber da haben wir doch Schule!", fuhr ihr Cam ins Wort.
Rhianna warf Miranda, die zwischen ihren Töchtern stand, einen empörten Blick zu.
„Es wäre besser für euch, schweigend zuzuhören und zu lernen", riet ihnen Miranda.
„In der Schule und außerhalb, auf dem Festland und auf Coventry", erklärte ihnen die dicke Flügelhexe langsam und deutlich, damit sie es auch wirklich kapierten, „überall, wo ihr seid, muss sich euer Handeln an den Tugenden unserer Zunft ausrichten, nämlich Weisheit, Verständnis, Vertrauen, Mut und Aufrichtigkeit. Je mehr von diesen Tugenden in eure Entscheidungen einfließen, desto besser sind eure Chancen, als wahre Hexen anerkannt zu werden ..."
„... und desto mehr Steine werdet ihr verdienen", platzte Ileana dazwischen.
Steine?, dachten Cam und Alex gleichzeitig.
„Punkte", erläuterte Miranda. „Jeder geheiligte Stein ist einen Punkt wert. Ihr müsst im Verlauf des Prüfungsmonats hundert Steine sammeln. Und zwar jede von euch."
Weisheit. Verständnis. Vertrauen. Mut. Aufrichtigkeit. Fünf Tugenden, sie musste also nur zwanzig Steine pro Tugend

sammeln, rechnete Cam schnell, dann wäre die Sache gegessen. Cam, die Musterschülerin, hätte sich am liebsten gleich ein paar Notizen gemacht. Aber Ileana fing ihren Gedanken auf und schüttelte missbilligend den Kopf.

„Ich brauche wohl nicht zu erwähnen", fuhr Rhianna streng fort, „dass alle eure Entscheidungen von Verständnis und Empfindsamkeit geprägt sein müssen. Und all euer Handeln vom Geist der Milde, des Mitgefühls, der Gerechtigkeit und der Liebe. Mehr als je zuvor ist dies die Zeit, in der ihr euren Mitmenschen helfen müsst, wenn sie Hilfe benötigen. Es ist an euch, jeden Zauber einzusetzen, der in eurer Macht steht, ja, ihr werdet dazu sogar ausdrücklich ermutigt. Auf diese Weise wird es euch auch leichter fallen, euch das Wissen über Kristalle, Kräuter und Zaubersprüche einzuprägen."

Ileana denkmailte ihnen, dass es jetzt höchste Zeit war, den gesamten Inhalt des *Kleinen Handbuchs der Zaubersprüche* auswendig zu lernen.

„Aber das Endergebnis wird ganz besonders von eurem Handeln abhängen – wann, wo und wie ihr eure Zauberkräfte einsetzt", erklärte ihnen Rhianna mit besonderer Betonung und besonders strengem Blick.

Das war Teil eins ihrer Reifeprüfung, der praktische Teil. Er lief sozusagen unter der Überschrift „Das Richtige tun".

Danach würden sie nach Coventry gerufen werden, um Teil zwei der Prüfung abzulegen. Diesen Teil bezeichnete Cam sofort als „mündliche Prüfung".

Auf Coventry würden sie im Großen Einheitsdom vor der versammelten Inselbevölkerung von den Erhabenen Ältesten geprüft. Jede und jeder Älteste hatte das Recht, Fragen zu stellen, und zwar zu allem, was mit den Traditionen der Weltgemeinschaft der Hexen, mit Hexenkunst, Zauberkräften und Magie zu tun hatte.

Man erwartete von ihnen, dass sie jede Frage beantworten konnten – von der Alchemie, der geheimnisumwitterten Wissenschaft von Verwandlung und Veränderung, bis hin zum Zirkon, einem Edelstein, der nicht als „Heiliger Stein“ anerkannt war. Außerdem mussten sie über jeden einzelnen Zauberspruch genau Bescheid wissen – zu Entstehungsgeschichte, Zutaten, Zauberkraft, Zweck und Anwendungsmöglichkeiten – und natürlich den Spruch selbst auswendig hersagen können.

Nach jeder Aufgabe, so erklärte Rhianna, würden die Ältesten darüber abstimmen, wie die Antwort zu bewerten war. Und ob ihnen dafür ein Punkt angerechnet würde.

Und wann genau soll die Sache abgehen?, hatte sich Cam still gefragt.

„Man wird euch rufen, wenn der Zeitpunkt gekommen ist“, hatte Rhianna abschließend erklärt.

Gerade als Cam fragen wollte, was passieren würde, wenn sie die eine oder andere Frage versenkten, hatte Rhianna noch einen weiteren Paragrafen der Prüfungsordnung verkündet: Es gab noch einen Teil drei!

Und dieser Teil war keineswegs so einfach wie ein Besinnungsaufsatz.

Bei diesem Teil brauchte man nämlich weder einen scharf gespitzten Ersatzbleistift bereitzulegen noch liniertes Papier. Kein Zeitmesser würde erbarmungslos ticken. Es gab keinen Prüfungsaufseher, der im Gang zwischen den Bänken auf und ab spazierte. Auf diesen Teil drei würden sich Cam und Alex nicht vorbereiten und sie würden auch nichts auswendig ler-

nen können – weil sie nämlich vorher gar nicht erfahren würden, worum es bei diesem Prüfungsteil ging.
Ileana hatte zwar versucht, Rhianna ein paar Andeutungen über diesen letzten Teil zu entlocken, aber die ungeduldige alte Hexe hatte drohend die Flügel bewegt und ihr durchdringender Blick hatte selbst Ileana zum Schweigen gebracht.
„Darüber wollen wir jetzt nicht reden", hatte Rhianna mit großer Bestimmtheit erklärt.
Was auch immer dieser dritte Teil ihres Hexenabiturs sein mochte, sie mussten einfach abwarten. Aber nichts darüber zu wissen, war für Cam so ziemlich das Schlimmste bei der ganzen Sache. Dass sie sich in keiner Weise darauf vorbereiten konnte. Und wie würde sie sich wohl fühlen, wenn sie zum ersten Mal in ihrem Leben einen Test durchlaufen musste, bei dem sie nicht Spitze war?
„Was passiert, wenn wir …, ich meine, du weißt schon … äh, durchfallen?", stieß sie schließlich hervor.
„Dann könnt ihr die Prüfung noch einmal machen", versicherte ihr Miranda. „Euer Onkel Fredo hat es auch mehrmals versucht."
„Richtig, aber wie bei eurem bedauernswerten Oheim wird eure Zauberkraft jedes Mal schwächer", fügte Rhianna hinzu. „Manche Kräfte werden schon nach der ersten nicht bestandenen Prüfung schwächer. Und mit jedem Versagen nehmen die Kräfte weiter ab, bis …"
„… bis wir keine Magie mehr übrig haben?", fragte Cam mit schwacher Stimme.
„Ja", bestätigte Miranda zögernd und leise.
„Und was ist, wenn wir bestehen?", wollte Alex wissen.
„Dann werden eure Kräfte zunehmen …", erklärte Ileana.

„… und ihr werdet immer mehr hilfsbedürftigen Menschen helfen können“, ergänzte Miranda.
„Ihr werdet dann keine Junghexen mehr sein, sondern gleichberechtigte Vollmitglieder unserer Gemeinschaft“, verkündete Rhianna. „Unsere uralte, mächtige Gemeinschaft wird euch beschützen und fördern bis ans Ende eurer Tage.“
„Und das wäre dann alles?“, wandte sich Alex an Ileana. „Wir müssen uns nur ein bisschen ausspionieren lassen und ein paar lausige Fragen auf die Reihe kriegen, dann haben wir's hinter uns?“
Bevor Ileana antworten konnte, schlug Lady Rhianna so heftig mit der Hand auf eine Glasvitrine, dass das Glas klirrte. Cam und Alex zuckten zusammen und drehten sich schnell zu ihr um. „Apolla! Artemis!“ Aus Rhiannas Mund klangen ihre echten Namen wie Donnergrollen. „Wie ich schon sagte: Es gibt noch einen weiteren Prüfungsteil! Dieser Teil wird uns Aufschluss darüber geben, wie gut ihr mit … unbekannten Situationen fertig werdet. Situationen, die für euch die schwierigsten Herausforderungen eures Lebens darstellen können, euch aber auch wertvolle Erfahrungen bescheren.“
„Aber warum muss man daraus ein Geheimnis machen?“, platzte Cam heraus, deren Nerven allmählich ziemlich dünn wurden.
„Könnt Ihr uns nicht wenigstens sagen, welche Art von Prüfung das sein wird?“, kam Alex ihrer Schwester zu Hilfe.
Rhinna seufzte tief auf. Ihr nach Zimt duftender Atem streifte Cams Wange und fuhr durch Alex' mit Gel gestärkte Spikefrisur.
„Lord Karsh“, murmelte schließlich die beleibte, weise, alte Hexe, „hat mir in seiner unendlichen, aber manchmal ein

bisschen verwirrenden Weisheit das Versprechen abgenommen, eure Weihementorin zu sein. Es war also sein Wille, dass ich euch in dieser so ungemein wichtigen Zeit als Mentorin begleiten und führen solle. Warum er mir diese Bürde auferlegte, kann ich nur vermuten." Wieder seufzte sie tief. „Wie gesagt, eure Weiheperiode beginnt mit dem ersten Tag eures Geburtsmonats und wird hier auf Coventry ihren Höhepunkt erreichen. Ich freue mich schon darauf. Man wird euch rufen, sobald die Zeit gekommen ist. Aber jetzt solltet ihr erst einmal den Sommer genießen, oder vielmehr das, was davon noch übrig ist."

Hier, in Marble Bay. Cam warf noch einmal einen Blick auf den Digitalwecker. Ein Spruch kam ihr in den Sinn: *Heute beginnt der Rest deines Lebens.* Der Satz klang zwar idiotisch banal, aber im Moment kam er ihr doch ungemein treffend vor.

Kapitel 3

SELTSAMES VERHALTEN

Cam wandte sich erschrocken von der Uhr ab. Es schien nur ein paar Sekunden her zu sein, dass Alex auf Nahrungssuche gegangen war, aber da war sie schon wieder, stieß krachend die Tür ihres Zimmers auf, wütend und mit wildem Blick.

„Was ist los?", fragte Cam, die sauer war, weil Alex so unbeherrscht hereinplatzte.

„Leg es weg!", befahl ihr Alex mit einer Stimme, die förmlich Gift verspritzte. Nach Cams Meinung war der gemeine Ton völlig daneben. Genau wie die Art und Weise, in der Alex ihre Schwester anstarrte.

Cam hatte sich zwar längst an ihre ständigen Streitereien gewöhnt, aber Alex' graue Augen waren dermaßen gehässig auf das Buch in Cams Hand gerichtet, dass ihr ein Schauder über den Rücken lief.

„Lass das Buchzeichen drin, sonst weiß ich nicht mehr, wo ich stehen geblieben bin!", zischte Alex. „Leg es weg! Sofort!"

Cam wusste zwar, dass ihre Zwillingsschwester jähzornig und völlig unberechenbar sein konnte, aber es war noch nie vorgekommen, dass sie Cam wie ein tollwütiges Tier anfauchte.

Cam war total verblüfft und schloss das *Kleine Handbuch* mit lautem Knall. „Du hast wohl Glasscherben gefressen, wie?", war alles, was ihr momentan einfiel.
„Das geht dich nichts an!" Noch ein Schock: Alex brüllte sie an.
Irgendetwas war hier total schizo. Nicht nur, dass Alex so absurd wütend war wie nie zuvor, es kam auch ein eiskalter Luftstrom aus ihrer Richtung.
„Wenn du nicht sofort das Buch weglegst, wirst du es bitter bereuen!", tobte Alex weiter. Offenbar war sie dem Klub der Wütenden Furien beigetreten.
Ohne auch nur nachzudenken, schleuderte Cam das kostbare alte Buch quer durchs Zimmer in Richtung ihrer Schwester.
Es stoppte mitten in der Luft, nur wenige Zentimeter von Alex' Nase entfernt. Dann drehte es abrupt um und schoss mit irrer Geschwindigkeit auf Cam zu.
Cam stand einen Sekundenbruchteil wie gelähmt da, mit weit aufgerissenen Augen starrte sie ihren Zwilling an. Dann schaltete sich ihr Selbsterhaltungstrieb ein und sie tauchte weg. Das Buch knallte hinter ihr gegen die Wand und riss ein großes Loch in ein Poster, das Cams Fußballidol David Beckham zeigte.

Am Spätnachmittag stand Alex gerade in der Küche, als Emily drei riesige, überquellende Einkaufstüten hereinbalancierte. Nach der Arbeit war Emily noch zum Einkaufen gefahren.
„Kannst du mir mal helfen?", fragte sie erschöpft.
„Das darfst du nicht von ihr verlangen." Cam kam gerade in die Küche und ihr mürrischer Ton ließ Alex und Emily erstaunt aufblicken. „Eher beißt sie sich die Pfoten ab."

Alex reagierte sofort und voller Wut. „Was geht denn bei dir ab? Kleine Übung mit der Giftspritze?“ Alex nahm Emily zwei Tüten ab und stellte sie auf den Küchentisch. Tagsüber hatten die Zwillinge kaum miteinander geredet.

Im Raum breitete sich ein seltsamer Geruch aus. *Was hatte Emily nur eingekauft,* fragte Alex sich, *und warum kam ihr der Geruch so bekannt vor?*

Emily war zwar verärgert, entschied sich aber, die Rolle der Friedensstifterin zu spielen und das Thema zu wechseln. Übertrieben unschuldig fragte sie: „Habt ihr Mädchen schon überlegt, was ihr euch zum Geburtstag wünscht?“

„Alex’ Wunsch steht längst fest“, sagte Cam in ihrem neuen, bissigen Tonfall. „Sie wünscht sich, lieber tot umzufallen, als ihre eigene Geburtstagsparty mitmachen zu müssen.“

Emily sog erschrocken die Luft ein. „Stimmt das?“, fragte sie nach kurzem, peinlichem Schweigen.

Alex hörte die Frage kaum. Mit offenem Mund und gerunzelter Stirn betrachtete sie ihre Schwester. Cams stahlgraue Augen blitzten sie an, aber sie hatte ihre Gedanken verwirrt, sodass Alex sich nicht in ihr Denken einloggen und nicht herausfinden konnte, was wirklich in ihr vorging. Und bevor sie fragen konnte, schlug Cam noch einmal zu.

„Stimmt was nicht mit deinem Supergehör? Hast du Mammis Frage nicht verstanden?“

Mammi?, dachte Alex. Cam hatte Emily noch nie „Mammi“ genannt. Nie im Leben.

Und *Supergehör?* Cam musste total durchgeknallt sein, dass sie eine von Alex’ übernatürlichen Begabungen vor Emily erwähnte, die keine Ahnung hatte, dass die Zwillinge Hexen waren. Sollte das etwa Cams Vorstellung von Aufrichtigkeit sein?

Dass sie die Deckung aufgab und Emily in das Geheimnis einweihte, obwohl sie doch wusste, dass diese die Wahrheit niemals verkraften würde?

„Stimmt das, Alex? Dir … äh, dir gefällt die Idee also nicht?" Emily, die sonst jede Situation beherrschte, äußerst kompetent und manchmal auch ziemlich herrisch war, nagte jetzt an ihrer Lippe wie ein eingeschnappter Teenager und wartete ängstlich auf Alex' Antwort.

Ja doch, klar, man erwartete, dass sie rigoros ehrlich waren. Aber würde es wirklich als glatte Lüge gelten, wenn sie versuchte, Emilys Gefühle zu schonen? Nein, entschied Alex. Die Sache könnte ihr vielleicht sogar im Prüfungsfach Güte, Mitgefühl, Gerechtigkeit und Liebe ein paar Punkte einbringen.

Aus Cams Richtung spürte sie plötzlich wieder diesen kalten Luftstrom, wie Durchzug. Ihre Schwester beobachtete sie, die Hände in die Hüften gestemmt, die Lippen verächtlich verzogen. „Wehe du lügst!", fauchte Cam.

Die Bitterkeit in Cams Stimme schien Emily genauso zu erschrecken wie Alex. „Siehst du es auch so?", fragte sie ihre Tochter vorsichtig. „Ich meine wegen der … Geburtstagsparty?"

„Da lass mich doch mal nachdenken", schlug Cam sarkastisch vor und legte den Zeigefinger an ihre Nasenspitze. „Die Antwort ist: Ja, ich sehe es genauso."

„Camryn!", stieß Emily tief verletzt hervor.

„Lass mich in Ruhe!", knurrte Cam.

In diesem Augenblick kam Emilys Mann David Barnes in die Küche. Normalerweise betete Dave seine Adoptivtochter Camryn an, zweifellos hatte er aber den letzten Wortwechsel gehört. Er rollte die Hemdärmel hoch, als wolle er sich unbewusst auf einen Kampf vorbereiten. „Was fällt dir ein, so mit deiner Mutter zu reden?“, schimpfte er.

„Hast du ‚Mutter‘ gesagt?“, gab Cam spöttisch zurück. „Hey, falls du es noch nicht weißt – ich bin doch nur ein Adoptivkind.“

Daves Gesicht lief dunkelrot an. Er öffnete den Mund, um etwas zu sagen, schloss ihn dann aber wieder und presste die Lippen fest aufeinander. Die buschigen Schnurrbartspitzen zeigten nach unten und das war ein ganz schlechtes Zeichen.

Alex warf Emily einen Blick zu. Ihre Augen schwammen bereits in Tränen. Dave legte seiner Frau den Arm um die Schultern. „Em, lässt du uns mal einen Augenblick allein?“, flüsterte er ihr ins Ohr. „Ich muss mit den beiden ein Wörtchen reden.“

Emily nickte nur, reckte die Schultern und hob trotzig den Kopf. Ohne Cam und Alex noch einmal anzusehen, ging sie aus der Küche.

„Es ist die Wahrheit!“, jammerte Cam los, sobald Emily verschwunden war. „Alex hat über euch beide ganz schlecht geredet, und das hat mich ganz verstört! Allein hätte ich mich doch nie so verhalten! Oh, Mammi …“

Mammi? Da ist es schon wieder, dachte Alex. Welche fiese Show zog Cam eigentlich ab?

„Was ist los mit euch?“, verlangte Dave zu wissen. In der Familie Barnes wusste nur er, dass die Zwillinge Hexen waren. Der alte Hexer Karsh hatte es ihm gesagt, als er ihm vor sechzehn Jahren ein neugeborenes Mädchen übergab, das Dave und Emily Barnes dann adoptierten und Camryn tauften. Dass Cam auch noch eine Zwillingsschwester hatte, erfuhr Dave allerdings erst vor einem Jahr, als Alex Fielding – damals ein zorniger, verzweifelter Teenager – eines Tages von demselben alten, liebevollen Hexer Karsh buchstäblich vor der Haustür der Familie Barnes ausgesetzt worden war.

„Tut mir Leid! Ich hab doch gesagt, dass es mir Leid tut!" Jetzt brach auch Cam in Tränen aus.

Alex spürte Daves fragenden Blick auf sich gerichtet. Sie zuckte die Schultern. „Cam ist in letzter Zeit ein wenig durcheinander", meinte sie zögernd. Doch Dave hatte offenbar eine bessere Erklärung erwartet. „Hat irgendwas mit einem Jungen zu tun", ergänzte sie deshalb vorsichtig. „Äh, nichts Wichtiges ... eben nur ein Junge."

Dave hatte die Küche kaum verlassen, als Cam auch schon die Treppe hinauf in ihr Zimmer stürmte.

Eine innere Stimme befahl Alex, sie in Ruhe zu lassen – und die ganze verblüffende Episode einfach zu vergessen.

Irgendetwas stimmte nicht. Cam verhielt sich nicht nur seltsam, sie war beinahe schizo.

Und dieser Geruch in der Küche ... der bittersüße Gestank, der wahrscheinlich einer der Einkaufstüten entwichen war – oder war Cam die Ursache gewesen?

Inzwischen war Alex eher verblüfft als wütend. Sie beschloss, für ein paar Stunden wegzugehen und Cam in Ruhe zu lassen, damit sie erst mal wieder richtig abkühlen konnte.

Als sie aus der Haustür trat, schlurfte gerade Cams Bruder Dylan die Auffahrt herauf, in seiner alten, viel zu weiten Tunnelzughose, das Skateboard unter dem Arm. „Was geht ab, hey?", fragte er. „Siehst aus wie 'ne Tussi nach'm Abtatschen im Dröhndom."

Alex seufzte und schüttelte den Kopf, musste aber unwillkür-

lich grinsen. „Übersetz das mal in Primatensprache!“, verlangte sie.
„Äh, du siehst echt abgerockt aus, Kumpel.“
„Nichts ‚geht ab‘“, behauptete Alex. Und hoffte, dass wenigstens das stimmte.

Kapitel 4

DER ERSTE TEST

Von einem wütenden Wortwechsel kurz vor dem Abendessen abgesehen, gingen die Zwillinge einander während des restlichen Abends geflissentlich aus dem Weg und sprachen auch am folgenden Morgen kaum miteinander.

Cam blieb im Bett und stellte sich schlafend, bis sie hörte, dass Alex weg war. Erst dann stand sie auf und nahm schnell eine Dusche. Doch als sie mit tropfnassem Haar und in ein Duschtuch gewickelt ins Schlafzimmer zurückkam, war Alex bereits wieder da. Und sie war damit beschäftigt, all ihre Lehrbücher, die sie von der Insel Coventry mitgenommen hatte, in einen großen Müllsack zu werfen.

Cam hätte sich lieber die Zunge abgebissen, als nach dem Grund zu fragen, aber natürlich wunderte sie sich über Alex' Verhalten.

Was Alex ebenso natürlich sofort bemerkte. Ohne ihre Beschäftigung zu unterbrechen oder Cam auch nur anzublicken, verkündete sie: „Du kannst jetzt allein weitermachen. Ich werde aus diesem ganzen Weihekram aussteigen. Also brauche ich auch diese idiotischen alten Schwarten nicht mehr."

Da war er wieder – der hasserfüllte Blick, der bösartige Ton … Cam war genauso betroffen, wie Alex es wahrscheinlich erwartet hatte. Doch sie war auch entschlossen, jeden weiteren Krach mit ihrer Schwester zu vermeiden, deshalb wandte sie sich wortlos ab und trat vor den Spiegel, der über ihrer Kommode hing.

Zuerst spürte sie es nur instinktiv, dann sah sie es auch im Spiegel: Alex hatte aufgehört, Bücher in den Sack zu werfen, und starrte sie von hinten an – mit einem furchtbaren, verschlagenen Blick. Ein Blick, der so bösartig war, dass Cam kaum glauben konnte, dass er von Alex kam.

Cam lief es heiß und kalt den Rücken runter; sie begann, in dem eiskalten Luftstrom, der plötzlich von ihrer Schwester auszugehen schien, zu zittern.

Aber das konnte es ja wohl nicht sein.

Wahrscheinlich war ihr nasses Haar daran schuld. Zitternd eilte sie ins Bad zurück, um es zu trocknen. Als sie den Föhn ausschaltete, hörte sie, dass die Schlafzimmertür zugeknallt wurde. Ihre Schwester war wieder verschwunden, aber der Müllsack mit den Büchern lag noch auf dem Boden zwischen ihren Betten.

Dylan schlang gerade gierig (und verbotenerweise) ein Erdbeerbiskuit nach dem anderen hinunter, als Alex in die Küche kam. „Du verpfeifst mich nicht bei Mum, okay?", fragte er so eifrig, dass er dabei einen guten Teil des Biskuits mit Spucke versprühte. „Sie behauptet, dass man davon doof wird. Ich hab ein Geheimlager hinter den Cornflakes-Packungen angelegt. Willst du auch einen?"

„Glaub mir, ich komme ganz gut ohne eine Wagenladung Zucker aus“, sagte Alex. „Mein Adrenalinspiegel ist sowieso auf Rekordniveau, was ich deiner Schwester zu verdanken habe.“

„Cam? Was hat die denn angestellt?“

„Sie versucht, irgendwelche abgedrehten Psychospielchen an mir auszuprobieren! Gestern war sie total schizo. Kurz vorm Abendessen knallte sie dann völlig durch. Behauptete, ich hätte ihr ein Buch an den Kopf geworfen. Stimmt natürlich nicht!“ Alex nahm den Orangensaft aus dem Kühlschrank. „Keine Ahnung, was hier abgeht, aber heute sollte sie mir besser nicht vor die Augen kommen.“

„Durchgeknallt? Sieht ihr aber gar nicht ähnlich. Bist du sicher, dass es Cam war?“ Dylan war überrascht, fand die Sache aber auch ziemlich komisch. „Mann, Kumpel, dann ist bei ihr wohl eine Sicherung durchgebrannt. Normalerweise ist sie ja nicht der Typ, der einfach durchdreht, oder?“

„Klar war es Cam“, bestätigte Alex.

Doch Dylans Frage blieb in der Luft hängen – und plötzlich war das alles nicht mehr so klar.

Dylan war nicht entgangen, dass Alex zögerte und nachdenklich wirkte. „Was ist?“, fragte er.

Alex zuckte die Schultern. Der kurze Augenblick des Zweifelns war vorbei. „Nichts“, sagte sie. „Vielleicht dreh ich ja auch selbst allmählich durch.“

Cam und Alex verließen das Haus zu verschiedenen Zeiten, und, um ganz sicherzugehen, auch durch zwei verschiedene Ausgänge. Als sie sich im Flur der Schule über den Weg liefen, vermieden sie, sich anzusehen. Cam lachte übertrieben laut über alles, was ihre beste Freundin Beth sagte, wenn Alex in der Nähe war. Und als Alex ihre Schwester näher kommen sah, steckte sie ihren Kopf so hastig in ihr Schließfach, dass sie beinahe ihr Hirn an einem der Haken aufgespießt hätte.

Wenigstens beim Mittagessen mussten sie sich nicht aus dem Weg gehen. Cam hielt wie immer am Tisch ihres Sechserpacks von besten Freundinnen Audienz, während Alex sich mit Cade am Fußballfeld verabredet hatte, wo sie ihr Sandwich verzehren und Neuigkeiten austauschen wollten.

Cade Richman. Schon der bloße Gedanke an ihn zauberte ein Lächeln auf ihr Gesicht – unwillkürlich und trotz aller Probleme mit dem plötzlich so seltsamen Verhalten ihrer Zwillingsschwester.

Cade war der erste Junge, mit dem sie wirklich ging. Und der ihr wirklich *unter die Haut* ging. Der Junge mit dem dunklen Haar und den blauen Augen hatte es geschafft, ihren harten Gefühlspanzer zu knacken.

An diesem Morgen hatte sie von ihm eine E-Mail bekommen, in der er schrieb, dass es höchste Zeit sei, sich mal wieder zu treffen. Und Alex war darauf voll abgefahren. Aufgrund der vielen Hausaufgaben und des Praktikums, das Cade nach der Schule zusätzlich in einer Rechtsanwaltskanzlei absolvierte, hatten sie in letzter Zeit nicht sehr viel Gelegenheit gehabt, sich zu treffen.

Cade hatte angeboten, Sandwiches mitzubringen. Alex war noch bei der Schulcafeteria vorbeigegangen, um ein paar süße Stückchen und zwei Dosen Mineralwasser zu kaufen.

Cam war voll mit ihrer Clique beschäftigt und fand den Quatsch, den ihre Freundin Bree absonderte, scheinbar wieder Spitze. Ohne es zu wollen, loggte sich Alex telepathisch in die Tratschgruppe ein.

Bree zog gerade über Nadine Somerfeld her, ein Mädchen, das

neu in der Schule war und allein am übernächsten Tisch saß. Bree, die Mini-Modequeen der Clique, hielt Nadines Outfit nur für Zweite-Wahl-Qualität, höchstens Fabrikverkauf, oder stammten die Klamotten vielleicht aus dem Supermarkt?

Man musste es Cam anrechnen: Sie mischte nicht mit. Im Gegenteil. Gereizt fuhr sie Bree in die Parade und befahl ihr unverblümt, die Klappe zu halten. Sie musste gespürt haben, dass Alex in der Nähe war und zuhörte, denn in diesem Augenblick wandte sie den Kopf. Und als sich ihre Blicke trafen, verflog Cams Gereiztheit und in ihre Augen trat ein Ausdruck von Trauer und Sehnsucht.

Nach mir?, fragte sich Alex, die überrascht war, welche Wirkung der kurze Blickkontakt mit ihrer Schwester auf sie selbst hatte.

Gedankenlos spielte sie mit ihrem Mondamulett. Es war aus Gold getrieben und ließ sich genau mit dem Sonnenamulett zusammenfügen, das Cam immer um den Hals trug. Zusammen bildeten die beiden Amulette, Sonne und Mond, eine vollkommen kreisrunde Scheibe. Manchmal schienen die Amulette ihren eigenen Willen zu haben – dann erhitzten sie sich und strebten zueinander. Und das war, wie Alex merkte, genau jetzt der Fall.

Was geschieht mit uns?, hörte sie ihren Zwilling telepathisch fragen.

Ich weiß es nicht, gestand Alex wider Willen, denn eigentlich hatte sie stur und beleidigt bleiben wollen.

Sie warf einen Blick auf die Uhr in der Cafeteria und sah, dass sie sich beeilen musste. Cade würde bereits auf sie warten.

Irgendetwas ganz Seltsames geht hier vor, Alex, hörte sie ihre Schwester denkmailen.

Dann erkläre es mir doch!, gab Alex zurück. Sie stand auf, nahm die Tüte mit den Kuchenstücken und die Getränkedosen und verließ die Cafeteria, ohne auch nur einen einzigen Blick zurückzuwerfen.

Cade verspätete sich offenbar, was ihm gar nicht ähnlich sah. Alex trank einen Schluck Mineralwasser und blickte sich noch einmal auf dem Sportplatz um.

Sie saß ganz oben auf den Rängen und hatte so ziemlich alles im Blick, was es von hier aus zu sehen gab: die Längsseite des Schulgebäudes, Ziegelsteinmauern, von Efeu überwachsen, und das Sportzentrum, das überhaupt nicht dazu passte, sondern wie ein glänzendes Raumschiff nach einer Bruchlandung aussah. Dann waren da noch die Aschenbahn und das Spielfeld. Das Fußballfeld war eigentlich Cams Revier – die Arena, auf der sich ihre Schwester bei ihren Auftritten als Star des Mädchenfußballteams der Schule feiern ließ.

Und über dieses Feld kam jetzt Cade auf sie zu. Mit Cam.

Sie lachten zusammen und hatten offenbar einen Riesenspaß miteinander. Sie schienen Alex gar nicht zu bemerken – und erst recht nicht die rot glühende Wut, die plötzlich in Alex hochkochte.

Wie hatte es ihre neuerdings so bizarre Schwester geschafft, so schnell aus der Cafeteria hierher zu kommen? Wann und wo war sie mit Cade zusammengetroffen? Und warum schob sie in genau diesem Augenblick ihren Arm unter Cades Arm und umschloss seine Hand mit einer ihrer in *Perfectly Pink* manikürten Hände?

Cam blickte hoch. Ihre Lippen verzogen sich zu einem fiesen Grinsen, als sie Alex' Gesichtsausdruck sah.

Sag mal, spinnst du? Was machst du da eigentlich?, schickte Alex einen wütenden telepathischen Aufschrei zu ihr hinunter.

Wie bitte? Cam flatterte kurz mit den Augenlidern und ihre Miene wechselte von verschlagen zu bösartig und dann zu beleidigter Unschuld. *Ich hab mir den Jungen nur mal näher angesehen und dabei muss ich, hoppla, wohl irgendwie dein Brandzeichen übersehen haben.*

Kochend vor Wut starrte Alex Cade an. Er blickte zu ihr hinauf; sein Mund stand halb offen und die normalerweise so lebendigen blauen Augen wirkten leer.

Du hast ihn verhext!, beschuldigte Alex ihre Schwester.

Cam lachte laut. *Hast du nicht selbst gesagt, dass wir für unsere Weiheprüfung ständig üben müssen?*

Jetzt spürte Alex ihn wieder: den eiskalten Luftzug, der von ihrer Schwester ausging und der ihr gestern in der Küche einen Schauder über den Rücken gejagt hatte. Als Cam näher kam, roch sie auch wieder denselben eigenartigen Geruch nach feuchter Erde, der so säuerlich war, dass er ihr in der Nase brannte und ihre Augen zu tränen begannen.

Stechapfel und Nesseln!, dachte Alex, trotz allem überrascht und erfreut, dass sie die Kräuter sofort erkannte.

Das war niemals Cades Geruch. Und auch nicht Cams.

Instinktiv griff Alex nach ihrem Mondamulett. Sie packte es so hart, dass es in ihre Handfläche schnitt, aber sie achtete nicht auf den Schmerz. Sie starrte ihre Schwester wütend an; irgendwie erwartete sie, dass Cam jetzt ebenfalls nach ihrem Sonnenamulett greifen würde.

Nur wenn sie gemeinsam berührt wurden, entfalteten die beiden Amulette ihre volle, vielfach größere Zauberkraft. Allerdings bekam Alex plötzlich Angst, dass Cam ihr Amulett dazu benutzen könnte, sich gegen ihren Willen durchzusetzen.

Aber ihr Zwilling griff nicht nach dem Goldamulett. Ihr Zwilling, so merkte Alex in diesem Augenblick, trug gar nicht das magische Amulett. Sie musste es abgelegt haben, bevor sie Cade getroffen hatte.

Erleichtert und befremdet zugleich, befahl Alex: „Hebe den Fluch auf, Cam! Befreie Cade! Jetzt sofort!"

Cade blinzelte, als ob er vom Klang ihrer Stimme aufgeweckt worden sei. Der Nebel, der sich über seinen Blick gelegt hatte, lichtete sich. „Hey!", sagte er und schaute Alex mit strahlendem Lächeln an. „Da bist du ja. Ich bin ..." Benommen schüttelte er den Kopf, aber die Bewegung wirkte, als seien seine Nackenmuskeln steif. „Ich weiß gar nicht mehr, was passiert ist ... Ich ... Plötzlich wurde mir so komisch ..., seltsam. Wie ein plötzlicher Schwindelanfall oder so..."

„Ach, du Ärmster", sagte Cam leise und zärtlich zu ihm. „Deshalb hab ich dich ja hierher geführt. Ich habe dich vor deinem Schließfach gefunden, allein, verloren – und verzweifelt. Ich musste dich erst mal ein wenig aufpeppeln. Aber jetzt" – und dabei grinste sie wie ein irre gewordenes Mondkalb –, „jetzt geht's dir ja wieder besser. Viel Spaß, ihr beiden."

„Wir müssen mal miteinander reden!" Alex stürmte nach der Schule wütend in ihr gemeinsames Schlafzimmer und warf ihren Rucksack in hohem Bogen auf ihr ohnehin schon überladenes Bett.

„Damit hast du ausnahmsweise mal völlig Recht!" Cam wirbelte auf ihrem Computerstuhl herum und starrte ihre Schwester gereizt an.

„Was geht hier ab?", verlangten beide gleichzeitig zu wissen.
„Wie bitte?", fragte Cam verärgert.
„Ja, das frag ich dich!", fauchte Alex.
„Okay. Pause." Cam hob abwehrend beide Hände. „Warum glaubt Emily plötzlich, dass ich keine Geburtstagsfete haben möchte?"
„Ah, Kumpel, lass mich mal überlegen." Alex legte den Finger an ihre Wange und imitierte damit genau Cams Geste beim Streit in der Küche. „Vielleicht, weil du es ihr selbst gesagt hast?"
„Völlig ausgeschlossen!", antwortete Cam entrüstet.
„Wohl kaum. Außerdem hast du ihr gesagt, dass ich lieber tot umfallen würde, als eine Geburtstagsfete zu feiern."
„Zieh dein altes Nachthemd an, Alex, du träumst ja schon."
„Und wahrscheinlich träume ich auch, dass du heute mit Cade geflirtet hast?"
„Und ich ‚erträume' mir wohl, was du Beth erzählt hast? Dass ich gesagt hätte, sie solle sich mal beim Frisör blicken lassen, statt sich die Haare mit dem Rasenmäher selbst zu schneiden? Ich hab meinen Augen nicht getraut, als du heute Mittag einfach mitten ins Fußballtraining marschiert bist und Beth das mit der Frisur an den Kopf geworfen hast. Vor meinen eigenen Augen! Alle haben geglaubt, du bist total durchgeknallt!"
„Fußballtraining? Ich hab keine Ahnung, was du jetzt wieder vorhast", schoss Alex zurück, „aber ich war heute nicht auch nur in der Nähe deiner rotzarroganten Schleimerclique …"
„Schleimerclique? Warum wirfst du nicht erst mal einen Blick ins Wörterbuch, bevor du derart komplizierte Wörter bastelst? Oh, hoppla – ich hab ja ganz vergessen, dass du aus der Weiheprüfung ausgestiegen bist …"

„Was bin ich? Wer hat dir denn so was Idiotisches erzählt?"
Mittlerweile atmeten beide heftig und starrten einander wutentbrannt an, die Hände zu Fäusten geballt; sie redeten schneller, als ihre Hirne arbeiten konnten.
Plötzlich roch Alex den vertrauten Duft, der immer von Cam ausging – den klaren, reinen Duft von Kamille, Rosmarin, Veilchen …, den Duft, den Alex von ihrer Schwester kannte. Und das bestärkte sie in der Gewissheit, dass der durchdringende Geruch, den Cam auf dem Fußballfeld verströmt hatte, nicht ihr eigener gewesen war. Er hatte auch keine Ähnlichkeit mit Cades warmem, frischem Geruch gehabt.
Alex' heiße Wut fiel wie ein Strohfeuer in sich zusammen. „Cam, spürst du es nicht? Etwas passiert mit uns", stieß sie hervor.
Cam nickte. „Ja, etwas ist total daneben." Ihre Hände entspannten sich und ihre kampfbereit hochgezogenen Schultern sackten nach unten, als sie ihre Schwester ansah. Ihren identischen Zwilling. Ihre Alex. „Das wollte ich dir schon die ganze Zeit klar machen."
Alex' stahlgraue Augen bannten Cams Blick. „Es gibt nur eine Sache, die in unserem Leben völlig neu ist", sagte sie nachdenklich. „Und das ist die Weiheperiode, die gerade begonnen hat. Vielleicht hat das etwas damit zu tun. Ich meine, glaubst du nicht auch, dass es eine Art Test sein könnte?"

„Keine schlechte Idee." Das wurde mit lauter, schallender Stimme ausgerufen, und die Stimme gehörte Lady Rhianna. Die Ehrwürdige Älteste von Coventry blickte in einen großen, unregelmäßig geformten Kristall, wobei ihr eine sehr ungeduldige junge Hexe über die Schulter schaute. In den vielen

Facetten des Minerals hatten sie die Auseinandersetzung zwischen Cam und Alex verfolgt.
Rhianna musste niesen – und schaute Kater Boris vorwurfsvoll an, der faul und zufrieden in Ileanas Armen lag. „Jemand spielt Camryn und Alexandra einen üblen Streich", brachte sie noch heraus, bevor sie wieder niesen musste.
„Das ist nicht fair, das ist ungerecht!", rief Ileana so unbeherrscht und leidenschaftlich, dass Boris zusammenzuckte, wütend miaute und zischte. Sein getigertes Fell sträubte sich. „Jemand spielt sie gegeneinander aus, damit sie wütend werden und unüberlegt handeln."
Rhianna hob ihre Augenbrauen. „Bei diesem Thema müsstet Ihr Euch doch eigentlich ziemlich gut auskennen", sagte sie missbilligend.
Aber die wütende junge Hexe ließ sich nicht provozieren. „Wir müssen sie warnen. Das hier ist schließlich keine Trockenübung – alles, was sie tun, zählt bei der Bewertung!"
„Richtig", sagte die Älteste. Erleichtert spürte sie, dass ihre allergische Reaktion gegen Boris' Katzenhaare abflaute, nachdem der Kater sich schmollend in eine Ecke verzogen hatte. „Aber obwohl wir diese Sache nicht eingeplant hatten, bin ich der Meinung, dass wir uns nicht einmischen sollten. Das ist doch der perfekte Test, um ihre Fähigkeit, mit einer so unerwarteten Situation umzugehen, beurteilen zu können."
„Das ist eine schlechte Idee!", widersprach Ileana hitzig. „Eine ganz miserable Idee! Hier schummelt jemand! Jemand, der es darauf abgesehen hat, die Weihe meiner Mündel zu ruinieren!"
„*Meiner* Mündel? Ah, es geht also vor allem um Ileana." Rhianna verhüllte den Kristall entschlossen mit einem roten

Samttuch und wandte sich stirnrunzelnd an Ileana. Doch unwillkürlich erinnerte sie sich daran, dass ihr alter Freund Karsh Antayus dieses Mädchen angebetet hatte, das seine Schülerin gewesen war und nun zu einer schönen, wenn auch recht unbeherrschten Hexe herangewachsen war.

Und wie immer, wenn sie an ihren alten, jüngst verstorbenen Freund Karsh dachte, wurde sie weich. „Lady Ileana", begann sie, doch dann brach sie ab. In ihren Augen glitzerte es schelmisch, als ihr einfiel, was Karsh ihr einmal anvertraut hatte: Die freche junge Hexe wollte den Titel „Lady" niemals hören.

Rhianna räusperte sich, konnte aber ein Lächeln nicht unterdrücken. „Wie ich höre, bevorzugt Ihr, mit dem Titel Göttin angeredet zu werden." Sie bemühte sich sehr, wenigstens halbwegs ernsthaft zu klingen.

Ileanas Unterkiefer klappte herunter. „Woher wisst Ihr …" Doch dann fiel ihr ein, dass Rhianna das natürlich nur von Karsh erfahren haben konnte. Sie begann zu weinen.

Und auch in Rhiannas Augen schimmerten Tränen. „Ja, ja", seufzte die gute alte Hexe, „er fehlt uns allen sehr, Ileana. Aber er hat uns eines hinterlassen: seine unerschütterliche Überzeugung, dass Arons Töchter die wunderbarsten Junghexen und für Führungsaufgaben vorherbestimmt sind …"

„Aber nur, wenn es der alte Schwarzbart, dieser Januskopf, dieser kaltblütige Schurke nicht schafft, sie daran zu hindern!", brach die Wut wie ein Vulkan aus Ileana hervor.

Rhianna hob wieder eine Augenbraue. „Ich nehme an, Ihr sprecht von Eurem Vater Lord Thantos?"

„Wer sonst hätte wohl einen Vorteil davon, wenn Apolla und Artemis ihre Weiheprüfung nicht bestehen? Natürlich kann nur Thantos hinter dieser Sache stecken."

„Wollt Ihr damit sagen, dass Ihr es für möglich haltet, dass sie durchfallen?", fragte Rhianna mit viel Betonung. „Ihr, die Beschützerin und das Vorbild der Zwillinge? Sicherlich kennt Ihr sie doch besser als alle anderen."

Ileana musste der listigen Hexe Recht geben. Glaubte sie wirklich, dass Thantos, der ihr eigener, erbarmungsloser Vater und der Onkel der Zwillinge war, die beiden Mädchen schlagen konnte? Nun, bisher hatte er sich zwar sehr viel Mühe gegeben – aber ohne Erfolg.

Ileana erinnerte sich an den ersten Tag im Leben der Zwillingsbabys, als sie sich mit Karsh und den beiden Babys in den tief verschneiten Wäldern versteckt hatte. Sie hatten die Stimmen von Thantos und seiner blutrünstigen Horde gehört. Doch Thantos hatte sie damals nicht aufspüren können. Sie erinnerte sich auch an Karshs Schilderung, wie sich die Zwillinge gefunden hatten und wie sie Thantos' heimtückischer Falle entgangen waren. Wie Ileanas verräterischer Vater später in Marble Bay versucht hatte, die Zwillinge zu sich zu locken. Und wie er es auch nach diesem Fehlversuch immer und immer wieder probiert hatte.

Thantos hatte die ganze Zeit gewusst, dass sie und nicht er dazu bestimmt waren, den DuBaer-Clan zu führen. Sie, und nur sie, zwei gescheite, aber noch sehr verletzliche Junghexen, hinderten ihn daran, nach dem zu greifen, was ihm nach seiner Meinung zustand: der ganze Reichtum und die ganze Macht der DuBaer-Dynastie.

Und Thantos wusste auch, wie übrigens alle anderen Bewohner der Insel Coventry, dass die Zukunft der Zwillinge – und seine eigene – besiegelt sein würde, sobald sie die Weihen empfangen hatten.

„Vielleicht hat er bisher nur kein Glück gehabt", sagte Ileana zu Rhianna, obwohl ihr bewusst war, wie unwahrscheinlich das klang.
Wie immer, wenn sie sich ärgerte, entfalteten sich plötzlich die Flügel der Erhabenen Ältesten. Die Flügel rauschten, dann gab es ein klatschendes Geräusch, wie bei einem Segel, in das plötzlich der Wind fährt. Ileana wich erschrocken zurück.
„Erstens", begann die Althexe mit einer strengen Lehrerinnenstimme, „glauben wir nicht an das Glück! Wir schaffen uns unseren eigenen Glauben durch gute Entscheidungen und gutes Handeln."
Ileana hätte bei diesem alten Spruch am liebsten die Augen verdreht, konnte sich dann aber gerade noch beherrschen.
„Ja, es war der Wunsch deines Großvaters Nathaniel und der Auftrag deines Vormunds Lord Karsh, die Mädchen dort einzusetzen, wo sie Gutes bewirken können – und das heißt eben, dass sie Oberhäupter deiner außergewöhnlich mächtigen und, wenn ich so sagen darf, außerordentlich schwierigen Familie werden müssen. Aber zuerst müssen sie noch die Weiheprüfungen bestehen – du selbst hast mir doch versichert, dass sie die Prüfungen mit fliegenden Fahnen ablegen werden! Sobald das geschehen ist, können sie ihre rechtmäßigen Plätze in unserer Gemeinschaft einnehmen."
„Natürlich werden sie beide die Prüfung glänzend bestehen", schnaubte Ileana. „Aber warum stellt man sie vor ganz andere und viel schwierigere Aufgaben als andere Lehrlinge?"
„Weil ich es so befohlen habe", verkündete Rhianna und führte Ileana zur Tür. „Denn ich, und nicht Ihr, Ileana DuBaer, bin ihre Prüfungsmentorin – und zwar deshalb, weil Lord Karsh es so gewollt hat."

Kapitel 5

DER DRITTE ZWILLING

„Glaubst du, dass wir Drillinge sein könnten?", fragte Cam skeptisch.

Alex schüttelte den Kopf. „Unmöglich. Alle auf Coventry und sogar unsere eigene Mutter sagen, dass wir Zwillinge sind. Von einer Nummer drei ist noch nie die Rede gewesen."

Trotzdem stand eindeutig fest, dass jemand mit ihnen ein übles Spiel trieb. Jemand, der etwas mit Hexerei zu tun hatte. Cam und Alex hatten das ganze Wochenende darüber diskutiert und herauszufinden versucht, wer wohl dahinter stecken mochte. Jetzt war es Montagnachmittag; sie standen vor Cams Schließfach in der Schule, aber ihre Diskussion dauerte an.

„Könnte es nicht ein Klon sein?", fragte Cam. So weit waren sie mit ihren Überlegungen schon gekommen. „Irgendjemand läuft herum und tut so, als sei sie du – und wenn ich nicht in der Nähe bin, macht sie mich nach. Aber wie?"

„Und wer? Und warum?", ergänzte Alex. „Übrigens: Was genau soll ich eigentlich angeblich angestellt haben?"

Sonntagabend hatten sich die Zwillinge probeweise auf einen

Waffenstillstand geeinigt, damit sie sich intensiver mit dem Lesematerial beschäftigen konnten, das sie aus dem Abfallsack gerettet hatten. Alex behauptete, den Sack noch nie gesehen zu haben. Außerdem, so hatte sie betont, habe sie nicht die geringste Absicht, die Hexenreifeprüfung hinzuschmeißen oder aus der ganzen Weihegeschichte auszusteigen, egal was Cam da zusammenfantasiere.

„Du hast Bree in der Mittagspause beleidigt", berichtete Cam. „Sie prahlte gerade damit, dass ihr Vater jeden ihrer zahlreichen Ratschläge genau befolge. Er hätte irgendeinen Superstar nur deshalb für seinen neuesten Film angeheuert, weil sie es ihm empfohlen habe."

„Und warum und wodurch hab ich ihr Leben ruiniert?", wollte Alex wissen.

„Du hast gesagt: ‚Krieg dich nur wieder ein, Pinocchio, deine operativ korrigierte Nase wird immer länger. Dein Daddy kümmert sich doch einen Scheiß darum, was du denkst.'"

„Oh, äh, das war wohl voll daneben", gab Alex verlegen zu. „Und du hast deine übliche Show über meine Klamotten abgezogen." Sie nahm Cams Pose ein, öffnete ihr Flanellhemd, um ihr ärmelloses schwarzes T-Shirt zu zeigen, führte ihre fadenscheinigen Jeans und die ausgelatschten Doc-Martens-Stiefel vor. „Dann hast du behauptet, ich sähe aus wie ein Kleiderständer für die Arbeitskleidung von Leichengräbern, aber das hab ich als einen ziemlich lahmen, uralten Witz empfunden."

„Okay, überlegen wir mal, wo wir stehen", schlug Cam vor und sprach leise weiter, weil gerade jede Menge jüngere Schüler an ihnen vorbeigingen. „Wir können ja nicht an zwei Orten gleichzeitig sein ..."

„… wenn wir nicht in irgendeinen Zauberbann hineingeraten sind“, überlegte Alex. „Du weißt, was ich meine, dass wir vielleicht etwas Falsches gesagt haben, ohne es zu merken, oder dass wir zufällig eine bestimmte Mischung von Kristallen und Kräutern in die Hand genommen haben …“

„Aber das haben wir doch in den Büchern überprüft“, erinnerte sie Cam. „Es gibt keinen einzigen Zauberspruch, der uns die Möglichkeit gibt, die Persönlichkeit eines anderen anzunehmen.“

Sie schüttelte den Kopf. „Ich meine, ich weiß absolut sicher, dass ich noch nie über Cade einen Zauberbann verhängt habe. Ich bitte dich, das ist doch total lächerlich. Du hast mich doch in der Cafeteria gesehen, oder nicht? Wann hätte ich schon genug Zeit gehabt, mich an ihn anzuschleichen und ihn in Trance zu versetzen? Ich war's jedenfalls nicht“, versicherte sie und zog ihre Zeichenmappe aus dem Spind. In ein paar Minuten würden die Zwillinge tatsächlich an zwei Orten gleichzeitig sein – nämlich getrennt voneinander in zwei verschiedenen Klassenzimmern.

„Okay, und was willst du damit sagen?“, drängte Alex, die Cams Gedanken aufgefangen hatte.

„Dieses Ding, der Klon oder was immer es sein mag, greift uns nur an, wenn wir nicht beisammen sind“, erklärte Cam. „Und das ist in dem Moment der Fall, in dem du ins Chemielabor gehst und ich Kunst bei Mrs Wagner habe. Wenn wir nicht …“ Ihre grauen Augen leuchteten dank einer plötzlichen Eingebung auf. „Wenn wir uns nicht aneinander klammern …“

„Ja, super.“ Alex verzog das Gesicht. „Ich lasse also Chemie ausfallen und tauche unangemeldet bei dir in Kunst auf. Und welche Ausrede hab ich dafür?“

„Nein, nein. Wir können natürlich nicht physisch beisammen bleiben. Aber was ist, wenn wir telepathisch in Kontakt bleiben, also wenn wir uns per Denkmail alle paar Minuten melden?“ Cam war zwar keine großartige Gedankenleserin, aber in letzter Zeit war es ihr immer besser gelungen, sich in die Gedanken ihrer Schwester einzuloggen.

„Klingt ja wie ein Plan“, sagte Alex. „Und grade noch rechtzeitig, weil's gleich klingelt.“

Ein paar Minuten später, als Alex gerade an einem der Experimentiertische im Chemielabor stand, hörte sie Cam fragen: *Macht's Spaß, Madame Curie?*

Klar doch, denkmailte Alex zurück. *Gummihandschuhe und Schutzbrille sind für mich das Geilste. Und wie läuft's bei dir?* Sie bekam keine Antwort.

Cam, versuchte Alex es noch einmal. *Alles okay? Hey, kannst du mich hören? Cam ... was ist los? Komm schon, melde dich, sonst werde ich nervös.*

„Hi, hier bin ich doch“, sagte eine ungeduldige Stimme. Alex blickte auf. Ihr direkt gegenüber auf der anderen Seite des Tisches stand Cam und starrte sie an. Als sich ihre Blicke trafen, trat plötzlich ein Ausdruck tiefsten Mitleids auf Cams Gesicht.

„Was machst du denn hier?“, wollte Alex wissen. „Warum bist du nicht in Kunst?“ Sie blickte sich nach ihrem Chemielehrer Mr Calio um. Er war abgelenkt, weil er gerade mit einigen Schülern an einem Tisch am anderen Ende des Raumes arbeitete.

„Oh, Alex, es tut mir so furchtbar Leid ...“ Cam biss sich auf die Lippe, wandte den Blick ab, dann schaute sie ihre Schwester wieder an. „Es ist so furchtbar, aber du musst es erfahren! Ich wollte nur meine Zeichenmappe aus dem Spind holen ...“

„Noch eine?", fragte Alex. „Du hattest doch schon eine herausgenommen, was ist mit der passiert?"
Cam blinzelte. „Spielt keine Rolle. Jedenfalls lag in meinem Spind ein Brief. Von Cade. Ich weiß nicht, wie ich es dir sagen soll …"
Alex Herz sackte plötzlich nach unten, wie ein Lift, dessen Kabel gerissen war. „Was?", fragte sie.
„Es ist vorbei. Er macht Schluss mit dir. Aber er hat Angst, dass du total durchdrehst. Er ist wirklich ein netter Junge, Alex. Aber er fährt halt nicht mehr auf dich ab."

Das war nicht Cam.
Noch vor fünf Minuten bei den Schließfächern hatte Cam ihr Sonnenamulett um den Hals getragen. Diese … diese Kreatur hier … sie trug keins. Und ihre grauen Augen blickten kalt, viel kälter, als Cams Augen jemals geblickt hatten. Außerdem verbreitete sie einen Geruch nach Nesseln und Stechapfel. Alex war sicher, dass sie diesen Duft schon bei ihrem letzten Aufenthalt auf der Insel Coventry gerochen hatte.
Sie hatte nicht viel Erfahrung damit, ihre Gedanken zu verwirren; trotzdem schloss sie die Augen, stellte sich eine Türe aus Panzerstahl vor und schlug sie in ihrer Vorstellung kräftig zu, sodass sie ihr gesamtes Denken dahinter einschloss.
Für diesen intuitiven Einfall hatte sie doch mindestens einen Punkt verdient! Die Sache musste wohl funktioniert haben, denn die geklonte Cam auf der anderen Tischseite tat plötzlich so, als zerfließe sie vor Mitleid, aber in Wirklichkeit konnte sie ihren Spott und Hohn kaum zurückhalten. Sie schien tatsächlich zu glauben, dass Alex ihr das Lügenmärchen über Cade abgekauft hatte.

„Hey, Kumpel, das kann ich schier nicht glauben", sagte Alex und tat so, als sei sie erschüttert. Insgeheim freute sie sich sogar darüber, dass der scharfe Geruch des Mädchens, oder was immer dieses Geschöpf sein mochte, ihr das Wasser in die Augen trieb. Die paar Tränen kamen grade richtig, denn jetzt würde die Hochstaplerin erst recht überzeugt sein, dass Alex wegen der Cade-Story todunglücklich war. Und genau das hatte der Cam-Klon offenbar geplant.

„Bist du mir jetzt böse, weil ich dir das erzählt habe?", fragte die falsche Cam süßlich, konnte aber den schadenfrohen Tonfall in ihrer Stimme nicht völlig unterdrücken. „Ich meine, weil sich Cade mir anvertraut hat …"

Was die schleimige Cam-Kopie vorhatte, interessierte Alex längst nicht mehr. Sie wollte sie so schnell wie möglich loswerden und nachschauen, was mit ihrem echten Zwilling los war. Wer weiß, vielleicht hatte dieses janusköpfige dumme Ding mit Cam etwas Schlimmes angestellt?

Aber im Moment spielte Alex noch mit. „Ja, klar bin ich das. Ich bin total sauer auf dich, kapiert? Ich bin so sauer, dass ich dir am liebsten …"

„… dass du gar nicht mehr nach Coventry willst, stimmt's?" Der Klon setzte eine niedergeschlagene Miene auf, aber ihre Augen glitzerten vor erwartungsvoller Aufregung. „Und du willst dich bestimmt auch nicht mehr weihen lassen, oder?"

Bingo! Damit war die Frage nach dem „Warum?" geklärt. Jemand wollte verhindern, dass Alex den Hexenschwur ablegte. Jetzt mussten Cam und Alex nur noch herausfinden, *wer* das nicht wollte und *wie* diese Person das verhindern wollte.

„Hey, Kumpel, du hast es echt geschnallt", verkündete Alex dem Mädchen, das Cam sein wollte. „Ich werde keinen

Schweißfuß mehr auf die Insel setzen, selbst wenn … äh, wenn mich … irgendein verhexter Warmduscher darum anflehen würde!“

Zu viel Gossenjargon? Jedenfalls guckte sie ihr angeblicher „Zwilling“ ziemlich verwirrt an.

„Hexenweihe? Ist für mich total vorbei!“, erklärte Alex beharrlich. „Und jetzt *hasta la vista*, Baby, bevor dich Mr Calio hier im Labor erwischt.“

„Das funktionierte ja nun wirklich Spitze!“, schimpfte Cam, als sie sich auf der Treppe vor dem Schuleingang trafen. „Ich konnte dich eine halbe Minute lang hören, dann kam nur noch Rauschen, wie bei einer Tonstörung. Ich wäre beinah aus dem Unterricht gelaufen, um herauszufinden, was los war.“

„Beinah, aber nicht ganz – warum?“

Cam starrte sie vorwurfsvoll an. „Weil du mir diese hochnäsige Denkmail geschickt hast – dass ich eine beschissene Gedankenleserin sei und dass du ganz gut ohne meine Hilfe zurechtkommst.“

„Aber, Cami, das war ich doch gar nicht. Ich habe dir keine Denkmail geschickt.“

„Also wirklich. Ich kenne doch deine Hand … äh, Denkschrift“, protestierte Cam. Ein paar Sekunden später flüsterte sie: „Das war *sie*, stimmt's?“

Alex nickte. „Klar, das war unser neuer ‚Zwilling‘. Sie ist hier, um uns gegeneinander auszuspielen“, erklärte sie, während sie die Straße entlanggingen. „Aber was noch wichtiger ist: Sie soll uns, oder jedenfalls mich, davon abhalten, die Hexenprüfung durchzuziehen. Also, dreimal darfst du raten: Wer will wohl verhindern, dass wir nach Coventry zurückkehren?“

Cam brauchte nicht mal darüber nachzudenken. „Erster Versuch? Onkel T. Obwohl ich mir nicht vorstellen kann, dass er sich in eine von uns verwandelt. Dazu ist er doch viel zu arrogant …“

„Aber er würde keine Sekunde zögern, jemand anders zu schicken, der die Dreckarbeit für ihn macht. Das ist so was wie eine Angewohnheit bei ihm“, meinte Alex. „Im Endeffekt will er nur eins: dass nur eine von uns oder keine bei der Hexenweihe in Coventry aufkreuzt.“

„Weißt du was, Alex?“, fragte Cam zögernd. „Manchmal bin ich tatsächlich nicht sicher, ob ich das alles durchziehen will … Ich meine, was haben wir denn schon davon?“

Alex schaute ihre Schwester scharf an. Wenn das nun *wirklich* meine Schwester ist, dachte sie.

„Hey, ich bin’s wirklich!“, rief Cam und wedelte mit beiden Händen vor Alex’ Gesicht herum. „Cam heiße ich, bin stolz auf mich, nichts macht mich so wild wie mein Spiegelbild …“

„Clever.“ Alex grinste; jetzt war sie überzeugt. Die unbekannte Cam-Imitation hatte nämlich nicht viel Sinn für Selbstironie.

Sie kamen gerade am PITS vorbei, ihrer Lieblingspizzeria, dann am CD-Shop Music & More und gingen den Hügel hinauf nach Hause. „Na ja“, antwortete Alex schließlich auf Cams Frage, „was wir davon haben? Erstens werden unsere Zauberkräfte danach viel stärker sein …“

„Und? Brauchen wir sie überhaupt?“, fragte Cam zweifelnd.

Plötzlich fiel ihr ein, wie sie damals ihrer besten Freundin Beth das Leben gerettet hatte. Oder wie sie ein Trio kleiner Jungs davon abgehalten hatte, sich von defekten Feuerwerkskörpern die Hände zerfetzen zu lassen. Und natürlich war auch klar, dass es ihr viel leichter fallen würde, die Wunder-

Cam zu spielen und Kinder aus der Not zu retten, wenn sie größere Zauberkraft besaß.
„Aber hast du nicht eben gesagt, dass dieses … Ding vielleicht nur *dich* davon abhalten will, nach Coventry zu gehen? Oder mich? Warum sollte das …“ Aber bevor Cam die Frage auch nur ausgesprochen hatte, wusste sie schon selbst die Antwort. Sie hatte die zündelnden Jungen im vergangenen Sommer nicht allein gerettet. Okay, sie war zufällig genau dort gewesen, wo es geschah, aber Alex hatte aus der Ferne mitgewirkt, und *gemeinsam* hatten sie einen Zauberspruch angewandt, mit dem sie die Kids gerettet hatten. Und *gemeinsam* hatten sie auch damals beim Riesenrad eine Katastrophe verhindert. Cam dachte auch daran, wie aufregend es immer war, wenn sie diesen Energieschub verspürte, wenn das Adrenalin durch ihren Körper rauschte, sobald sie ihre gesamte Kraft und all ihre Fähigkeiten aktivieren musste, um jemandem zu helfen, der sich in Schwierigkeiten befand. Wie viel mehr Gutes würden sie erst tun können, sie und Alex, wenn ihr Wissen über die Zauberkunst und die erstaunlichen Kräfte, mit denen sie geboren worden waren, erst einmal voll entfaltet und noch stärker würden?
Andererseits war es sehr gut möglich, dass sie eigentlich gar keine Steigerung ihrer Zauberkraft mehr brauchte. Wollte sie das überhaupt? War es ihr die Sache wert, jetzt so hart arbeiten und büffeln zu müssen …?
„… und uns von jedem Hexer und jeder Hexe auf der Insel ständig beobachten und benoten zu lassen?“, vollendete Alex die Frage.
Cam grinste und zuckte die Schultern. „Ich glaube, ich werde damit schon fertig. Und wie steht’s bei dir?“

„Ich bin dabei", stimmte Alex zu, während sie die Allee entlanggingen, die zu ihrem Haus führte. Unter ihren Schuhen raschelte das frisch von den Bäumen gefallene Laub, doch der gewaltige Zuckerahorn vor dem Haus, an dessen Stamm Dylans Mountainbike lehnte, bot immer noch seine flammende Farbenpracht.

Cam blieb vor der Haustür stehen, denn ihr war plötzlich ein Gedanke gekommen. Er hatte mit niemandem sonst zu tun – nur mit Alex. Sie dachte daran, wie einsam sie sich als Kind gefühlt hatte, wie ein Freak im Vergleich zu den anderen Kindern. Niemanden zu haben, mit dem man über die seltsamen Dinge sprechen konnte, zu denen sie fähig war. Manchmal hatte sie sich sogar selbst als „Missgeburt von Marble Bay" bezeichnet.

„Klar doch, mir ging's ja genauso, ich war die ‚Verrückte von Crow Creek'", mischte sich Alex in ihre Gedanken ein. „Aber was willst du damit sagen?"

„Dass wir eine Familie sind", erklärte Cam. „Wir sind nicht abartig und allein."

„Stimmt. Wir sind abartig und zu zweit", grinste Alex.

Cam lachte. „Also doppelt abartig." Sie dachte kurz nach. „Und wären wir wieder getrennt, dann würden wir uns wieder genauso daneben und fehl am Platz fühlen wie früher."

„Außer auf Coventry", erinnerte Alex ihre Schwester und sich selbst. „Und das ist übrigens auch der Ort, von dem unser Klon kommt", fügte sie hinzu. „Heute im Labor ist mir nämlich wieder eingefallen, woher ich ihren Geruch kannte. Stechapfel und Nesseln, den kenne ich von Coventry – von Crailmore, glaube ich."

„Crailmore?" Cams Hand lag bereits auf dem Messingtür-

knauf. Dann zögerte sie und blickte Alex interessiert an. „Okay. Und wer hängt wohl ständig in der Festung unserer Ahnen herum, außer unserem Onkel T und unserer Mutter?"
„Die drei Furien", sang Alex im Choralton und meinte damit das Trio junger, ausgesprochen hinterhältiger Hexen, mit dem es die Zwillinge schon mehrfach zu tun bekommen hatten. „Unsere lieben Freundinnen Sersee, Michaelina und Epie. Aber nach unserem letzten Treffen waren sie doch gar keine Fans von Onkel Thantos mehr, oder? Und dann ist da natürlich auch noch der liebe Shane – der alle fünf Minuten darüber nachdenken muss, auf welcher Seite er gerade steht."
„Ein echter Schleimer", jammerte Cam, „das ist traurig, aber wahr." Sie stieß die Haustür auf. „Aber auf Crailmore wohnen ja auch noch Onkel T.s Lakaien: der Typ mit dem Pferdeschwanz, der Karshs Aufzeichnungen für Thantos abschreiben musste, und außerdem diese Junghexe namens Amaryllis, zu der Thantos wohl sehr großes Vertrauen hat …"
Alex unterbrach Cams Gedankengang. „Unsere dämonische Doppelgängerin taucht nie auf, wenn wir zusammen sind. Das gibt uns die Chance, das Monster loszuwerden. Aber wo und wann?"
„Wie wär's mit unserem Schlafzimmer? Heute Nacht?" Cam war ganz aufgeregt. Sie hatte endgültig genug davon, sich ständig zum Narren halten zu lassen.
„Du bist aber ehrgeizig." Alex folgte ihr ins Haus.
„Überhaupt nicht. Das schaffen wir schon", versicherte ihr Cam.
„Hör mal, Camryn Barnes, es geht hier nicht um die Wahl der Miss Marble Bay!"
„Genau!", rief Cam und ihre grauen Augen schimmerten eif-

rig und ungeduldig. „Es ist ein harter Kampfeinsatz! Ich weiß nicht, wie's dir geht, aber mit Täuschung und Arglist und Hausaufgaben und Weiheprüfungen gleichzeitig werde ich nicht fertig."

„Seid ihr das?", rief Emily aus der Küche. Es kam selten vor, dass sie schon so früh zu Hause war. „Kommt bloß nicht in die Küche!", befahl sie, wobei ihre Stimme aufgeregt und alarmiert zugleich klang. „Ich komme gleich zu euch raus."

Alex und Cam warfen sich einen Blick zu. „Wir müssen ihr unbedingt schonend beibringen, dass wir über die Geburtstagsfete längst Bescheid wissen", flüsterte Cam.

Alex schüttelte ablehnend den Kopf. „Wir gehen rauf in unser Zimmer", rief sie Emily zu. „Wir sehen uns später."

Cam stapfte wütend hinter ihrem Zwilling die Treppe hinauf. „Aber mindestens eine von uns muss ja wohl an unserer eigenen Geburtstagsfete teilnehmen!", zischte sie. Sie begannen sich bereits wieder zu streiten, ein Zeichen, dass alles wieder normal wurde. „Ich bin dafür, dass wir unseren dritten Zwilling hinschicken."

Kapitel 6

EIN GANZ EINFACHER PLAN

Alex gab schließlich nach. Sie hätte es zwar nie zugegeben, aber Cams Begeisterung wirkte so ansteckend wie ein Grippevirus.

Der Plan, den sie entwickelt hatten, war ziemlich einfach. Sie würden nur eine ihrer üblichen Streitereien anfangen, woraufhin ein Zwilling wütend aus dem Zimmer stürmen und laut die Tür hinter sich zuknallen sollte. Die andere würde im Zimmer bleiben und den Lockvogel spielen. „Wie ein großes, saftiges, stinkendes Käsestück, das auf die Ratte wartet", beschrieb Alex feinfühlig diese Rolle.

„Und das muss natürlich ich sein", sagte Cam säuerlich. Sie konnte über Alex' fantasievolle Beschreibung ihrer Aufgabe nur den Kopf schütteln.

„Wer sagt das?", wollte Alex wissen.

„Wer stürmt normalerweise aus dem Zimmer und knallt ständig mit den Türen?", fragte Cam.

„Da ist etwas Wahres dran", gab Alex zu. „Okay, ich verschwinde."

Alex sollte durch Dylans Zimmer ins Badezimmer schleichen,

das sein Zimmer mit dem der Zwillinge verband. Dort würde sie sich auf die Lauer legen und mit dem Ohr an der Tür warten, bis die Alex-Imitation auftauchte – und wie eine Ratte in die Falle ging. Cam hatte also tatsächlich das Käsestückchen zu spielen und Alex die Katze. Sobald Cam das Zeichen gab, würde Alex die Tür aufreißen und die Falle zuschnappen lassen.

Dann wären die beiden echten Zwillinge nämlich in einem Zimmer.

Zusammen mit dem „dritten Zwilling“.

Dieses Geschöpf würde sich nicht mehr als Alex ausgeben können, wenn die echte Alex direkt daneben stand.

Die Hochstaplerin würde sich zu erkennen geben müssen.

Also – alles ganz einfach.

Allerdings waren vorher noch ein paar kleinere Probleme zu lösen.

Zum einen würden Cam und Alex telepathisch in Kontakt bleiben müssen, was normalerweise nicht so schwierig war, aber dieses Mal mussten sie dafür sorgen, dass sich die dritte Hexe nicht in ihre Denkmails einloggen konnte. Denn es war klar, dass dem „dritten Zwilling“ genau das gelungen war, als die Zwillinge in der Schule telepathisch in Verbindung hatten bleiben wollen.

„Hast du eigentlich schon mal probiert, jemandem telepathisch eine Vision zu schicken?“, fragte Alex hoffnungsvoll. Cam verfügte über eine bemerkenswerte Sehfähigkeit: Sie sah Dinge, die niemand anders sehen konnte. Dinge, die zu weit weg waren – nicht nur, was die räumliche Entfernung anging, sondern auch die zeitliche. In die Zukunft zu sehen war eine ihrer Spezialitäten. „Ich meine, du könntest dir doch ein Bild vorstellen und dann ganz intensiv versuchen, mir dieses per Denkmail zu schicken."

Cam schaute sie verwirrt an. „So ähnlich, wie man ein Foto einscannt und dann per E-Mail verschickt?"

„Ja, so ungefähr. Denk dir was aus und leite es an mich weiter", erklärte Alex.

Cam hatte nicht viel Erfahrung damit, auf Kommando eine Vision hervorzurufen. Normalerweise wurde sie von Visionen überrascht, wobei sich diese durch Schwindelanfälle und grauenhafte Kopfschmerzen ankündigten. Aber vermutlich war es einen Versuch wert, die Sache einmal auszuprobieren. Sie presste die Augen zu und versuchte, in der Dunkelheit etwas zu sehen.

Da war jedoch nichts als die normale Dunkelheit, unterbrochen von Lichtblitzen und bedeutungslosen Lichtpünktchen. Sie öffnete wieder die Augen und schüttelte den Kopf.

Alex seufzte entmutigt. Eine Sekunde später schnipste sie plötzlich mit den Fingern. „Ich hab's!"

Cam sah sie zweifelnd an.

„Nein, echt!", versicherte ihr Alex. „Das hab ich heute schon mal gemacht. Als diese billige Cam-Imitation ins Chemielabor spazierte und sich für dich ausgab. Ich habe schnell meine Gedanken weggesperrt. Ich habe mir einfach vorgestellt, dass ich eine Stahltür vor meinen Gedanken schließe. Für dich ist das erst recht ein Kinderspiel – ist doch deine Spezialität, dir Dinge vorzustellen."

„Meine normalen Gedanken zu verwirren ist nicht schwierig", erinnerte Cam ihre Schwester. „Schwierig wird es zu verhindern, dass sie von dem Klon aufgefangen werden, wenn ich dir etwas mitteilen will."

„Weiß ich doch. Warte mal ab und hör mir zu." Alex redete drauflos, ohne die Sache richtig durchdacht zu haben, trotzdem hatte sie das Gefühl voranzukommen. „Wir könnten uns doch eine Stahltür vorstellen, oder? Aber mit einem Guckloch darin, einem Türspion! Du weißt schon, diese kleinen runden Dinger, die man auf- und zuklappen kann. Wenn wir miteinander reden wollen, stellen wir uns vor, dass wir einfach die kleine Klappe aufmachen und unsere Gedanken hindurchschicken."

Cam stöhnte und verdrehte die Augen zur Decke.

„Hör mal, das ist so ziemlich die cleverste Idee, die wir bisher hatten", sagte Alex leicht beleidigt. „Jedenfalls ist es einen Versuch wert, oder? Also: Mach die Augen zu und stelle dir eine große, zwei Tonnen schwere Panzerschranktür vor. Nur eben mit einem winzigen Guckloch darin. Äh, ach so, damit die Sache noch ein bisschen Hexenzauber dabeihat, fassen wir dabei auch unsere Amulette an."

Cam schloss die Augen, griff nach ihrem Amulett und befolgte Alex' Regieanweisungen.

„Okay. Jetzt denke irgendwas", befahl Alex weiter. „Wollen mal sehen, ob ich das nicht ‚hören' kann."

„Denken? Wie geht das?", knurrte Cam und legte vor lauter Konzentration die Stirn in Falten. Plötzlich begann sie zu kichern.

„Was ist?!", fragte Alex unwirsch. „Was dir dabei so irre komisch vorkommt, ist mir schleierhaft. Also funktioniert die Türensache, stimmt's?" Cam nickte, und Alex sagte: „Gut. Jetzt kommt der schwierige Teil: Versuche dir das Guckloch vorzustellen."

Cam stellte sich vor, wie sie die Abdeckung des Türspions beiseite schob und durch das Loch in der massiven Stahltür spähte. Total verblüfft sah sie Alex auf der anderen Seite!

Funktioniert es?, hörte sie ihre Schwester telepathisch fragen.

Wenn du mich hören kannst, ja, denkmailte Cam sofort zurück. Spöttisch grinsend beäugte sie Alex' frisch gefärbte, mit Gel gestärkte pechschwarze Haarpracht und schickte dann ihrer Schwester noch einmal die Denkmail, die Alex offenbar nicht gehört hatte.

„Ich habe meine Haare *nicht* mit Schuhcreme gefärbt", explodierte Alex, die wider Willen richtig aufgeregt war, dass ihr Plan so gut funktionierte. „Und meine Frisur sieht auch nicht aus wie eine Schuhbürste!"

Cam riss die Augen auf. „Ich glaube, es könnte tatsächlich funktionieren!", meinte sie.

„Wenn der dritte Zwilling also auftaucht", schlug Alex vor, „rufst du mich durch den Türspion. Ich stürme herein. Und dann machen wir … äh, was machen wir denn dann?", fragte sie. „Ach so, ja: Wir wenden den Verwandlungsspruch an!" Sie grinste, höchst zufrieden mit ihrem Einfall. „Super. Wir ziehen also einfach den Verwandlungsspruch umgekehrt durch und verwandeln den Klon zurück in seine richtige Gestalt!"

„Alex", begann Cam vorsichtig, „ich unterbreche nur ungern deinen genialen Ideenwirbel …"

„Nein, lass nur, das funktioniert großartig", verkündete Alex. Sie wühlte bereits in den Coventry-Büchern – wahrscheinlich nach dem *Großen Handbuch der Zaubersprüche, Bannflüche und Verwandlungen*, vermutete Cam. „Okay", sagte Alex schließlich, als sie den schweren Wälzer gefunden hatte, und begann darin zu blättern. „Da ist er ja schon. Die Sache wird ein Bombenerfolg, du wirst schon sehen …"

„He, hallo, Sie! Ja, Sie! Können Sie mich hören?", fuhr ihr Cam dazwischen. „Der Verwandlungsspruch funktioniert nicht bei Menschen, Alex! Er ist doch nur ein sehr einfacher Zauber", erinnerte sie Alex. Ihr war eingefallen, dass sie diesen Zauberspruch nur ein einziges Mal angewandt hatten – um einen Frosch, den Sersee in ein Stück Holz verwandelt hatte, wieder zurückzuverwandeln. „Nur ein Hexengroßmeister kann Leute verwandeln. Wir beide schaffen das höchstens bei weniger entwickelten Lebewesen."

Alex überflog die Anweisungen in dem Handbuch. Cam hatte Recht. „Was ist denn weniger entwickelt als der Schleimer, der hinter uns herschleicht?", fragte sie gereizt und beschloss, sich nicht von ihrem Plan abbringen zu lassen. „Komm schon, das machen wir mit links. Wir kennen den Zauberspruch, also probieren wir ihn gleich mal aus."

Cam entdeckte ein irres Glitzern in Alex' ungewöhnlichen grauen Augen.

Sie fühlte sich selbst ein wenig daneben. All der Stress und der Mangel an Schlaf forderten ihren Tribut. Ihr war sogar richtig schwindelig. „Womit sollen wir es probieren?", gab sie nach. Sie suchte im Zimmer nach einem harmlosen Gegenstand und entschied sich für einen Bleistift. „Wie wär's damit?"

„Zu einfach", bestimmte Alex. „Legen wir die Latte ein wenig höher. Wir brauchen etwas, das, äh, ein bisschen weiter entwickelt ist als ein Bleistift", schlug sie vor und begann zu grinsen.

„Und das wäre?", fragte Cam und warf den Bleistift auf die Schreibtischplatte.

„Du!", erklärte ihre Schwester.

„Nie im Leben!" Cam wirbelte herum und starrte Alex an.

„Ich mach schon nichts falsch", versprach Alex. „Ich will nur was ganz Einfaches probieren, deine Haarfarbe ändern oder so. Wenn es funktioniert, ist das Spiel vorbei und die Guten haben gewonnen. Wenn nicht ... Was haben wir schon zu verlieren? Du hast doch eben behauptet, der Spruch funktioniert nicht bei Menschen, oder? Also, bleib mal einen Augenblick ganz still."

„Kommt nicht in die Tüte", verkündete Cam fest. „Lieber ernenne ich *dich* zur Laborratte. Also, bleib ganz still, damit ich den Spruch bei dir ausprobieren kann. Wogegen möchtest du denn deine ausgelatschten Klamotten gerne eintauschen – gegen rosa Rüschen mit Chiffon für die blonde Prinzessin?"

„Find ich genauso irre, wie du eine Spikefrisur mit grünen Strähnen finden würdest", fauchte Alex mit gehässigem Blick zurück. „Also gut, probieren wir ihn eben gegenseitig aus!"

Sie konnten sich vor Kichern kaum noch beherrschen, als sie sich an den gegenüberliegenden Wänden aufstellten und sich anstarrten. Dann schickten sie sich gegenseitig die Denkmail *Los!* und sagten den Transformer-Zauberspruch auf.

Nichts geschah.

Allerdings nur einen Augenblick lang.

Dann spürte Alex, dass ihr immer wärmer wurde; ihre Haut begann unglaublich zu jucken. Sie kratzte sich an den Armen und an der Hüfte und starrte Cam mit offenem Mund an, auf deren Haut unzählige hässliche rote Pusteln förmlich herauspoppten.

Cam warf einen Blick in den Spiegel und schrie vor Entsetzen laut auf: „Na, bist du jetzt endlich zufrieden!?"

„Okay, okay, das war wohl noch nicht so gut", gab Alex zu und kratzte sich hinterm Ohr. „Probieren wir halt was anderes."

Auch beim Abendessen ließen sie sich keine Sekunde lang aus den Augen. Was sie dabei voneinander zu sehen bekamen, war besser, als sie erwartet hatten.

Den Verwandlungszauber wieder aufzuheben hatte sich als ziemlich einfach erwiesen. Cams Pusteln waren so schnell wieder verschwunden, wie sie aufgetaucht waren; ihre Haut war zwar noch ein wenig uneben, aber sie spürte nichts Ungewöhnliches mehr. Bei Alex waren nur ein paar juckende Flecken zurückgeblieben.

Allein Dylan musste natürlich seinen Kommentar über die Folgen des Zauberspruchs, die noch zu sehen waren, loswerden. „Hey, Kumpel, sind das Flöhe oder Pubertätspickel?", fragte er kauend an Cam gewandt und schob sich ein weiteres, riesiges Stück Hähnchenpastete in den Mund.

Cam platzte mit der erstbesten Antwort heraus, die ihr in den Sinn kam. „Laubschlacht", verkündete sie.

Alle starrten sie verwirrt an und warteten auf eine Erklärung. „Wir haben in einem Haufen Laub herumgealbert", kam ihr Alex zu Hilfe. „Haben uns gegenseitig mit Laub überschüttet. Vielleicht waren Stechpalmenblätter dabei. Dylan, gibst du mir mal das Gemüse rüber, bitte?"

Dylan zog sich bald in sein Zimmer zurück, um für die Englischarbeit am nächsten Morgen zu büffeln. Emily war ungewöhnlich guter Laune. „Rein hypothetisch gefragt", begann sie, als Cam und Alex die Teller in die Spülmaschine räumten, „wenn, sagen wir mal, Beth oder Bree eine richtig große Geburtstagsfete veranstalten wollten, wo wäre dann wohl der beste Ort dafür?"

Cam warf Alex einen Blick zu. *Nein, tu's nicht,* denkmailte Alex warnend. *Sag ihr nicht, dass du schon Bescheid weißt.*

Dann soll ich die Sache mit der Aufrichtigkeit wohl vergessen?, gab Cam heftig zurück. *Jedenfalls wollte ich sowieso nur sagen: „Okay, wenn es meine Fete wäre …“*

„Warum kann man das nicht hier zu Hause veranstalten?“, mischte sich Dave ein.

Oh, verdammt, wer hat denn dich jetzt um deine Meinung gefragt?, hörte Alex Emily gereizt denken.

„Aber davon habe ich ja keinen blassen Schimmer“, ruderte Dave zurück, als hätte auch er Emilys Gedanken gehört. Aber es war schon zu spät; Emily funkelte ihn mit wütend blitzenden Augen an.

„Ihr müsst sicherlich noch eure Hausaufgaben machen“, sagte Dave schnell zu den Zwillingen. „Warum fangt ihr nicht gleich damit an? Wir können das Geschirr allein wegräumen.“

„Wenn es meine Geburtstagsfete wäre“, platzte Cam heraus, „könnte der Ort ruhig ein bisschen ausgefallener sein, würde ich sagen.“

Alex packte Cam schnell am Arm. „Nur geht es eben nicht um deine Fete“, sagte sie und zerrte ihre Schwester aus der Küche.

„Wieso Laubschlacht?“, fragte sie, sobald sie im Flur waren.

„Mir ist nichts Besseres eingefallen“, fauchte Cam und riss sich aus Alex' Griff los. „War jedenfalls tausendmal besser als deine überaus witzigen Stechpalmen.“

Sie mussten gar nicht erst so tun, als ob sie sich stritten. Cam kochte buchstäblich vor Wut, als sie in ihr Zimmer kamen.

„Und überhaupt: Was ich bei meiner Geburtstagsparty gern täte, geht dich überhaupt nichts an“, knurrte sie. „Dir ist es doch egal, was für eine Fete sie für uns steigen lassen. Du würdest dich wahrscheinlich nicht mal blicken lassen, hab ich Recht?“

„Mir geht's dabei um's Prinzip!", sagte Alex beharrlich. „Siehst du denn nicht, dass Emily wegen dieser Sache fast durchdreht? Willst du ihr wirklich die ganze Freude nehmen? Warum verzauberst du sie nicht einfach? Du könntest doch mit ihr das machen, was du mit Sersee gemacht hast. Nur umgekehrt – sie nicht zum Ballon aufblasen, sondern bei ihr den ganzen heißen Partydampf ablassen, bis sie nur noch wie ein verschrumpelter Fahrradschlauch aussieht."

„Oh ja, ich bin ja sooo böse!", sagte Cam giftig, aber Alex' Anspielung auf den üblen Trick mit dem Ballon, den sie Sersee auf der Insel Coventry gespielt hatte, war ein Volltreffer für ihr Gewissen.

Auf die Minute „Spaß" waren für Cam tatsächlich viele Stunden der Reue gefolgt. Sie hatte sich dazu verleiten lassen, rachsüchtig und grausam zu handeln. Sie hatte ihre Zauberkraft benutzt, oder vielmehr missbraucht, um einem anderen Menschen Schmerzen zuzufügen.

„Tu, was du willst, solange es niemandem schadet", war das Motto ihres Vaters Aron gewesen. Und „Dass alles zu höchster Blüte gedeihen möge", war der Wahlspruch der Hexengemeinschaft auf der Insel Coventry. Mit dieser einen, grausamen und rachsüchtigen Tat hatte Cam gleichzeitig gegen beide Überzeugungen verstoßen.

Den Bannzauber gegen Sersee hatte sie gemeinsam mit Shane ausgesprochen – und Sersee hatte ihn ohne jeden Zweifel verdient. Schadenfroh hatten sie beobachtet, wie die eitle Hexe zu abscheulichen, ballonartigen Proportionen aufgebläht wurde. Und was war der allerschlimmste Augenblick gewesen? Als Amaryllis mit einem Schubkarren die absurd aufgeblähte, völlig verstörte Hexe hinausgekarrt hatte.

Daher könnte man es durchaus verstehen, dachte Cam jetzt, wenn sich Amaryllis, eine der bösartigen Dienerinnen ihres Onkels Thantos, mit Sersee verbündet hätte, um die Zwillinge zu vernichten.

Amaryllis. Cam schauderte, als sie daran dachte, wie das Mädchen sie damals beobachtet, jede ihrer Bewegungen und Gesten genau studiert hatte.

Amaryllis? Alex hatte Cams Gedanken aufgefangen. Sie legte den Kopf schief und versuchte, aus den Tiefen ihres Gedächtnisses ein Bild hervorzulocken. Doch es ließ sich nicht bewegen. Sie verspürte ein leichtes Unbehagen.

„Das reicht!", stoppte sie Cams Erinnerungen. „Nimm endlich dein Sonnenamulett in die Hand!"

Höchste Zeit, die Falle aufzubauen, in die die Zwillingsimitation tappen sollte. Alex stellte sich die Stahltür vor, schloss die Hand fest um ihr Mondamulett und schickte ihrer Schwester durch den Türspion eine Denkmail: *Los, fangen wir an. Jetzt räuchern wir endlich den dritten Zwilling aus!*

Fällt mir wirklich nicht schwer, mir vorzustellen, dass ich dich nicht ausstehen kann!, gab Cam giftig zurück.

Es reicht, wenn du dir die Stahltür vorstellst, schrie ihr Zwilling telepathisch.

Cam holte tief Luft, schloss die Augen und stellte sich eine gewaltige Stahltür vor, die ihre Gedanken schützte. Dann bohrte sie ein Loch hindurch, das als Türspion dienen sollte. *Kannst du mich hören?*, mailte sie.

Klar wie deine geliebten Talkshows im Fernsehen, mailte Alex zurück. *Wie ist der Empfang bei dir?*

Leider viel zu klar und deutlich! Okay, dann können wir auf Sendung gehen.

Alex war ebenfalls bereit und legte sofort los. „Verdammt, du checkst aber auch gar nichts!“, schrie sie so laut, dass es jeder hören musste, der sie belauschte. „Du bist wirklich ein ganz verzogenes Biest!“

„Ich weiß eben, was das Leben lebenswert macht“, gab Cam in ihrem arrogantesten Tonfall zurück. „Im Gegensatz zu dem asozialen Gesindel, von dem du abstammst. Du bist doch in der tiefsten Provinz in einer Mülltonne mit Rädern aufgewachsen. Oh, Verzeihung, ich meinte natürlich dein ‚mobiles Heim‘, wie es so schön heißt.“

„Brrrrrp!“, machte Alex das Warnsignal eines Computers nach. „Strafpunkte für Mangel an Mitgefühl. Das gibt mindestens dreißig Steine Abzug bei deiner Weiheprüfung, Schwester. Reiz mich bloß nicht, Camryn Barnes. Ich hätte sowieso größte Lust, dir die Visage zu polieren.“

„Seit wann kümmert es dich, wie viele Punkte ich verliere oder nicht? Du willst dich ja gar nicht weihen lassen! Und was ist mit der polierten Visage?“, giftete Cam recht überzeugend. „Über deine Visage läuft doch ständig das Schleimgel aus dem Gestrüpp auf deinem Kopf!“

„Mach nur so weiter!“, schoss Alex zurück.

„Wenn wir schon vom Weitermachen reden, Schwesterchen“, schrie Cam. „Bloß weil du die Prüfung nicht auf die Reihe kriegst, heißt das noch lange nicht, dass ich sie nicht schaffen werde!“

„Und kurz darauf bestehst du natürlich auch die Reifeprüfung auf dem Festland mit Auszeichnung?“, spottete Alex in ihrem boshaftesten Tonfall.

„Absolut. Und das heißt, dass ich keine Zeit für die lächerlichen Psycho-Probleme meiner missratenen Schwester habe.

Ich muss arbeiten. Also verschwinde, Miss Ewige Junghexe. Du hast doch sicherlich woanders zu tun?“

„Überall, wo du nicht bist!“, schrie Alex scharf und stapfte laut zur Tür. Als sie die Hand auf den Türknauf legte, hauchte sie ihrer Schwester unhörbar „Viel Glück!“ zu, dann schlug sie die Tür krachend hinter sich zu.

Kapitel 7

ENTTARNT!

Wie hatten sie nur Dylan vergessen können?, fragte Alex sich entsetzt, als sie in Dylans Zimmer platzte und ihn vor dem Computer sitzen sah.

Sie hatten überhaupt nicht damit gerechnet, dass er noch zu Hause sein könnte! Hatten keine Sekunde mehr an ihn gedacht, nachdem er früher als sonst vom Abendessen verschwunden war, weil er noch für die Englischarbeit am nächsten Tag lernen müsse.

Was hatten sie eigentlich geglaubt, wo er sich aufhalten könnte?

„Kumpel, an dich hab ich gerade gedacht!“ Dylan grinste breit und stand von seinem Computerstuhl auf. „Spart mir den Weg. Wollte fragen, ob du mal meinen Aufsatz durchlesen könntest.“

„Klar doch“, versuchte Alex Zeit zu gewinnen, „aber jetzt grad im Moment muss ich erst mal …“, wobei sie sehnsüchtig zur Badezimmertür blickte, „… äh, hm, die Hände waschen … sind noch ganz fettig …“ Eine bessere Ausrede fiel ihr auf die Schnelle nicht ein.

Fettig?! Selbst wenn sie Dylans Gedanken nicht gehört hätte, hätte sie sie auf seinem Gesicht ablesen können. Er hielt sie für total bescheuert.

„Hey, Mann, du hast doch gar nicht mit den Händen gegessen! Und was ist mit der Tür auf eurer Seite?"

„Schloss kaputt", platzte sie heraus. „Äh, der Türgriff ist abgefallen."

„Egal." Und das war es ihm auch, er musste sich schließlich um seine eigenen Sachen kümmern. „Komm schon, Alex. Wirf einen Blick drauf, dauert nur eine Sekunde. Lies es einfach mal durch, okay?"

„Ich …" Sie horchte angestrengt, lauschte auf Cams Ruf, irgendein Zeichen, dass es Zeit war, in ihr Zimmer zurückzulaufen.

Nichts.

Konnte auch nicht anders sein. Schließlich hatten sie sich erst vor zehn Sekunden getrennt.

Der verkleidete Zwilling, der sie zu trennen versuchte, würde wahrscheinlich eine oder zwei Minuten brauchen, um den nächsten Angriff auf die Reihe zu kriegen und sich ein paar clevere Gemeinheiten einfallen zu lassen, mit denen er die Zwillinge gegeneinander aufhetzen konnte.

„Okay. Aber nur eine Minute. Ich muss dringend was anderes erledigen. Also, wo ist der Aufsatz?", fragte Alex und ging zu ihm. „Und was ist das Thema?"

Cam brauchte volle zehn Sekunden, bis sie den eisig kalten Wind registrierte, der unter dem Türspalt hindurchstreifte. Sie schauderte, zwang sich aber, möglichst beiläufig, aber schnell zu ihrem Bett zu gehen, wo eine Ansammlung von

Coventry-Büchern lag, aus denen sie vor dem Abendessen gelernt hatten. Eigentlich wollte sie den Bücherstapel aus dem Blickfeld schaffen, bevor das Alex-Imitat ins Zimmer kam – nur für den Fall, dass das seltsame Wesen wie letztes Mal versuchen würde, die Bücher in einen Müllsack zu werfen, was die alten Folianten sicherlich noch mehr beschädigen würde. Aber sie war nicht schnell genug.

Sie hatte gerade die Arme voller Bücher, als der falsche Zwilling ins Zimmer stürzte. Er sah Alex wirklich atemberaubend ähnlich und konnte dem echten Zwilling offenbar auch in punkto bissiger Laune lässig das Wasser reichen.

Cam starrte das Mädchen durchdringend an, suchte nach einem Fehler, irgendeiner Unachtsamkeit, einem Detail, das den Schwindel verraten würde, etwas, das sie selbst davon überzeugen könnte, dass sie *nicht* ihrer echten Zwillingsschwester gegenüberstand.

„Hey, Kumpel Oberstreber, hab ich dir nicht gesagt, du sollst meine Bücher in Ruhe lassen?"

Wenn Cam es nicht besser gewusst hätte, hätte sie schwören können, dass das ihre echte Schwester war. Die Kopie hatte Alex' schnippischen Ton verdammt gut drauf.

„Nur für deine Akten, Alex", gab Cam zurück, wobei ihre Stimme selbst in ihren Ohren ziemlich zittrig klang, „das sind auch meine Bücher. Und du brauchst sie ja sowieso nicht mehr, was willst du also damit?"

„Ich will sie haben, das reicht ja wohl", gab das Geschöpf zurück. Cam bemerkte, dass ihre Fingernägel haargenau dieselbe kotzgrüne Farbe hatten wie Alex'. Der Klon wollte nach den Büchern greifen, doch Cam brachte sie außer Reichweite. „Wofür und warum und wieso?"

„Muss ein paar Zaubersprüche auffrischen", grinste die Alex-Kopie boshaft. „Hab Cade versprochen, ihm ein paar echt dreckige Hexentricks zu zeigen."

„Kommt nicht infrage", brüllte Cam, als ob die echte Alex jemals etwas so Dämliches und Gefährliches vorgeschlagen hätte. „Du führst weder Cade noch irgendeinem anderen unserer Bekannten Zaubertricks vor!"

„Ach so, hab ich ja ganz vergessen", sagte die falsche Alex giftig und kam einen Schritt näher, die Hände wie gierige Krallen nach den Büchern ausgestreckt. „Du und Cade, ihr habt's ja so dick miteinander, dass du natürlich genau weißt, was ihm Spaß macht und was nicht …"

„Hat mit Cade überhaupt nichts zu tun!", gab Cam beharrlich zurück und wandte sich mit den Büchern ab, wobei sie Alex' Nachahmerin den Rücken zuwandte. Wenn denn schon von Alex die Rede war, wo um Himmels willen blieb ihre Schwester bloß?

„Willst du mal richtig gute Magie sehen?", fragte der Eindringling.

Cam schickte eine telepathische SOS durch das imaginäre Spähloch in der imaginären Eisentür. *Jetzt, Alex! Beweg dich! Sie ist hier!*

Mittlerweile hatte die angebliche Alex eines der Bücher von dem Stapel gerissen, den Cam in den Armen hielt. Das *Kleine Handbuch der Zaubersprüche*, das Buch, das ihnen Ileana empfohlen hatte, auswendig zu lernen.

Die Hochstaplerin schlug grinsend das Buch auf und betrachtete aufmerksam eine der Seiten. Eine Ecke des Papiers kräuselte sich und verfärbte sich erst braun, dann schwarz. Cam hörte ein fast unhörbares Knistern und einen Augenblick spä-

ter kam Rauch aus dem Buch hervor. Die bösartige Hexe fackelte tatsächlich Ileanas kostbares Buch ab!
Cam geriet in Panik und versuchte, Alex zwei das Buch zu entreißen. *Alex, komm sofort! Jetzt!*, schickte sie telepathisch einen Notruf.
Sie warf der falschen Alex rasch einen Blick zu, um zu sehen, ob sie den Notruf aufgefangen hatte – und starrte direkt in die Alex-grauen Augen des Mädchens.
Niemand, den Cam je kennen gelernt hatte, nicht einmal auf der Insel Coventry, hatte genau solche Augen. Die Augen ihrer Mutter Miranda und ihrer Kusine Ileana waren ebenfalls grau, aber sie hatten nicht genau den Grauton und auch nicht die Intensität von Cams Augen. Oder von Alex' Augen.
Augen, die lügen, dachte Cam. Und plötzlich wusste sie, was sie zu tun hatte.
Der Wahrheitsfinder war einer der ersten Zaubersprüche, die sie und Alex jemals zusammen ausprobiert hatten. Damals hatten sie ihn benutzt, um einem Mädchen Vertrauen einzuflößen, das zu verängstigt gewesen war, um die Wahrheit zu sagen. Egal ob diese Alex-ähnliche Kreatur nun Angst hatte oder nicht, jedenfalls log sie, dass sich die Balken bogen. Und sie verbarg etwas. Cam blickte sich schnell im Zimmer um. Sie hatte keine Zeit, die richtigen Kräuter herbeizuschaffen, wenn sie sich jedoch richtig erinnerte, brauchte sie ein bisschen Große Klette sowie Kamille und Zitronenmelisse. Außerdem hatte sie nicht genug Zeit, ihre Schmuckschatulle nach dem Rosenquarz zu durchwühlen, den Karsh ihr geschenkt hatte. Und es blieb auch keine Zeit, auf Alex zu warten.
„*Oh Sonne, du gibst uns Freude und Licht, vertreibe die Furcht und erleuchte mich*", zitierte sie halblaut den Zauberspruch.

„*Befreie …*“ Hier sollte sie eigentlich den Namen der Person einfügen, aber sie hatte keine Ahnung, wer da vor ihr stand. „*Befreie die Schwindlerin von Zweifel und Schmerz, gib Vertrauen ihr ein, lass sie erleichtern ihr Herz!*“

Nichts geschah. Die Alex-Imitation starrte Cam mit offenem Mund an.

„Okay.“ Cam holte tief Luft. Verhüllen … entblößen … entschleiern … äh, durchschauen … Das war's! Sie hatte plötzlich die richtigen Worte gefunden. „*Lass mich durchschauen, was sie nicht enthüllen will. Lass mich erkennen, wer sie ist, und lass uns beenden das Spiel!*“

Kaum hatte Cam den Spruch beendet, schlug die falsche Alex die Hände vors Gesicht und versuchte, es vor Cam zu verbergen. Aber es war schon zu spät. Cam sah ihren Blick, sah, wie das Blut aus ihrem Gesicht wich, wie sich seine Form veränderte.

Alex' Augen waren mit Cams Augen völlig identisch – groß und tief in den Augenhöhlen liegend. Die Augen des Eindringlings schienen plötzlich zu schrumpfen; das lebhafte Grau der Iris wich einem stumpfen Braun.

Auch die Kleider, die Cams so genannte Schwester trug, veränderten sich. Noch immer waren Alex' Körperumrisse zu erkennen, aber plötzlich erschien ein dunkler Samtumhang und verschwand wieder. Wie ein im Wasser treibendes Stück Stoff wallte der Umhang an die Oberfläche und verschwand dann wieder unter Alex' Jeans und T-Shirt, die der Klon naturgetreu kopiert hatte.

Das war eine optische Illusion gewesen, wurde Cam klar, die sie nur hatte sehen können, weil sie den Wahrheitsfinder angewandt hatte. Sagenhaft! Sie hatte offenbar eine Möglichkeit entdeckt, ein menschliches Wesen zu verwandeln, ohne seine physische Erscheinung zu verändern. Alex' Doppelgängerin verwandelte sich nicht. Doch dem Wahrheitsfinder war es zu verdanken, dass Cams Wahrnehmung des Eindringlings sich veränderte. Sie sah buchstäblich durch die falsche Gestalt hindurch!

„Ich kann noch mehr als nur ein Buch abfackeln, Schwester", drohte das seltsam verwandelte Mädchen. „Pass mal auf!"

Aber Cams magisches Sehvermögen schaltete plötzlich auf Hochbetrieb, sodass sie einen Augenblick lang wie gelähmt dastand.

Statt der Hochstaplerin das kostbare Buch zu entreißen, aus dem immer noch ein dünner Rauchfaden aufstieg, war ihre ganze Aufmerksamkeit jetzt auf das Gesicht des Eindringlings gerichtet. Starr vor Entsetzen begann sie allmählich zu erkennen, was sich in den fast unmerklich veränderten Gesichtszügen des Wesens abzeichnete …

Und instinktiv griff sie nach ihrem Sonnenamulett.

Alex schnappte plötzlich laut und entsetzt nach Luft.

Dylan fuhr von seinem Stuhl auf. „Was ist denn jetzt los?", fragte er erschrocken.

Alex gab keine Antwort. Ihr ganzer Körper stand unter höchster Spannung, im Alarmzustand. Sie horchte.

Die Geräusche, die sie hörte, schienen ganz weit entfernt zu sein, doch klang es wütend, fordernd, drohend. Alex wurde schwindlig. Ihr Kopf schmerzte; ihre Augenlider schlossen sich. Erst jetzt konnte sie einzelne Wörter verstehen.

Verwirrung säen. Zwist ernten. Reiße sie auseinander. Beide sollen dich hassen und damit sich gegenseitig hassen.

Eine tiefe Stimme, die auf absurde Weise erfreut klang – und sehr vertraut.
Und die … *wem* gehörte?
Alex' Hand fuhr zu ihrem Mondamulett, das immer wärmer geworden war. Sie spürte, dass sich das goldene Amulett in ihrer Hand bewegte, spürte, dass sie von ihm wie von einem Magneten gezogen wurde.
Thantos!
Jetzt sah sie ihn! Hinter ihren geschlossenen Augenlidern sah sie den düsteren, riesigen, bärtigen Hexenmeister lauern, der einer jungen Hexe etwas ins Ohr raunte. Sie trug ein Cape; das Haar wurde von der hochgeschlagenen Kapuze verhüllt. Sie starrte den Hexer hingerissen an. Alex konnte ihr Gesicht nicht erkennen. Aber sie sah das Gesicht ihres Onkels Thantos – spöttisch, schadenfroh, bösartig, entschlossen. Er erteilte der Gestalt vor ihm Befehle. Einer Junghexe, die nach Stechapfel und Nesseln roch …
Und jetzt endlich wusste Alex, wer das Mädchen war. Sie erinnerte sich. Schlagartig wurde ihr klar, dass Thantos ein großer, mächtiger Hexer war, der die Verwandlungsmagie beherrschte, der Menschen in andere Menschen verwandeln konnte. Und der jetzt dabei war, dieses Geschöpf zu verhexen. Er befahl seiner verräterischen Dienerin, die Zwillinge ständig zu stören, sie zu entzweien, ihr gegenseitiges Vertrauen ganz allmählich zu untergraben.
Thantos packte das Mädchen bei den Schultern und drehte es von sich weg. Einen flüchtigen Augenblick lang sah Alex ihr wahres Gesicht. Dann veränderte es sich. Es wurde zu ihrem eigenen Gesicht! Und zu Cams Gesicht! Das also war der falsche Zwilling.

Mit gewaltiger Anstrengung zwang Alex sich, den Kopf zu heben und die Augen zu öffnen. In ihrem Schädel pochte das Blut. Ihr ganzer Körper wurde von Kälteschauern geschüttelt. Sie kannte die Symptome. Schließlich hatte sie oft genug beobachtet, was Cam durchleiden musste …, doch dieses Mal war sie es, Alex, die eine Vision hatte. Und es war kein prophetischer Blick in die Zukunft gewesen, es war ein Blick in die jüngste Vergangenheit gewesen.

„Was geht denn bei dir ab?" Dylan starrte sie mit weit aufgerissenen Augen verwirrt an. „Hey, Alex, was ist los?"

Alex' Mondamulett glühte beinahe. Plötzlich hörte sie Cams stillen Schrei: *Alex, wo bist du? Ich brauche Hilfe!*

„Alex", rief Dylan panisch, „sag doch was! Du machst mir Angst!"

Sie hasste das, was sie jetzt tun musste.

Ohne Kräuter, ohne Kristall, allein mit ihrer magischen Kraft und dem Amulett, das ihr Vater für sie gehämmert hatte, warf sie den Bann des Vergessens über Dylan.

In dem Augenblick, bevor Dylan in eine erinnerungslose Starre fiel, flüsterte sie ihm zu: „Keine Angst, kleiner Bruder. Dein Aufsatz ist super."

„Es ist Amaryllis!", brüllte Alex und stieß krachend die Tür ihres gemeinsamen Zimmers auf.

Sie hatte halb erwartet, Cam in größten Schwierigkeiten zu finden – versengt vom glühend heißen Blick der jungen Hexe aus Coventry. Aber ihrem Zwilling fehlte nichts. Stattdessen schien es dem Mädchen ziemlich übel zu ergehen, das mitten im Zimmer stand und Alex bis zum letzten der rabenschwarz gefärbten Haare ähnlich sah.

Aus den Jeans und dem T-Shirt des nachgemachten Zwillings kräuselten sich dünne Rauchfäden. Ihr Gesicht war rußverschmiert, als sei sie direkt aus dem Schornstein gekrochen. Ihr gegenüber stand Cam, die ein schwelendes Buch – Ileanas kostbares Zauberbuch! – in der Hand hielt und die arg mitgenommene angebliche „Alex" wütend anstarrte.
„Das ist wirklich Amaryllis!", platzte Alex sofort heraus. „Ich hab sie am Geruch erkannt und dann hab ich ihr Gesicht gesehen! Cam, ich hatte eine Vision!"
„Ach, wirklich?", fragte Cam spitz und genervt, weil sich ihr Zwilling so viel Zeit gelassen hatte, ihr zu helfen. „Und wer bist du?"
„Ich?", fuhr Alex zurück. „Hey, ich bin deine Schwester, dein einziger und echter Zwilling! Und das hier ist Onkel Thantos' Marionette, Amaryllis!"
„Beweis!", brüllte die rauchgeschwärzte Imitation, die inzwischen zu Boden gesunken war.
Alex warf dem Mädchen einen gemeinen Blick zu, dann zeigte sie ihrer Schwester das Mondamulett. „Camryn, ich bin es!", sagte sie ungeduldig.
„Camryn, ich bin es!", äffte sie der Klon schnell nach und rappelte sich auf. Noch einmal ahmte sie Alex' frustrierten Ausruf nach und tat so, als greife sie nach etwas, das um ihren Hals hing.
Aber sie hielt nichts in der Hand. Und Cam und Alex wussten, was das bedeutete.
„Wo warst du bloß?", verlangte Cam zu wissen. „Seit fünf Minuten versuche ich, dich durch diese idiotische Gedankentür herbeizurufen! Nobelpreis für die absolut blödeste Idee des Jahrhunderts!" Aber kaum war es heraus, als ihr klar

wurde, dass ihr selbst der Fehler unterlaufen war: Erst in der allerletzten Sekunde hatte sie daran gedacht, ihr Sonnenamulett zu berühren.

„Okay, Schwamm drüber, jetzt bin ich ja hier", erklärte Alex großzügig. „Und wir haben Besuch von Onkel Thantos' neuestem Schoßhündchen, wobei die Betonung auf ‚Hündchen' liegt. Sie sollte unsere Bücher verbrennen, damit du glaubst, dass ich es gewesen sei. Er wollte, dass wir wieder miteinander streiten …"

„Schnee von gestern, das weiß ich längst", antwortete Cam. „Sie fing an zu zündeln, aber ich hab das Feuer umgedreht und die Flammen gingen sozusagen nach hinten los. Kaum zu fassen, dass er immer noch seine alten Steinzeittricks an uns ausprobiert. Dass er versucht, uns zu entzweien. Wie oft hat er das jetzt eigentlich schon probiert? Dreimal mit Shane …"

„Na also, seht ihr? Dafür kann ich nun wirklich nichts", behauptete Amaryllis verschlagen. Sie hatte immer noch Alex' Gestalt, wenn sie auch ein wenig angesengt war. „Ich meine, ich bin schließlich nur eine von seinen Lakaien, genau wie Shane."

„Shane Wright interessiert mich nun wirklich *überhaupt* nicht", warf Cam ein wenig zu schnell und mit zu viel Betonung ein.

„Ach, wirklich?" Ein hinterlistiger Ausdruck lag in Amaryllis' Augen, die ständig zwischen Grau und Braun changierten. „Shane A. Wright interessiert dich nicht? Das dürfte auch besser für dich sein. Der Superboy ist nämlich nicht im Geringsten an dir interessiert. War er eigentlich nie", behauptete die Alex-Imitation. „Interessierte sich immer nur für mich … für Alex, meine ich. Du bist viel zu verwöhnt und zu perfekt. So ein liebes, braves Mädchen! Und so ahnungslos! Du hast Shane jedes Wort abgekauft. Vermutlich hast du ja nie geschnallt, dass er viel mehr auf Typen wie Alex steht …"

„Genau wie Cade immer voll auf Cam abfährt, stimmt's?", fragte Alex das gehässige Mädchen aggressiv. „Netter kleiner Versuch, Kumpel, aber leider total daneben."

Aber Amaryllis' Stichelei zeigte tatsächlich Wirkung – in Cams Herz. Alex hörte, wie ihre Schwester heftig die Luft einsog, sah, dass ihr Tränen in die Augen schossen.

„Lass dich doch nicht verarschen! Sie lügt, sobald sie den Mund aufmacht", warnte Alex ihren Zwilling grob und vergaß völlig, ihr eine Denkmail zu schicken, statt alles laut zu sagen. „Sie macht doch nur, was Thantos ihr befohlen hat …"

„Natürlich mache ich das", mischte sich Amaryllis ein. „Und ich benutze dabei alles, was möglich ist, wenn's sein muss sogar die Wahrheit! Und dabei fällt mir ein, Camryn – erinnerst du dich an Jason, deinen Möchtegern-Freund, deinen blauäugigen Highschool-Keks, der jetzt aufs College geht? Der ist nämlich auch nicht mehr so besonders scharf auf dich!"

„Halt die Klappe, oder …", befahl Alex.

„… oder was? Willst du vielleicht deinen berühmten Telekinesis-Beam einsetzen und mich wegbeamen, mit einem … Buch?" Ihre Augen streiften durch das Zimmer und blieben am *Großen Handbuch der Zaubersprüche, Bannflüche und Verwandlungen* hängen, das auf Cams Bett lag. „Mit dem dort vielleicht? Fang schon mal an. Setze deinen angeblich sagenhaften Superblick endlich nützlich ein, statt mich dauernd anzustarren. Zeig mir doch mal, ob du die alten Schwarten in die Luft aufsteigen und auf mich herabfallen lassen kannst!"

„Mach es nicht!", schrie Cam und packte Alex, die sich abrupt zum Bett gewandt hatte, am Ärmel. „Sie will dich doch bloß dazu bringen, etwas zu tun, was dich Punkte kostet. Und sie will, dass du durch die Prüfung rasselst und deine magische Sehkraft verlierst!"

„Was sind wir doch für ein cleverer Zwilling!", rief Amaryllis spöttisch. „Hol einen Bleistift und schreib dir das auf, Alex. Im Vergleich zu Cam bist du nämlich ziemlich langsam von Begriff. Sie ist wirklich eine Pop-Prinzessin. Hat immer Recht, ist halt nur so grauenhaft langweilig. Oh, übrigens, Prinzessin, deine Mammi plant tatsächlich eine hübsche kleine Hausparty zu eurem Geburtstag. Eine total bescheuerte Fete. Zehn Leute zum Abendessen. Zum Abendessen!" Sie nickte Alex zu. „Du, Artemis, darfst dann deinen Sechzehnten mit dem berühmten Sechserpack feiern. Und, oh, übrigens will Em selbst kochen! Ist das nicht absolut galaktisch? Da habt ihr wirklich einen steilen Gaumengenuss vor euch – einen ihrer unglaublichen Köstlich…, was sag ich: Kötzlichkeiten! Ich wette, die Fete geht gleich nach dem Großen Essen in das Große Kotzen über. Die Fete wird ein Hit, den ihr nie mehr vergessen werdet!"

„Voll daneben!", schrie Cam. Dann fügte sie ein wenig unsicherer hinzu: „Das würde sie nie machen."

Alex drehte sich wieder zu Cams Bett um, als wollte sie die Bücher telekinetisch hochheben und quer durch den Raum auf die Unruhestifterin schleudern. Damit ihre Drohung auch wirklich echt erschien, konzentrierte sie sich auf einen besonders dicken Folianten und ließ ihn in ihre Hände fliegen.

„Stopp!", brüllte Amaryllis. Und als sich Alex zu ihr umblickte, reckte das Mädchen trotzig ihr Alex-Kinn und sagte: „Das ist doch euer Prüfungsmonat! Rachegelüste, ungerechte

Bestrafung, Schikanieren einer niedrigeren Hexe – und das bin ich ja wohl, meine Weihe ist noch nicht mal geplant – alles wird genau registriert und gibt Abzug! Und zwar ganz gewaltig. Das könnte euch ein paar entscheidende Steine kosten. Ihr wollt mir doch nicht irgendwas Schleimiges antun und damit eure Prüfungschancen aufs Spiel setzen?"

„Cam vielleicht nicht", gab Alex zurück und ließ das Handbuch auf das Bett zurückschweben. Sie hoffte, dass die Tür zu ihren Gedanken immer noch fest geschlossen war. „Aber weil ich nicht vorhabe, jemals nach Coventry zurückzukehren, hab ich doch nichts zu verlieren, oder?"

Ihre Nachahmerin betrachtete sie verblüfft und aufmerksam; offenbar versuchte sie herauszufinden, ob Alex es ernst meinte oder nicht. Und plötzlich konnte Alex Amaryllis' Gedanken so klar und deutlich hören, als hätte sie das Mädchen laut ausgesprochen.

Wenn Alex das wirklich ernst meint, dann war zumindest ein Teil meiner Mission erfolgreich, überlegte die Doppelgängerin. *Dann hätte ich wenigstens einen der Zwillinge davon abgebracht, sich weihen zu lassen! Aber reicht das schon? Der Meister ist ja so anspruchsvoll! Wird er damit zufrieden sein? Er wird sich wohl damit zufrieden geben müssen*, hörte Alex die junge Hexe weiter denken. *Hat Lord Thantos nicht behauptet, dass die Magie und Zauberkraft der Zwillinge halbiert werden, wenn eine von ihnen aussteigt?*

Und Amaryllis überlegte weiter, was mit ihr selbst passieren würde. Offensichtlich stand ihr nichts Gutes bevor, denn sie begann zu zittern.

Alex' Wut kühlte sehr schnell ab, als sie die verzweifelten Gedanken der Hexe hörte und die Angst in ihren Augen sah.

Statt Wut empfand sie sogar ein plötzliches, ganz unerwartetes Mitleid. Sie fühlte …, was nur?

Das Gefühl schlug wie eine Welle über ihr zusammen, warf sie buchstäblich um. Sie schämte sich, dass sie dem verängstigten Klon vorgelogen hatte, sie würde aus der Weiheprüfung aussteigen. Amaryllis rechnete jetzt fest mit ihrem Ausstieg und hoffte, dass sie damit den bösartigen Onkel der Zwillinge zufrieden stellen konnte.

Weisheit. Verständnis. Vertrauen. Mut. Aufrichtigkeit. All die Tugenden, an denen sie und Cam gemessen wurden, kamen Alex plötzlich wieder in den Sinn. In puncto Aufrichtigkeit hatte sie definitiv versagt. Wahrscheinlich auch beim Vertrauen. Und wie viel Mut brauchte man schon, um eine total verängstigte Dienerin zu quälen?

Gerade wollte sie bekennen, dass sie Amaryllis belogen hatte, als die arrogante junge Hexe eine abfällige und verächtliche Handbewegung machte und mit gehässigem Grinsen sagte: „Superidee. Spar dir den Inseltrip. Hast ja sowieso nichts zu verlieren."

Und dann, als habe sie plötzlich bemerkt, dass Alex ihre Gedanken lesen konnte, wirbelte sie ihr Denken schnell durcheinander – und begann ein neues Spielchen.

„Weißt du eigentlich, warum Cade so tut, als läge ihm was an dir? Weil er Mitleid mit dir hat! Wer würde das nicht haben? Wenn ich jemals einen unfairen Handel gesehen habe, dann zwischen euch beiden. Cam kam mit einem Silberlöffel im Mund zur Welt, während du in deinem armseligen Schrotthaufen von einem Wohnwagen eure armselige Erdnussbutter aus der Dose kratzen musstest. Sie durfte beide Adoptiveltern behalten – aber du musstest natürlich Vollwaise werden! Und versuchst du nicht ständig, alle zu manipulieren?“ Die fiese Hexe wandte sich an Cam. „Sie hat Cade längst alles erzählt! Und dich hat sie total angeschmiert!“

Alex schüttelte den Kopf. „Höre gar nicht hin“, sagte sie zu ihrer Schwester. „Die Schlange macht nur ihren Job …“

„Da hast du Recht“, fuhr Amaryllis sofort dazwischen. „Aber der ganze Schwindel war nicht meine Idee. Reine Familienangelegenheit. Ich bin nur die Handlangerin eures Onkels. Versuche nur, ihm einen Gefallen zu tun. Mich unschuldiges kleines Wesen braucht ihr dafür nicht zu köpfen!“

Cam überhörte sie einfach. „Das ist wirklich absurd“, erklärte sie Alex. „Wie können wir sie nur aus dieser idiotischen Aufmachung herausholen?“

„Was soll denn das heißen?“, regte Alex sich auf. „Sie sieht genau aus wie ich. Was ist daran idiotisch?“

„Okay, okay, dann eben nicht idiotisch, sondern nur verwirrend“, ruderte Cam zurück. „Mal fällt mir ein, wie sie wirklich aussieht, und dann ist sie plötzlich wieder diese unheimliche Alex-Version.“

„Schickt doch einfach eurem Onkel ein Telegramm“, schlug Amaryllis sarkastisch vor. „Der hat das alles angerichtet, also wird er den Bann auch wieder aufheben können. Übrigens könnt ihr mir glauben – das war kein Kinderspiel, mich ständig in eine von euch zu verwandeln.“ Sie hob die Hände und imitierte zwei Vogelschnäbel, indem sie die Finger mehrmals schnell schloss und öffnete. „Ständiges Gekeife und Streit.“

„Jetzt reicht’s mir aber wirklich.“ Cam wandte sich wütend von der rußverschmierten Alex-Imitation ab. Eigentlich war ihre Wut aber nicht mehr sehr groß. „Bringen wir’s endlich hinter uns. Was sollen wir mit ihr machen?“

Sie berührte ihr Sonnenamulett und sah, dass Alex verstanden hatte und ebenfalls ihr Mondamulett anfasste. *Also, was machen wir mit ihr?*, fragte Cam ihren Zwilling durch das Guckloch in ihrer imaginären Stahltür. *Warum wenden wir nicht einfach den Reisezauberspruch an und schicken sie genauso, wie sie dasteht, auf die Insel Coventry zurück?*

Alex' Antwort kam schnell und überraschte Cam. *Eine viel zu harte Strafe. Sie tut nur so, als sei sie mutig. Täuschungsmanöver. Kannst du selbst nachprüfen. In Wirklichkeit rieselt ihr vor Angst der Kalk aus den Knochen.*

Nachprüfen? Wie denn? Sie hat ihre Gedanken verwirrt, gab Cam per Denkmail zurück. Aber gleichzeitig fragte sie sich: Vielleicht konnte sie sich doch in Amaryllis' Gedanken einloggen?

Ileana hatte ihnen erklärt, dass ihre magischen Kräfte von jetzt an sprunghaft zunehmen würden. Sie würden mehr tun können als je zuvor – aber sie würden auch totale Fehlschläge hinnehmen müssen, ohne jede Vorwarnung. Während der Heiligen Zeit der Weiheprüfung konnten ihre magischen Kräfte ungeahnte Höhen erreichen – und plötzlich wieder in sich zusammenfallen.

Im Moment schien sich tatsächlich so etwas zu ereignen – eine gewaltige Zunahme ihrer Magie. Die Idee mit der Stahltür und dem Guckloch war trotz gewisser Anlaufprobleme absolut nobelpreisverdächtig. Und Cam war sogar der richtige Zauberspruch eingefallen, um die Alex-Kopie zu durchschauen. Außerdem gelang es ihr immer besser, unausgesprochene Gedanken anderer Leute aufzufangen.

Sie konzentrierte sich wieder auf Amaryllis, dieses Mal mit Augen *und* Ohren.

Hinter ihren geschlossenen Augenlidern tanzten Farbpunkte. Gleißende, fast blendend helle Linien, die Cam an verschüttete Farbe erinnerten, die gleichzeitig in hundert Richtungen rann – ein ständiger Strom von blubbernden und platzenden Blasen.

Sie konzentrierte sich noch mehr, hörte noch intensiver hin – und dann wurde ihr ein ganz bestimmtes Geräusch bewusst: knackende, wirbelnde Laute, die von heftigen Zuckungen der hellen Linien begleitet wurden. Das wilde Quirlen, wie Tonstörungen im Radio … wurde zu Wörtern … zu Satzfragmenten.

Und plötzlich füllte sich Cams Kopf mit den verängstigten und verzweifelten Gedanken der frechen jungen Hexe.

Ein Satz brach an die Oberfläche des ansonsten sinnlosen Wörtergewirrs: *Wie komme ich nur aus dieser Sache wieder raus?*

Dann noch einer: *Was wird Lord Thantos mit mir machen? Er hat mir ja schon gesagt, dass ich mich nicht mehr blicken lassen soll, wenn die Sache schief geht. Außerdem stecke ich jetzt mindestens einen Monat lang in dieser blöden Verkleidung!*

Und dann hörte Cam: *Angeblich sollen sie doch so gerecht und fair sein und fest an das Motto von Coventry glauben …*

Amaryllis dachte über sie nach, wurde Cam plötzlich klar, über sie selbst und über Alex.

Vielleicht behandeln sie mich … na ja, verzeihen werden sie mir wohl nicht gerade. Dafür brauchen sie mehr Barmherzigkeit, als Junghexen normalerweise aufbringen können. Aber vielleicht haben sie ein wenig … Mitgefühl?

Amaryllis schien kurz zu überlegen, dann dachte sie resigniert: *Null Chance …*

Die Tonstörungen wurden wieder lauter und Cam konnte den letzten Gedanken kaum noch verstehen: *Vielleicht kann ich sie doch noch irgendwie erweichen? Was könnte ich ihnen als Gegenleistung anbieten?*
Das Mädchen saß in der Falle, aber plötzlich hellte sich ihre Miene auf. Ein einziges Wort tauchte aus dem Gewirr ihrer Furcht und Verzweiflung noch einmal auf. Cam schaute Alex an, um zu sehen, ob sie das Wort ebenfalls gehört hatte.
„Shane", sagte Alex.
„Immer wieder Shane", bemerkte Cam enttäuscht.
„Ihr beide seid wirklich gut", gab Amaryllis zu. „Aber es ist nicht das, was ihr denkt. Shane? Ja. Aber die alten Geschichten? Nein. Was hast du vorhin gesagt? Du willst was Neues hören, keine alten Hüte? Okay, hier kommt ein echter Knaller." Sie machte mit zwei Fingern das V-Zeichen. „Hexenehrenwort."
„Spuck's aus", sagte Alex skeptisch.
„Erst muss ich noch was klarstellen. Du", Amaryllis zeigte auf Alex, „willst definitiv nicht nach Coventry zurückgehen. Für dich ist die Sache mit der Weihe gelaufen. Hab ich das richtig verstanden?"
„Eigentlich nicht", murmelte Alex.
Amaryllis wurde weiß wie die Wand.
„Bring endlich deinen Shane-Knaller", verlangte Cam von ihr.
Amaryllis schlug die Hände vors Gesicht. „Und was ist mit mir?", stöhnte sie. „Jetzt kann ich mich überhaupt nicht mehr nach Hause zurückwagen! Nicht, wenn euer Onkel erfährt, dass ich die Sache vermasselt habe. Es ist schon schlimm genug, dass meine Verwandlung nicht mal auf Coventry rückgängig gemacht werden kann und ich einen ganzen Monat

lang in dieser Zwillingshaut leben muss! Jetzt muss ich so lange hier in dieser Trottelwelt herumhängen und wie ihr aussehen!“
„Vielleicht auch nicht“, sagte Alex. Schließlich war sie dem Mädchen etwas schuldig.
„Aber zuerst schiebst du mal dein Shane-Geheimnis rüber“, mischte sich Cam ein.
Amaryllis ließ den Blick misstrauisch zwischen ihnen hin und her wandern. „Vertrauen ist eine der Tugenden, nach denen ihr beurteilt werdet“, erinnerte sie die Zwillinge. „Ihr dürft mich nicht austricksen, wenn ich euch vertraue …“
„Gebongt“, stimmte Alex zu.
„Okay“, sagte Cam.
„Also, zuerst mal“, begann ihre Imitation vorsichtig, „Shane ist nicht, was ihr glaubt. Ich meine, ihr glaubt doch, dass er Lord Thantos treu ergeben ist, stimmt's?“
Cam nickte.
„Voll daneben“, krähte Amaryllis triumphierend, und Cam stellte peinlich berührt fest, dass sie dabei sehr ähnlich klang wie eine gewisse Camryn Barnes. „Shane A. Wright ist kein Fan eures Onkels. Zwischen seiner und eurer Familie geht absolut nichts ab, glaubt mir das.“
„Shanes Familie? Aber seine Eltern haben ihn doch aus dem Haus geworfen, als er sich gegen Thantos stellte“, warf Cam ein.
„Wieder voll daneben“, krähte Amaryllis im selben Cam-Tonfall wie zuvor.
„Würdest du bitte aufhören, mich nachzuäffen?“, verlangte Cam gereizt.
„Ist doch egal“, fuhr Alex dazwischen. „Erzähl weiter. Was hast

du eben über Shanes Familie gesagt?“
„Was springt dabei für mich raus?“, wollte Amaryllis wissen.
Cam und Alex sahen sich an.
„Deine sichere Rückreise nach Coventry“, bot Cam an.
„Und ich tue weiterhin so“, versprach Alex, „als würde ich zum letzten Teil unserer Weiheprüfung gar nicht mehr aufkreuzen. Jedenfalls so lange, bis du deinen Koffer gepackt hast und aus Crailmore verschwunden bist.“
„Auf diese Weise wird niemand erfahren, dass dein Einsatz hier in die Hose gegangen ist. Wie wäre das?“, fragte Cam.
Amaryllis überlegte nur einen Augenblick lang, wobei sie die Zwillinge forschend ansah. „Okay.“ Genüsslich fuhr sie fort: „Jetzt kommt die dreckige Wäsche. Shanes Eltern, die sollen ihn hinausgeworfen haben? Nie und nimmer. Sie wollten nur jedes Aufsehen vermeiden – und zwar aus gutem Grund. Kein DuBaer sollte glauben, ihr Sohn wolle unbedingt mit Thantos dem Großen zusammen sein. Aber genau das hat dein alter Kumpel Shane die ganzen Jahre über versucht. Es war echt peinlich, dass der Junge wie eine Klette an eurem Onkel hing. Aber Lord Thantos hat keinerlei, ich wiederhole: keinerlei Vertrauen in Shane A. Wright.“
„Thantos hat zu niemandem Vertrauen“, bemerkte Cam verbittert.
Amaryllis zuckte die Schultern. „Hey, Leute, ich bin noch nicht geweiht. Kann also sein, dass meine Instinkte irgendwie nicht voll funktionieren. Aber wenn euer Onkel tatsächlich für Shane eine schwache Stelle in seinem Herzen hat, dann, glaubt es mir, befindet sie sich in der tiefsten, dunkelsten und blutigsten Herzkammer.“
„Aber warum?“, fragte Cam. Amaryllis’ düstere Worte und

ihr bösartig-triumphierendes Grinsen jagten einen Schauder über Cams Rücken.
„Hoppla! Die Frage ist tabu!“, sagte die Coventry-Hexe schadenfroh. „Ihr kennt doch die Regeln. Während des Weihemonats darf ich keine einzige eurer doofen Fragen beantworten. Aber dafür dürft ihr mir eine Frage beantworten: Wie komme ich am schnellsten nach Hause?“

Kapitel 8

WEISHEIT UND VERSTÄNDNIS

Sie waren völlig geschafft.

Der Reisende war nicht so leicht anzuwenden gewesen, wie sie es sich vorgestellt hatten. Zwar hatten sie den Zauberspruch schon mehrmals benutzt, aber immer nur, um sich selbst an einen anderen Ort zu beamen. Amaryllis auf den Trip zu schicken, hatte sich als sehr viel schwieriger erwiesen. Aber natürlich wäre es viel lästiger gewesen, wenn sie noch länger bei den Zwillingen hätte herumhängen müssen.

Thantos' kleine Komplizin beschwerte sich und spottete bei jedem fehlgeschlagenen Versuch, sie loszuwerden. Es war fast Mitternacht, als sie endlich auf die richtige Kombination von Worten, Steinen, Kräutern und – was am wichtigsten war – innerer Einstellung stießen. Denn wie sich herausstellte, mussten sie dabei eine positive Einstellung zeigen. Der Zauber funktionierte erst, als sie bereits viel zu müde waren, um ihre Energie an Ärger, Wut, Frustration oder irgendwelche anderen negativen Gedanken oder Gefühle zu verschwenden.

Amaryllis rauschte kurz nach Mitternacht aus Marble Bay ab. Da stand sie um 0.04 Uhr und beschimpfte die Zwillinge, dass es ihnen an Willen und Geschick mangele, und dann war sie eine Minute später, um 0.05 Uhr, plötzlich verschwunden, ohne auch nur Ciao zu sagen. Aber zu diesem Zeitpunkt verspürten weder Cam noch Alex Lust auf weiteres Gequassel; sie sehnten sich nur noch nach Schlaf und Stille.

Aber sie fanden beides nicht.

Cam warf sich stundenlang unruhig hin und her und starrte die Schatten der Bäume an, die von den Straßenlaternen an die Decke geworfen wurden, während ihr Verstand erbarmungslos auf Hochtouren lief. Die wirren Gedanken taumelten unablässig zwischen zwei Themen hin und her: Shane und die Sweet-Sixteen-Fete.

Okay, Shane hatte also gelogen, als er behauptet hatte, von seiner Familie hinausgeworfen worden zu sein. Keine große Sache. Im Lügen war dieser Junge sowieso Rekordhalter. Und sie selbst war Weltmeisterin, wenn es darum ging, seinen Lügen zu glauben, dachte Cam reumütig.

Aber was hatte das alles mit seiner Familie zu tun? Von allem, was Amaryllis berichtet hatte, war nur das eine wirklich neue Frage. Thantos' kleiner Hexenkumpanin zufolge war es für Shanes Familie, die Wrights, wichtig zu wissen, was die DuBaers dachten. Nicht was *Thantos* dachte, wie Amaryllis betont hatte, sondern was die *DuBaers* dachten.

Was immer Shane zu gewinnen hoffte, indem er sich in Thantos' Vertrauen einschlich, betraf offenbar seine ganze Familie. Warum also wollten Shanes Eltern um jeden Preis verhindern, dass irgendein Mitglied des DuBaer-Clans erfuhr, dass ihr Sohn versuchte, sich in Thantos' Vertrauen einzuschleichen?

Lief da vielleicht eine Familienfehde zwischen den Wrights

und den DuBaers? Gab es ein dunkles Familiengeheimnis? Oder noch einen Familienfluch?
Cam und Alex wussten nur von einem Familienfluch: dem Antayus-Fluch. Lord Karsh hatte ihn in seinen letzten Aufzeichnungen beschrieben.
Der Fluch war vor hunderten Jahren ausgestoßen worden, als einer der Ahnen der Zwillinge, der Arzt Jacob DuBaer, neidisch auf eine im ganzen Dorf beliebte Heilerin namens Abigail Antayus wurde. Jacob, der im Geheimen selbst ein Hexenmeister war, verpetzte Abigail bei den Hexenjägern von Salem.
Nach Abigails Gefangennahme und furchtbarem Tod sprach ihr Sohn den Fluch aus, dass in jeder Generation ein Antayus den Tod eines DuBaer verursachen würde – und der Fluch sollte immer das Oberhaupt des Clans treffen. Das war seit Generationen der älteste Sohn der DuBaers. In den vielen Jahren, die seither vergangen waren, hatte der Fluch nie versagt.
Noch im Sterben hatte der Großvater der Zwillinge, Nathaniel DuBaer, einen Weg gefunden, das Blutvergießen zu beenden. Er bestimmte, dass er das letzte männliche Oberhaupt des Clans gewesen sei. Nach seinem Tod sollte der Clan ausschließlich von Frauen geführt werden, da sie gegen den Fluch gefeit waren.
Das war die Erklärung für das, was alle die „Bestimmung", das Schicksal der Zwillinge nannten. Sie waren weiblich. Sie waren DuBaers. Sie waren bestimmt, den Clan zu führen. Aber erst nach ihrer Weihe.
Der Antayus-Fluch war schon schlimm genug, dachte Cam. Warteten auf Coventry etwa noch weitere Flüche und Streitigkeiten auf sie?

Frustriert boxte sie ihr Kissen zurecht und rollte sich wieder auf den Rücken. Aber es war, als hätte sie nur eine neue Karteikarte in die Hand genommen. Mit einem neuen Thema, das sich ihr aufdrängte.

„Dinner für zehn", dachte sie mit zunehmender Enttäuschung. Und außerdem würde das Festmahl ausgerechnet von Emily selbst zubereitet, die wahrhaftig alles andere als eine Meisterköchin war.

Es würde keine Massenparty geben. Es war kein Partyservice geplant. Nur ein Dinner für zehn, bei dem alle ganz brav an einem Tisch saßen. Das würden dann wohl Emily, Dave, Dylan und der Sechserpack sein ...

Aber Alex würde ja gar nicht mitmischen! Das war es! Sie musste Emily bereits irgendwie beigebracht haben, dass sie an ihrer eigenen Geburtstagsfete null Interesse hatte ... Was natürlich nur bedeuten konnte, dass Alex die Sache mit Em schon irgendwie geregelt und zugegeben hatte, dass sie darüber Bescheid wusste ..., dass beide Zwillinge wussten ..., dass eine solche Fete drohte.

Nein. Das konnte nicht sein. Das hätte sie niemals gemacht.

Aber wovon sonst konnte Amaryllis gefaselt haben? Oder hatte sie nur wieder ihre übliche Show abgezogen, nämlich „Zwietracht zu säen", die Zwillinge zu verwirren, um sie dann leichter besiegen zu können, genauso wie sie von Thantos programmiert worden war?

Okay, wenn die Coventry-Hexe geplant hatte, Verwirrung zu stiften, dann war ihr das voll gelungen. Cam war jetzt jedenfalls total konfus. Und längst viel zu aufgedreht, um noch schlafen zu können.

Leider gab es da niemanden, mit dem sie darüber reden

konnte. Ihre Zwillingsschwester hatte keinen Mucks mehr getan, seit sie die Lichter gelöscht hatten. Wie konnte Alex unter diesen Umständen überhaupt schlafen?

„Schlafen?!", fauchte Alex plötzlich. „Unmöglich, solange du dauernd jammerst. Hör auf mit deinem Gedankenmurmeln, okay? Ich hab schon genug eigene Probleme am Hals!"

„Welche zum Beispiel?", wollte Cam eifrig wissen, während sie sich aufsetzte und das Licht einschaltete.

„Mach das Licht aus!", befahl Alex wütend. „Ich versuche doch selbst schon die ganze Zeit, ein paar von unseren Problemen zu lösen, kapiert?"

Das stimmte tatsächlich. Sie versuchte es.

Aber es gelang ihr nicht. Wann genau sollten sie eigentlich nach Coventry zurückkehren, um dort die letzten Prüfungen abzulegen und ihre Weihefeierlichkeiten zu erleben?, fragte sich Alex. Bei ihrem letzten Besuch auf der Insel hatten sich Ileana und Miranda ziemlich vage über den genauen Zeitpunkt ausgedrückt. Irgendwann während ihres Geburtsmonats, mehr hatten sie nicht gesagt.

Und Rhianna hatte nur eines gesagt: „Man wird euch rufen, wenn die geeignete Zeit gekommen ist."

Okay – geeignet hieß so viel wie passend, angemessen … Aber wann würde das wohl sein? Wenn die Sonne im Zenit stand? Wenn der Mond im siebten Haus stand? Hätten sich die Coventry-Hexen noch ungenauer ausdrücken können?

Sonne und Mond! Der aufgeregte Gedanke kam von Cam, die Alex' unausgesprochenen Gedanken weitergedacht hatte.

Natürlich!

Sie waren zur Welt gekommen, als Sonne *und* Mond am Himmel standen – Alex in dem Augenblick, als der Vollmond ver-

blasste, Cam ein paar Minuten später, als die Sonne aufging.
„Also wird es wohl bei Vollmond stattfinden!“ Cam schaltete das Licht wieder ein. „Genau wie am Tag unserer Geburt!“
„Was machst du denn?“, heulte Alex auf und hielt sich die Augen zu.
„Ich schaue mal schnell auf den Kalender“, antwortete Cam, sprang aus dem Bett und lief zu ihrem Schreibtisch. „Vollmond im Oktober …?“ Sie stieß mit dem Zeigefinger hart gegen das Kalenderblatt. „Fällt auf den sechzehnten! Großer Thantos! Das sind ja nur noch … zwei Wochen!“
„Meinst du wirklich?“ Nun boxte Alex ihr Kissen zurecht. Dann knurrte sie ihre Schwester wütend an: „Und jetzt machst du sofort das Licht aus!“

Am nächsten Tag war die Cafeteria um die Mittagszeit so laut und so überfüllt wie immer. Alex war schon vor Cam eingetroffen; sie und Cade saßen bei Dylan und seiner Skateboard-Bande. Fast alle Jungs trugen Baggy-Jeans, knielange karierte Hemden und Strickmützen, die sie bis zu den Augenbrauen heruntergezogen hatten. Weder Cam noch Alex hatten viel geschlafen – ihre Gedanken beschäftigten sich immer noch mit dem Amaryllis-Problem.
Cam bemerkte, dass Beth und Bree bereits am Stammtisch des Sechserpacks saßen. Beth aß ein Baguette mit Tunfischsalat, während Bree gerade ihren Gemüseburger einer sehr kritischen Prüfung unterzog. Sie hob die obere Brötchenhälfte hoch und kontrollierte genau, ob sich nicht doch ein winziges Stückchen Rindfleisch in den Veggie-Burger verirrt hatte. Wenn sie es nicht nach Hollywood schaffte, würde Bree wohl mal die erste Fleischdetektivin der Welt werden.

Hinter ihnen, zwei Tische entfernt, saß Nadine Somerfeld allein, genau wie gestern. Cam hoffte, das neue Mädchen würde kurz aufschauen, sodass sie ihr zulächeln oder zunicken oder vielleicht sogar ein paar Worte mit ihr wechseln konnte. Aber Nadine wirkte ausgesprochen angespannt und abwehrend, nach dem Motto: „Lasst mich bloß in Ruhe."
Sie starrte in ein Buch und schien sich völlig darauf zu konzentrieren. Cam richtete ihren Teleskopblick darauf: Es war ein Sozialkunde-Lehrbuch. Cam bemerkte, dass Nadines Augen sich nicht bewegten, dem Text nicht folgten. Sie las also gar nicht, sondern tat nur so, als sei sie völlig in das Buch vertieft.
Während Cam den Sechserpack-Tisch ansteuerte, wuchs ihr Mitgefühl mit der völlig verunsicherten neuen Schulkameradin, und sie verdrängte die Angst, die Amaryllis bei ihr ausgelöst hatte. Nadines Einsamkeit und ihre Versuche, sie zu verbergen, erschienen Cam vertraut und rührend. Offensichtlich war es ihr nicht egal, was die Leute über sie dachten. Doch sie gab sich größte Mühe, allen zu zeigen, dass sie total selbstständig und außerdem schwer beschäftigt sei.
Sie erinnerte Cam an Alex. Und an sich selbst. Bevor sie und Alex zusammengetroffen waren, hatte Cam ziemlich oft so getan als ob. Sie war beliebt, erhielt jedes Jahr eine Belobigung, wurde immer als Erste gewählt, wenn ein Team gebildet werden musste – aber tief im Innern hatte sie sich genauso einsam gefühlt wie Nadine jetzt wirkte. Und genauso unsicher, ständig in Sorge, dass jemand herausfinden würde, wie seltsam sie eigentlich war.
„Ist sie doch! Ein absoluter Freak."
Das düstere Geflüster ließ Cam heftig zusammenzucken. Es

war vom Sechserpack-Tisch gekommen, wo Bree gerade mit Beth stritt … über Nadine.

„Sie ist kein Freak“, widersprach Beth beharrlich. „Sie ist nur neu …“

„… total egal“, schnitt ihr Bree das Wort ab. „Ich jedenfalls werde sie nicht an unseren Tisch holen. Hey“, sagte sie, als Cam ihr Tablett auf den Tisch stellte, „Beth hat wieder mal einen Mütter-ohne-Grenzen-Anfall. Und das Opfer heißt Nahaha-dine!“

„Hör auf, dich über sie lustig zu machen!“, zischte Beth wütend.

„Du bist ganz schön scheinheilig!“, gab Bree zurück. „Gestern hast du doch dauernd getönt, dass sie aussieht wie eine von der Heilsarmee …“

„Hab ich doch gar nicht gesagt! Ich habe nur gemeint …“

Cam hatte keine Lust, sich an dem Streit zu beteiligen. Vielleicht war sie einfach zu müde, vielleicht wollte sie aber auch nicht besser dastehen als Bree.

Bree war, wie Cam genau wusste, die ungekrönte Königin, wenn es darum ging, „cool“ und lässig zu wirken. Aber ihre familiäre Situation war die reinste Katastrophe. Ihre Mutter hatte die Scheidung nie überwunden – und ihr Vater nie seine Eitelkeit. Die beiden waren so sehr mit ihrem „Rosenkrieg“ beschäftigt, dass Bree buchstäblich jeden Tag aufs Neue zu einem Opfer wurde, dessen Überleben an einem Seidenfaden hing.

Cam kannte Bree und den gesamten Rest des Sechserpacks seit der Grundschule. Schon damals war Bree nichts als ein Häufchen Neid und Elend gewesen. Und das war denn auch ihr Spitzname geworden: „Lady Brianna von Neid“, denn

Bree tat praktisch nichts anderes, als sich ständig mit anderen zu vergleichen. Ein Lückentext, der nie endete. „Meinst du nicht auch, dass meine … (Haare, Nase, Klamotten, Größe, Gewicht und so weiter) … (besser, schöner, größer, teurer, chicer und so weiter) sind als …" Traurig aber wahr, Bree musste die Freundinnen ständig dazu bringen, andere abschätzig zu beurteilen, damit sie selbst umso besser dastand.
Trotzdem war es immer noch eine ärgerliche Eigenschaft, die Cam manchmal sogar richtig wütend machte. Und längst überholt, wie Cam dachte. Schließlich waren sie jetzt alle schon sechzehn oder wenigstens kurz davor. Höchste Zeit, dass Bree erwachsen wurde.
„Ist das hier eine Privatfehde oder darf man mitmischen?" Kristen, Brees beste Freundin, wartete geduldig, bis Beth ihren Rucksack von dem Stuhl neben sich geräumt hatte.
Beth stellte den Rucksack auf den Boden. „Deine allerbeste Freundin zieht mal wieder über Nadine her", grummelte sie.
„Nahaha-dine", korrigierte Bree.
Nicht einmal Kristen fand das noch witzig und verdrehte die Augen.
„Oh nein, bitte nicht", sagte Beth und klang noch besorgter. „Das hat ihr gerade noch gefehlt!"
Cam folgte Beths Blick und sah „Bully Stevie" Hitchens, der auf Nadines Tisch zusteuerte. Normalerweise saß der bullige, unbeliebte Junge allein, wobei er immer seine Jacke über einen Stuhl und seinen Rucksack auf einen anderen warf und überhaupt so viel Tischfläche wie möglich belagerte, um jeden abzuschrecken, der sich in seine Nähe verirrte.
Jetzt hielt er direkt auf Nadines Tisch zu. Er balancierte ein überfülltes Tablett vor sich her – eine XXL-Coke und eine Rie-

senportion Pommes, die in einem Ketschup-See schwammen, sowie eine Doppelportion Chili con Carne. Dann tat er plötzlich so, als sei er eben ausgerutscht und würde direkt neben Nadines Tisch stürzen.
Cam brauchte keine Vision, um sich darüber klar zu werden, was gleich passieren würde. Ketschup, Pommes, Coke und Chili würden sich über Nadines unschuldig gesenktes Haupt ergießen. Offenbar machte es Bully Stevie gewaltig Spaß, Nadine zu schikanieren.
Alex hatte es ebenfalls bemerkt. Sofort denkmailte sie ihrer Schwester: *Okay, ich drehe das Tablett um, sodass es über ihn selbst kippt. Du blendest ihn, damit er wirklich stolpert, aber rückwärts. Der muss seinen Fraß selbst genießen.*
Warte mal, funkte Cam zurück. *Ich hab eine bessere Idee!* Totale Inspiration! Nur gehörten dazu ein paar Zutaten, die hier und jetzt nicht zu finden waren.
Ein Gänseblümchen. Und ein Klümpchen Silber.
Das Edelmetall besaß nämlich eine seltsame Zauberkraft. Es veranlasste Menschen zu erkennen, wie einfach und rein echte Armut war. Silber. Cam fokussierte Beths Armband, Türkis in Silber gefasst. Vielleicht funktionierte der Zauber damit?
Aber ein Gänseblümchen? Damit konnte man wunderbar jeden Stress beseitigen, vor allem, wenn er ein einfaches Herz überwältigt hatte. Doch wo sollte sie mitten im Oktober ein Gänseblümchen hernehmen? Sie und Alex hatten im letzten Sommer ein paar Gänseblümchen gepflückt und getrocknet, die befanden sich jetzt aber in einer Duftschale auf der Kommode in ihrem Schlafzimmer! Sie konnte sich höchstens ein Gänseblümchen vorstellen. Jedenfalls war es einen Versuch wert.

Jetzt musste sie sich nur noch an den Zauberreim erinnern, mit dem man Negatives in Positives umwandeln konnte – den „Aus-Zitrone-mach-Limonade"-Spruch, wie ihn Ileana genannt hatte.

Durch die Kraft der Elemente, verändre die Welt, erinnerte sich Alex an den Anfang des Spruchs und schickte ihn telepathisch an Cam.

Warte mal, funkte Cam zurück. „Bree", sagte sie laut, „was meinst du – ist Beths Armband aus echtem Silber?"

„Hä?", fragten Beth und Bree im Chor.

„Ich frage ja nur", sagte Cam beiläufig.

„Lass mal sehen", befahl Bree.

„Spinnst du?" Beth zog den Arm vom Tisch, und darauf hatte Bree nur gewartet. Sie packte sofort Beths Armgelenk und hielt es fest. In dem Augenblick, in dem sie das Silberarmband berührte, rief sich Cam einen ganzen Strauß von Gänseblümchen ins Gedächtnis. Sie konnte praktisch ihren schwachen Erdduft riechen.

Durch die Kraft der Elemente
Veränd're die Welt.
Sodass, wen Böses bedrohe,
kein Unheil befällt.
Wo Dunkelheit lauert,
soll Gerechtigkeit werden,
dass Bree endlich erkennt,
das Gute auf Erden.
Lass sie Güte empfinden,
und Neid überwinden.

„Armer Bully Stevie“, verkündete Bree plötzlich. „Ein echter Angeber, aber nur, weil er total unsicher ist.“
Oh nein, stöhnte Cam innerlich. Sie lässt das Licht auf den falschen Kunden strahlen.
Aber nur eine Nanosekunde später fügte Bree hinzu: „Ich werde nicht zulassen, dass er Nadine belästigt, nur weil er selbst so arm dran ist.“
Kristens und Beths Augen traten förmlich aus den Höhlen, als sie Bree nachstarrten. Die zierliche Person marschierte entschlossen auf den riesigen Stevie zu, schubste den bereits schadenfroh grinsenden Rowdy mitsamt seinem Wackeltablett einfach aus dem Weg und lud die total verblüffte und total dankbare Nadine ein, sich an den Tisch des Sechserpacks zu setzen.
War ’ne Superleistung, Sistah, gratuliere!, denkmailte Alex ihrer Schwester.
„Hey!“ Ausgetrickst und verwirrt, wie er war, konnte Stevie nur noch hinter den Mädchen herbrüllen. „Was soll das?“
Ringsum brach spöttisches Gelächter aus. Stevie fuhr herum. Knallrot im Gesicht starrte er eine Gruppe von Jungen an, die ihn geschlossen auslachte. Seine Hände verkrampften sich derart am Tablett, dass die Knöchel weiß hervortraten. Er zitterte vor Wut.
Bully Stevie – veralbert und total blamiert, dachte Alex, die ihn aufmerksam beobachtete.
Klar, das hatte er sich selbst zuzuschreiben, weil er alle drangsalierte und schikanierte. Ein echter Psycho-Clown, der es verdiente, verächtlich behandelt, vorgeführt und von allen geschnitten zu werden. Und doch fiel es Alex schwer, seine Blamage mit ansehen zu müssen.

Vor allem, weil sie das alles plötzlich und unerwartet durch seine Augen zu sehen schien!
Es war, als sei sie in Bully Stevies Haut geschlüpft und müsse jetzt durch seine Augen beobachten, wie die Kids an den anderen Tischen über ihn lachten, auf ihn zeigten und ihm Beleidigungen zuriefen. Schlimmer noch: Alle verdrehten verächtlich die Augen und machten abfällige Handbewegungen.
Alex kam es so vor, als passierte es ihr selbst.
Und es tat weh. Sie spürte, wie sich ihre Brust verengte und ihr Herz heftig und laut zu klopfen begann. Ihr Puls raste und Tränen des Mitleids stiegen ihr in die Augen.
Sie fühlte förmlich *seine* Verletztheit.
Wie von weit weg hörte sie Dylan sagen: „Vergesst ihn, Leute."
Und genau das schienen nun alle wie auf Kommando zu tun. Sie aßen weiter, redeten, lachten, schrien – und taten überhaupt alles, um Stevie zu zeigen, dass sie ihn längst vergessen hatten.
Alex war erschüttert. Ihr Verstand kehrte in den eigenen Körper zurück, der neben Cade am Tisch der Skaterbande saß. Sie schaute Stevie nach, der sich aus der Cafeteria schlich, mit gesenktem Kopf und hängenden Schultern.
„Gehen wir noch kurz raus?", fragte Cade, nahm sein Tablett und stieß den Stuhl vom Tisch zurück.
„Klar, was denn sonst?", sagte Alex unsicher.

„Sie haben die Hochstaplerin zurückgeschickt", teilte Miranda Lady Rhianna glücklich mit.
„Und dafür haben sie Extrapunkte verdient", forderte Ileana. „Sie haben das nämlich mit Mitgefühl, Milde, Gerechtigkeit und Liebe getan!"

Rhianna betrachtete die beiden begeisterten Beschützerinnen der Zwillinge mit gerunzelter Stirn.
„Okay, vielleicht streichen wir die Liebe und geben zu, dass sie es erst im zweiten Anlauf schafften“, räumte Ileana ein. Sie warf selbstbewusst ihre prächtig glänzende blonde Lockenmähne zurück. „Aber jedenfalls haben sie bemerkenswert großes Mitgefühl und viel Güte bewiesen. Und sie haben aus ihrem Fehler gelernt.“
Doch Rhianna war heute nicht in Spendierlaune. Die beiden Frauen hatten ihr aufgelauert, als sie gerade aus dem Haus kam. Eigentlich wollte sie zum Dorfplatz und hatte sich sehr darauf gefreut, mit Lady Fan in einem der Restaurants ein gemütliches frühes Abendessen einzunehmen. Die Unterbrechung passte ihr gar nicht. „Und wieso überrascht Euch das?“, wollte sie wissen.
„Es überrascht uns doch gar nicht“, widersprach Miranda.
„Hey“, warf Ileana ein und verdrehte die Augen. „Das ist die erste Prüfungswoche und schon haben sie eine vollkommen unerwartete Situation mit Bravour gemeistert! Dabei haben sie bewiesen: Erstens Weisheit …“, sie hielt den Daumen hoch, „… und zweitens Einfallsreichtum.“ Sie fügte den Zeigefinger hinzu. Plötzlich unterbrach sie sich, offenbar enttäuscht. „Kommt schon, Lady Rhianna. Seid gerecht. Amaryllis auszuräuchern und trotzdem der bösartigen kleinen Hexe zu helfen, Thantos' Zorn zu entgehen, muss Euch schon ein paar dicke Punkte wert sein!“
„Den meisten Prüflingen würde ich ja die Punkte geben“, räumte Rhianna ein. Seufzend stieß sie das Gartentor wieder auf und führte ihren Überraschungsbesuch ins Haus. „Aber von Artemis und Apolla erwartete ich nichts weniger als das.“

„Ihr wollt sie also dafür bestrafen, dass sie begabter sind als die übrigen Prüflinge?“, beschwerte sich Ileana. „Was ist denn?!“, fauchte sie wütend, als Miranda ihr gegen das Schienbein kickte.

Rhianna freute sich, dass Miranda wenigstens versuchte, die hitzige junge Hexe zu beschwichtigen. Ein leises Lächeln spielte um ihren Mund, als sie die beiden Frauen zu dem gläsernen Wandschrank führte, in dem sie Cams und Alex' Bewertungskästchen aufbewahrte.

Auf den beiden goldenen Kästchen waren die Coventry-Namen der Zwillinge unter dem Familienwappen der DuBaers eingraviert, das einen gekrönten Bären zeigte. Auf dem Deckel befand sich eine Öffnung in Form eines Pentagramms, eines Fünfecks.

Als Lady Rhianna den Schrank aufschloss, streckte Miranda unwillkürlich die Hand nach den Kästchen aus, als könne sie dadurch den Menschen berühren, der sie geschaffen hatte. Denn Aron, ihr ermordeter Mann, hatte sie einen Tag vor der Geburt der Zwillinge gefertigt, genauso wie die beiden Amulette, die Cam und Alex trugen.

Rhianna sah die Bewegung aus den Augenwinkeln. Sie nahm die Kästchen nacheinander vorsichtig aus dem Schrank und reichte Miranda das erste. Als wolle sie Miranda die Verlegenheit ersparen und die Fürsorge für die Zwillinge gerecht zu verteilen, gab sie Ileana das zweite – der impulsiven, unbeherrschten, äußerst taktlosen und manchmal so verwirrenden jungen Hexe, die Lord Karsh zur Beschützerin der Zwillinge gemacht hatte.

Dann nahm sie eine goldene Schale aus dem Schrank, die in dem Regal über den Kästchen stand. Sie enthielt glitzernde

Kristalle sowie kostbare Edel- und Halbedelsteine in jeder Form und Farbe. Mit ihrer wulstigen Hand nahm Rhianna ein paar Steine heraus.

„Apolla verdient mindestens drei Punkte für Verständnis, denn sie war es, die Amaryllis auffliegen ließ", verkündete Ileana.

„Artemis ebenfalls. Sie haben das Mädchen mit viel Mitgefühl behandelt", erklärte Miranda der Prüfungsmentorin ihrer Töchter.

Rhianna versuchte, die beiden Frauen einfach zu überhören.

„Dafür, dass sie Amaryllis' Hochstapelei nicht nur aufgedeckt haben, sondern auch den Grund dafür …", begann sie.

Miranda unterbrach sie: „Also dann wenigstens zwei Punkte für Weisheit. Zwei Steine sollten sie auf jeden Fall bekommen."

„Und vergesst den Mut nicht!", warf Ileana ein. „Die Sache erforderte eine Menge Mut. Und sogar Vertrauen!"

„Ihr Mut verdient doch bestimmt mehrere Punkte. Was meint Ihr?", fragte Miranda.

Rhianna verlor langsam die Geduld. Sie verdrehte die Augen und befahl: „Gebt mir die Kästchen!"

Ileana und Miranda streckten ihr die Kästchen auf Armlänge hin. Rhianna nahm ein paar Steine und warf sie blitzschnell hinein.

Miranda freute sich, als sie das Klick-Klick und Klack-Klack der Steine hörte. Aber weder sie noch Ileana waren aufmerksam genug gewesen, um zu erkennen, wie viele Steine die alte Hexe in welches der beiden Kästchen geworfen hatte.

„Hört mir genau zu", befahl Rhianna knapp. „Das ist meine Entscheidung: Apolla erhält zwei Steine, weil sie den Randalierer in der Cafeteria aufgehalten hat. Artemis erhält drei Steine für ihr Mitgefühl mit dem bösen Jungen. Für die gute Zusammenarbeit erhalten beide jeweils zwei Steine. Aber für die Schadenfreude gibt es je einen Stein Abzug." Rhianna nahm jeweils einen Stein aus jedem Kästchen, die sie dann zusammen mit der Schale wieder in den Wandschrank zurückstellte. Sie eilte zur Tür. Ileana griff nach Mirandas Hand, zog sie hinter sich her und folgte der Erhabenen Ältesten. „Da wäre noch etwas", rief sie.

„Ich glaube nicht", gab Rhianna zurück und beschleunigte ihren Schritt. Die Cottagetür ließ sie offen stehen. „Jetzt auf gar keinen Fall. Ihr habt mich schon zu viel Zeit gekostet."

„Um die Zeit geht es ja gerade!" Ileana lief der davoneilenden Hexe hinterher.

„Ileana meint", warf Miranda ein, „dass wir uns fragen, wann Ihr sie zur Weihe rufen wollt?"

Rhianna ging unbeirrt weiter. „Am dreißigsten und einunddreißigsten natürlich!", rief sie verächtlich, ohne sich umzudrehen oder den Schritt zu verlangsamen.

„Aber …", rief ihr Miranda nach. Ileana ließ ihre Hand los, hob den Saum ihres mitternachtsblauen Kleides und rannte hinter der alten Hexe her.

„Wartet doch, Ehrwürden!", sagte sie so ehrfurchtsvoll wie sie konnte. Höflichkeiten gingen ihr normalerweise nicht sehr leicht über die Lippen. Aber wenn es je nötig gewesen war, Mehl zu fressen, dann war es jetzt. „Lady Rhianna, ich habe nachgedacht und …"

„So etwas kann gefährlich sein!" Rhianna seufzte tief und drehte sich zu Ileana um.

„Nein, wirklich … Warum muss ihre Befragung unbedingt

am Vortag und am Tag ihres Geburtstags stattfinden?", fuhr Ileana fort. „Warum führt Ihr die Weiheprüfung nicht bei Vollmond durch, wie Cam glaubt? Ihr wisst doch, dass ihre Festlandfamilie an ihrem Geburtstag eine Galaparty plant …"
„Rhianna, liebe Freundin", mischte sich Miranda in die Auseinandersetzung ein. „Warum gönnen wir ihren Adoptiveltern nicht die Freude, die Party so stattfinden zu lassen, wie sie es geplant haben?"
„Wir haben ihnen schon genug Freude gegönnt, weil sie diese außergewöhnlichen Kinder aufziehen durften", sagte Rhianna kurz angebunden.
Ileana schüttelte den Kopf. „Ihr versteht es nicht. Ihr versteht es einfach nicht! Emily, die Mutter, hat sich ganz ungewöhnlich große Mühe gegeben …"
Rhiannas große Daunenflügel sträubten sich knisternd, als würden sie entfaltet. „Genug!", befahl sie scharf. „Die DuBaer-Zwillinge sind schließlich gescheit und einfallsreich genug, um mit jeder Herausforderung fertig zu werden. Sie müssen es sein!"
„Natürlich sind sie das!", erwiderte Miranda. „Ihr habt Recht. Sie werden schon einen Weg finden, um mit der Situation fertig zu werden." Sie wandte sich an Ileana, um die jüngere Hexe zu beschwichtigen.
Aber Ileanas Aufmerksamkeit war durch Rhiannas Flügel abgelenkt worden. Eines Tages werde ich solche Flügel haben, überlegte sie, während sie Lady Rhianna anstarrte. Oder vielleicht doch nicht, dachte sie dann unglücklich. Schließlich wurden die Flügel nur jenen Hexen gewährt, die sich in höchstem Maße um die Gemeinschaft verdient gemacht hatten.
Und was hatte sie bis jetzt getan, um diese wunderbaren zu-

sätzlichen Gliedmaßen zu bekommen? Sie hatte keine Verdienste erworben. Sie hatte nur als Betreuerin von Cam und Alex gedient. Was ziemlich leicht gewesen war, wenn man in Betracht zog, wie intelligent, begabt und lernfähig die Zwillinge waren.

Lady Rhianna beobachtete sie abwartend und hörte jeden einzelnen ihrer Gedanken.

„In Ordnung, ich habe verstanden", sagte Ileana mit einem seltenen Anflug von Bescheidenheit. „War ziemlich unverschämt von mir, Euch vorzuschlagen, die Regeln zu verändern. Das war die Ursache dafür, dass sich Eure Federn sträubten, nicht wahr?"

Die Frage entlockte Lady Rhianna ein leichtes Kopfschütteln. „Nun gut, nun gut", murmelte sie schließlich, während sie die schöne, eitle junge Hexe betrachtete, die ihre Kindheit geopfert hatte, um Apolla und Artemis zu beschützen und zu behüten.

Im Verlauf der darauf folgenden Woche setzten Cam und Alex bei jeder passenden Gelegenheit ihre magischen Kräfte ein. Nie zuvor hatten sie sich dermaßen intensiv mit den verschiedenen Problemen ihrer Klassenkameraden, Freunde und Familie beschäftigt. Zu wissen, dass sie nun ständig „beurteilt" wurden, ließ sie sehr viel aufmerksamer werden.

Alex' Sehvermögen war jetzt fast so gut wie ihr phänomenales Gehör. Sie bewahrte Dylan davor, verletzt zu werden, als ihm Caroline Ledbetter heimlich ein Bein stellen wollte. Caroline war gerade erst in ihre Highschool gekommen und sofort voll auf Dylan abgefahren, weil der aber ihre Gefühle in keiner Weise erwiderte, hatten sich diese allmählich in Abneigung verwandelt. Alex hatte Dylan mit einem Zauberspruch blitzschnell in gleißend helles „Astrallicht“ getaucht, sodass Caroline ihr Opfer nicht mehr sehen und ihm deshalb auch nicht das Bein stellen konnte.

Beth hatte wieder einmal ihre Hausaufgaben nicht gemacht, und als sie völlig unvorbereitet in Biologie die Frage nach einem vom Aussterben bedrohten Meeressäugetier gestellt bekam, das auf der südlichen Erdhemisphäre lebte, probierte Cam einen neuartigen telepathischen „Weiterleitungszauber“ aus. Sie schickte Beth per Denkmail das Bild eines Mannes, der ein T-Shirt mit dem Aufdruck *Rettet die Manatis* trug. Prompt platzte Beth mit „Manatis“ heraus – und das war tatsächlich die richtige Antwort.

In dieser Woche gab es in der Schule sehr viel zu lernen. Alex überlegte, ob sie ihre Englischlehrerin verzaubern sollte, damit sie vergaß, Hausaufgaben aufzugeben. Doch sie entschied sich dagegen. Mrs Conner gehörte zu den Personen, die ihr Fach leidenschaftlich liebten. Wenn eine Schülerin oder ein Schüler ein Gedicht, eine Geschichte oder einen Essay wirklich richtig „auf die Reihe“ brachte, geriet sie vor Begeisterung gewöhnlich mehr aus dem Häuschen als ihre Schüler. Alex zog die Sache mit den Hausaufgaben auch deshalb nicht durch, weil sie sich nicht in Mrs Conners Unterrichtsplanung einmischen wollte.

Cam stand vor einem ähnlichen Dilemma: Eine Spielerin der Salem Wildcats, der schärfsten Gegner von Cams Frauenfußballteam der Marble Bay High School, hatte einen besonders schlechten Tag erwischt. Sie spielte miserabel und wurde von ihren eigenen Teamkameradinnen mit Vorwürfen stärker unter Druck gesetzt als durch Cams Sturmangriffe. Als dann

Cam wieder einmal heranstürmte, stellte sie sich ihr ganz allein und verzweifelt in den Weg. Cams Tor war so gut wie sicher.

Cam war zu sehr Wettkämpferin, um sich diese Chance entgehen zu lassen, vom Lob ihres völlig aufgedrehten Teams ganz zu schweigen. Trotzdem zögerte sie. Sollte sie den Ball gnadenlos ins Tor treten oder sollte sie so tun, als sei sie an dem Mädchen gescheitert, um deren Selbstbewusstsein ein wenig aufzupeppeln? In der allerletzten Sekunde entschied sie sich für das Mitgefühl und gegen ihr eigenes Geltungsbedürfnis. Sie schoss absichtlich daneben.

Als Cam eines Tages beobachtete, wie die Freundinnen die Augen verdrehten, als Bree wieder einmal einen der „sagenhaften“ Besuche ihres Vaters beschrieb – in Wirklichkeit war ihr Vater natürlich nicht aufgetaucht –, wandte sie einfach den Wahrheitsfinder an. Unter dem Zauberbann bekannte Bree, was wirklich passiert war: Ihr Vater hatte eine Kreuzfahrt in der Karibik dem längst versprochenen Besuch bei seiner Tochter vorgezogen. Aber dabei hatte er sich, wie alle anderen Passagiere, ein geheimnisvolles Virus eingefangen, sodass ihm während der gesamten Rückreise speiübel war. Bree und ihre Zuhörerinnen platzten fast vor Lachen. Brees Vater hatte seine gerechte Strafe erhalten.

Am 13. Oktober half Alex der glücklosen Hannah Priestly, der am wenigsten begabten Matheschülerin der Klasse. Während eines Mathe-Teamtests führte Alex ihre Hand, sodass sie eine komplizierte Formel völlig korrekt an die Tafel schrieb, während ihre übrigen Teammitglieder falsche Formeln präsentierten. Alex glühte förmlich vor Freude, als die Lehrerin verkündete: „Nur eine von euch hat die richtige Formel aufge-

schrieben." Hannah blickte sich ahnungslos um. Dann nannte die Lehrerin ihren Namen und ihre Teamkameraden packten sie und feierten sie, als habe sie dem Team soeben die Goldmedaille im Staffellauf gesichert.
Vielleicht war es manchmal doch ziemlich cool, eine Vollhexe zu werden, überlegte Alex.
Und dann schoss ihr ohne jede Warnung das Bild von Bully Stevie Hitchens durch den Kopf. Ein Schnappschuss, so wie sie ihn zuletzt gesehen hatte – eine armselige, in sich zusammengesunkene Gestalt, die sich aus der Cafeteria schlich. Das absolute Gegenstück zur verblüfften und begeisterten Hannah.

Weisheit.
Als Cam am Nachmittag nach Hause kam, beschloss sie, das Wort nachzuschlagen.
Alex betrat das Zimmer, als Cam gerade im Wörterbuch blätterte. „Was suchst du?", fragte sie, denn sie war schon immer stolz auf ihren Wortschatz und ihre Sprachbegabung gewesen. Sie würde Cam wahrscheinlich mit jeder Definition helfen können, die sie brauchte. Schließlich war sie Dichterin! Oder jedenfalls Songschreiberin.
Cam zuckte zusammen, als habe Alex sie bei irgendeiner verbotenen Sache erwischt.
„Nichts", sagte sie schnell. „Äh …, ich war nur irgendwie neugierig …"
Aber Alex stand bereits neben ihr und blickte ihr über die Schulter auf die aufgeschlagene Seite, die mit „Weinrebe" begann und mit „Weißdorn" endete. „Weißdorn – das ist ein Strauch, ein Hagedorn." Sie konnte sich nicht helfen, sie

musste einfach mit ihrem Wissen angeben. Das sie in diesem Fall nur der Tatsache zu verdanken hatte, dass sie sich zwei Stunden lang dem Inhalt des *Handbuchs der Inselflora von Coventry* gewidmet hatte.

„Nein, ich wollte eigentlich nur mal nachschlagen, was …“

„*Weisheit*“, hörte Alex Cams Gedanken und ging sofort darauf ein. „Warum Weisheit?“

„Ich hab mich nur gefragt, ob die Sache mit Bree und Nadine in die Kategorie Weisheit oder Verständnis fällt – oder in eine der anderen Kategorien, wie Vertrauen, Mut oder Aufrichtigkeit“, sagte Cam ein wenig verärgert.

„Du versuchst, dich selbst zu benoten!“, lachte Alex. „Warum bin ich nicht geschockt? Ich meine, nur ein totaler Streber wie du würde herausfinden wollen …“

„Wie viele Punkte ich schon gesammelt habe? Hey, es geht um meine Prüfung! Ich hab das Recht herauszufinden, wo ich stehe, oder?“, gab Cam hitzig zurück. „Jedenfalls steht hier die Erklärung. Willst du sie hören?“

„Die Sache mit Amaryllis“, sagte Alex, „das gehörte doch sicher zur Kategorie Verständnis, und es war eine Superleistung, würde ich meinen. Plus ein Spritzer Aufrichtigkeit und vielleicht sogar eine Prise Vertrauen meinerseits, weil ich die Sache mit meiner Weihe zugegeben habe …“

„Ich weiß. Dafür hättest du tatsächlich sogar von mir ein paar Punkte bekommen“, erklärte Cam großzügig.

„Blick ich das richtig? Du beurteilst mich auch?!“

„Reg dich ab, *Sistah*. Bisher liegst du noch ganz gut im Rennen. Also, hier ist die Definition. ‚Weisheit: Wissen, das Erfahrung und Lebensklugheit zusammenfasst; Fähigkeit zu unterscheiden, was wahr oder was richtig ist, bla, bla, bla …

Wissen, das Sicherheit im Verhalten zu der Welt und zu den Menschen verleiht.‘ Beim großen Thantos!“ Cam hielt überrascht inne. „Hör dir das mal an. Da steht noch was. In Klammern steht ‚altertümlich‘, was wohl so viel wie ‚uralt‘, ‚altmodisch‘ oder ‚überholt‘ bedeuten soll. Hier steht also: ‚Wissen um Magie und Hexerei!‘“

„Das passt voll auf uns“, verkündete Alex grinsend. „Was Weisheit angeht, müssten wir eigentlich alle Punkte abgesahnt haben.“

Im selben Augenblick blitzte wieder die Erinnerung an Stevie Hitchens durch ihren Kopf. „Na ja, fast alle …“, verbesserte sie sich.

„Übrigens, weißt du eigentlich, was für ein Tag heute ist?“, fragte Cam und schloss das Wörterbuch mit lautem Knall.

„Dienstag“, sagte Alex tonlos.

„Der dreizehnte!“, ergänzte Cam.

„Und diese Mitteilung soll mich wohl schockieren – warum genau?“, drängte Alex.

„Hey, es sind nur noch drei Tage bis Vollmond, hast du das vergessen?“, fragte Cam. „Wir können jeden Moment nach Coventry gerufen werden.“

Wenn das stimmte, dachte Alex, dann musste sie wohl in der Sache Stevie Hitchens noch einmal aktiv werden. Und zwar schnell und gründlich.

Kapitel 9

DER RUF

Freitag der sechzehnte kam und ging. Ein prächtiger Vollmond leuchtete in ihr Schlafzimmer. Während Alex schlief, saß Cam auf dem Bettrand und wartete auf den Ruf aus Coventry. Sie war vollkommen reisefertig gekleidet und trug, dem Anlass entsprechend, eine ihrer Lieblingskombinationen aus Kaschmirwolle.

Doch der Ruf kam nicht.

Ein weiterer Freitag verging, der dreiundzwanzigste. Und immer noch keine Nachricht aus Coventry.

Cam und Alex büffelten weiter. Sie hatten eine Reihe ziemlich eindrucksvoller Zaubersprüche auswendig gelernt und ausprobiert, sowohl zu Hause als auch in der Schule. Sie hatten sogar eigene, neue Zaubersprüche gedichtet, die größtenteils erstaunlich gut funktioniert hatten. Ihre Zaubertalente entfalteten sich immer mehr – vor allem Cams Fähigkeit, die Gedanken anderer Leute zu hören. Und was die Vorahnungen und Visionen anging, so hatte Alex bereits mindestens drei Visionen selbst erlebt, einschließlich der Vision in Dylans Zimmer, bei der sie Amaryllis erkannt hatte.

Für Cam war das lange Warten der reinste Stress. Ständig versuchte sie, sich vorzustellen, wie wohl die „mündliche Prüfung“ ablaufen würde. Probeweise benotete sie sich selbst und gab sich Punkte – und auch Alex. Nach Cams Berechnungen lagen sie jetzt Kopf an Kopf.

Vor einer Woche hatte ihr Zwilling mit einer einzigen Aktion die Führung in den Kategorien Vertrauen und Mut an sich gerissen. Sie hatte sich mit Bully Stevie Hitchens angefreundet. Und ihn dazu gebracht, sich bei Nadine zu entschuldigen. Auf die er dann auch noch prompt abgefahren war!

Jetzt wurden die beiden in den Korridoren ständig Händchen haltend gesehen und weder das neue Mädchen noch Bully Stevie mussten weiter allein am Cafeteriatisch sitzen.

Alex schwor, dass sie keine Magie angewandt habe, um das zu bewerkstelligen. Tatsächlich hatte sie nur einen Topas in Stevies Rucksack geschmuggelt – der Edelstein Topas galt als Stein des Mutes, war also hervorragend geeignet, um seine Furcht und Unsicherheit zu zerstreuen und in ihm Licht und Wärme und Liebe zu wecken.

Erst vor ein paar Tagen hatte Cam ihre Schwester wieder eingeholt. Wieder einmal war es Beth gewesen, die ihr dafür eine Gelegenheit geboten hatte.

Denn Beth fing plötzlich an, Cam ständig mit einer Geschäftsreise zu nerven, die ihre Mutter angeblich unternehmen musste. In einer Woche würde sie abreisen. Beths Mutter unternahm öfters Geschäftsreisen, und die Freundin hatte deswegen eigentlich nie großes Aufhebens gemacht. Doch nun behauptete sie ständig, sich bereits jetzt einsam zu fühlen. Und dann erklärte sie – als sei ihr diese großartige Idee gerade erst gekommen –, dass es doch absolut cool sein würde, wenn

Cam ein paar Tage bei ihr wohnen könnte, während ihre Mutter verreist war. Und, okay, Alex könnte auch kommen, wenn es denn sein müsste.
Nicht was sie sagte, klang falsch, sondern wie sie es sagte. Überspannt, aufgeregt, ständig kichernd – Beth verhielt sich ganz anders als früher.
Eines Nachmittags schlug Cam nach dem Fußballtraining vor, im PITS noch eine Pizza zu essen. Zu diesem Zeitpunkt war sie bereits ziemlich sicher, dass etwas in der Luft lag.
Die große, schlaksige Beth nickte heftig mit ihrem wilden Lockenkopf und geriet geradezu aus dem Häuschen. „Super! Dann können wir auch gleich planen, was wir machen, wenn du bei mir übernachtest, während meine Mom weg ist."
Cam konnte es kaum noch ertragen. „Beth, was ist eigentlich los? Raus mit der Sprache! Du führst dich in letzter Zeit ziemlich seltsam auf."
Beth war mitten im Eingang der Pizzeria stehen geblieben. Sie wich Cams Blick aus. Verlegen ließ sie es zu, dass Cam sie an einen Tisch in einer Nische zog. Kaum saßen sie, als auch schon alles aus Beth heraussprudelte.
„Du weißt es, stimmt's?", fragte sie unglücklich. „Ich wusste, dass ich es vor dir nicht lange geheim halten kann."
Und plötzlich kam Cam die Erleuchtung! Dieses Mal wurde ihre Vision nur von ganz leichten Kopfschmerzen eingeleitet, einem rhythmischen Pochen in den Schläfen. Dann hörte sie Beths Gedanken und *blickte* sogar in ihre Erinnerungen.
Das Bild, das sie sah, zeigte Emily … Emily, die sich von Beth hoch und heilig versprechen ließ, nichts von der Geburtstagsfete zu verraten.
Emily plante zum sechzehnten Geburtstag der Zwillinge tat-

sächlich eine Sweet-Sixteen-Party, eine Hausfete, die alle anderen Hausfeten in den Schatten stellen sollte.
Damit die Party eine echte Überraschung werden konnte, wollten Em und Dave den Zwillingen nur erzählen, ihr Geburtstagsgeschenk sei ein Abendessen in einem besonders feinen Restaurant in Boston, an dem außer der engeren Familie nur Beth teilnehmen solle. Das Restaurant war berühmt für seine äußerst aufwändigen Halloween-Verkleidungspartys.
Beth wurde beauftragt, Cam und Alex irgendwie aus dem Haus zu schaffen, damit Em ein paar Tage Zeit bekam, die Villa Barnes partygerecht umzufunktionieren.
Dank ihrer Vision erlebte Cam das ganze Gespräch zwischen Beth und Em. Beth meinte, dass alles fantastisch zusammenpasse: Ihre Mutter hätte eine Woche geschäftlich in Chicago zu tun. Deshalb würde Beth bei Emily „darum betteln", den Zwillingen zu erlauben, ihr in dem leeren Haus Gesellschaft zu leisten. Zögernd würde Emily zustimmen, und dann sollten Cam und Alex nach der Schule direkt mit zu Beth gehen, um die Tage vor der Party bei ihr zu wohnen.
Außerdem sollte Beth die Zwillinge ständig in Atem halten, zum Beispiel durch Einkaufsbummel! Die Mädchen sollten zusammen ganz Marble Bay auf der Suche nach passenden Halloween-Kostümen für das Abendessen durchstreifen. Vielleicht könnten sie auch zum Shopping Center hinausfahren, wo sich die Zwillinge ihre Geburtstagsgeschenke aussuchen könnten. Und schließlich sollten sie sich kurz vor dem angeblichen Essen im angesagtesten „Hair Saloon" der Stadt stilgerecht frisieren und schminken lassen. Alles auf Kosten von Emilys kleinen Plastikkarten …
Um Punkt acht Uhr am Samstagabend würde Beth die Zwil-

linge dann nach Hause zurückbringen, und dort würden sie mitten in eine atemberaubende Geburtstagsfete marschieren, deren Details Cam in ihrer telepathischen Vorschau allerdings nur schattenhaft erkennen konnte.

Kerzen brannten überall, das konnte sie sehen, und glitzernde Lichterketten, die sich um die Äste der Bäume im Garten wanden. Und … Kürbislaternen!

Kürbislaternen?!, stöhnte sie leise auf.

„Cami? Alles in Ordnung?“, hörte sie Beth besorgt fragen.

Meinst du das im Ernst?, wollte sie schreien. Ich kann's nicht glauben, dass sie die Fete tatsächlich zu Hause veranstalten wollen! Und auch noch als Halloween-Party! Als ob es für sie und Alex die Sensation des Jahres wäre, bei der Fete zu ihrem sechzehnten Geburtstag Bratäpfel in Sirup zu tunken und Kürbisse auszuhöhlen! Absolut lächerlich, total daneben!

Aber Cam öffnete die Augen und nickte brav, obwohl jede Faser ihres Körpers „Nein!“ schreien wollte.

„Alles okay“, murmelte sie. „Hab nur schlecht geschlafen. Alex und ich haben gebüffelt … für die nächsten Klassenarbeiten. Ach so … die Antwort ist Nein“, fügte sie schnell hinzu. „Ich meine, ich wusste gar nicht …, ich verstehe gar nicht, warum du meinst, dass ich schon Bescheid wüsste … Hatte nur irgendwie das Gefühl, dass du mir aus dem Weg gehst.“

Sie hatte Beths kleines Geheimnis nicht auffliegen lassen, obwohl es sehr leicht gewesen wäre. Stattdessen hatte sie sich entschlossen, Beth und Emily zu *vertrauen*. Und das kostete so ziemlich allen *Mut*, den sie aufbringen konnte.

Natürlich hatte sie Alex sofort aufgeklärt, als sie vom PITS nach Hause kam. Und sie hatte ihre Schwester gebeten, bei dem Spiel mitzumachen. „Wenn ich die Zähne zusammenbei-

ßen und bei dieser irren Partykatastrophe mitspielen kann, dann wirst du das wohl auch schaffen", hatte sie abschließend erklärt. „Jetzt auszusteigen, würde für Dave und Emily eine grausame Bestrafung bedeuten, die doch zu uns immer so …"
Alex hob abwehrend beide Hände. „Krieg dich nur wieder ein und erspare mir die Danksagung", unterbrach sie Cam. „Ich weiß, was ich deinen guten Leutchen zu verdanken habe. Außerdem, was hätte ich denn sonst am Samstagabend vor? Ich hab mich schon vor einer Woche in Cades Gedanken eingeloggt, um mal zu hören, was er sich so denkt. Sogar *er* ist in das große Partygeheimnis eingeweiht. Er soll mir weismachen, dass in seinem Büro plötzlich eine Krise ausgebrochen sei und dass er deshalb das ganze Wochenende bis spät in die Nacht arbeiten müsse. Und außerdem", meinte sie gereizt, „gibt's bei der Sache kein Terminproblem. Schließlich haben wir immer noch nichts von diesem idiotischen kleinen Prüfungskomitee gehört, oder? Wenn wir schon von einem Debakel reden, meine ich."
„Glaubst du, die ganze Sache könnte nur irgendein verrückter Test sein? Oder dass vielleicht wieder jemand seine Späße mit uns treibt?", hatte Cam nach einer Weile zu fragen gewagt.
„Wenn es so wäre", hatte Alex gebrummt, „dann wüsste ich endlich, warum Hexen einen so schlechten Ruf haben."

Das Einkaufszentrum war überfüllt, obwohl es erst Donnerstagabend war.
Hordenweise waren kostümierte Kleinkinder zu sehen, die mit Süßigkeiten gefüllte Plastikkürbisse in der einen Hand trugen und mit der anderen an der Hand ihrer Mütter hingen. Offenbar wurde irgendwo im Shopping Center eine Hallo-

weenparty für Kinder zwischen zwei und zehn Jahren veranstaltet.

„Ich hatte keine Ahnung davon, ich schwör's", sagte Beth und beäugte entsetzt die überall herumschwärmenden Game-Boy- und TV-Figuren, die Spidermen, Sponge-Bobs, Harry Potters und die vielen kleinen Elfen aus *Herr der Ringe*. „Ich wusste nicht, dass sie schon heute mit Halloween anfangen. Ich hab nur gedacht, wir schauen hier mal rein. Ihr habt doch gesagt, dass ihr neue Klamotten für euren Geburtstag braucht."

„Vielleicht sollte ich mir besser ein Kostüm kaufen", sagte Cam bedrückt.

„Kein Problem, Beth", versicherte Alex. Sie grub in ihren Taschen nach Kleingeld, um es in die Leckerbeutel der vorbeidrängenden Kinder zu werfen. „Der ganze Laden hier brummt ja förmlich vor grandiosen Verkleidungsideen …"

„Ganz genau", murmelte Cam. „Wir beide gehen als Lilo und Stitch – ich bin Lilo und du darfst Stitch sein."

„Äh, Cam …" Alex erstarrte plötzlich mitten in der durch die Ladenstraße drängenden Menschenmenge. „Lenke deinen Superblick mal dort rüber." Sie wies Cam mit den Augen die Richtung. „Die Frau dort in dem Kostüm …"

Cam folgte Alex' Blick. Und schnappte nach Luft. „Ileana!", rief sie überrascht. „Und Boris!"

Eine schöne blonde Frau watete förmlich durch die Menge der kleinen Menschen auf sie zu. Sie trug ein mitternachtsblaues Cape und hielt eine getigerte Katze auf dem Arm.

„Ile… wer?", fragte Beth ahnungslos.

Cam packte Alex an der Hand. Alex griff mit der anderen Hand nach dem Mondamulett. „Das ist entweder Ileana selbst oder eine von Onkel Thantos geklonten Typen …"

„Lächerlich!", schnaubte die Frau, die wie eine wunderbare Göttin aussah. „Als ob es mein idiotischer Vater ertragen könnte, mich auch noch doppelt zu sehen!"
„Du bist es wirklich!" Auf Alex' Gesicht breitete sich ein glückliches Lachen aus.
Sie ließen Beth einfach stehen und warfen sich ihrer Beschützerin in die Arme. „Was machst du denn hier?", fragte Cam aufgeregt.
„Ich dachte, Boris und ich bekommen hier vielleicht ein Sonderangebot an Süßigkeiten", sagte die Hexe ironisch. „Seid ihr bereit für eure Weiheprüfung?"
„Du meinst – jetzt sofort?", fragte Alex entsetzt.
„Nein, nicht sofort. Mitternacht reicht auch noch", verkündete Ileana großzügig und blickte auf ihre Uhr. „In ungefähr fünf Stunden solltet ihr zur Abreise bereit stehen. Das gibt euch massenhaft Zeit, um noch allerletzte Vorbereitungen zu treffen."
„Zum Beispiel?", fragte Cam. „Wir haben jedes Buch gelesen, das du uns geliehen hast. Wir haben wochenlang Zaubersprüche geübt. Ich hab einen ganzen Rucksack voller Kräuter gesammelt. Was müssen wir denn sonst noch vorbereiten? Ich meine, sollen wir Klamotten mitnehmen und eine Zahnbürste oder was?" Cam klang ein wenig verärgert, schließlich hatte sie seit Wochen vergeblich auf den Ruf aus Coventry gewartet. „Wir brauchen keine fünf Stunden. Warum können wir nicht gleich gehen?"
Ileana seufzte. „Nun, ich dachte, ich könnte die Gelegenheit nutzen, wenn ich schon mal auf dem Festland bin, um ein bisschen einzukaufen …"
„Wir sind bereit", unterstützte Alex ihre Schwester. „Wir hän-

gen hier schon einen ganzen Monat lang rum und warten darauf, dass du dich meldest. Cam hat Recht. Wir können genauso gut jetzt gleich gehen."

„Und was machen wir mit eurer völlig entgeistert herüberstarrenden Freundin?", wollte Ileana wissen.

Cam drehte sich um. Beth kam verlegen grinsend auf sie zu. „Was sagen wir ihr?", fragte sie Ileana schnell.

„Tut mir Leid", antwortete ihr Hexenvormund. „Euer Prüfungsmonat ist noch nicht vorbei. Ich darf euch nicht helfen, fürchte ich."

„Alex", sagte Cam, „was machen wir? Vielleicht hilft der Vergessenszauber? Der funktioniert bei ..." Plötzlich fiel es ihr wie Schuppen von den Augen. „Achtundvierzig Stunden?! Aber wir können jetzt gar nicht reisen!", stieß sie entsetzt hervor. Alex sah sie erstaunt an. „Die Weiheprüfung, Alex! Sie dauert achtundvierzig Stunden! Rechne doch mal nach! Wir wären bei unserer eigenen Geburtstagsfete gar nicht da!"

„Die Fete!" Jetzt hatte auch Alex begriffen. „Emily würde verzweifelt sein ..."

„Das ist gar kein Ausdruck! Sie würde am Boden zerstört, vernichtet, erledigt sein!" Cam wandte sich wütend an Ileana. „Das ist echt total unfair! Meine Festlandmutter will eine extravagante Geburtstagsfete für uns steigen lassen. Wir können doch nicht einfach abhauen! Sie rackert sich seit Wochen damit ab, vielleicht sogar seit Monaten!"

Einen Augenblick lang schien ihr Vormund Mitleid zu empfinden und wirkte sogar ein wenig traurig. „Ich weiß", seufzte sie, doch dann wurde ihre Miene streng. „Ich fürchte, diese Sache müsst ihr ganz allein entscheiden", sagte sie in belehrendem Tonfall. „Wie alles andere, was ihr getan habt oder jemals tun werdet, wird jede Wahl, jedes Urteil, jede Entscheidung dazu dienen zu bewerten, wie nützlich ihr für die Hexengemeinschaft seid."

Cam schaute Alex an, die aber nur mit den Schultern zuckte.

„Ich will aber auch nicht, dass Em durchdreht, Cam", sagte sie. „Ich … ich mag sie nämlich, sie und Dave. Und dann ist da ja auch noch Dylan …, der ist so etwas wie mein bester Kumpel in Marble Bay. Er ist wie … wie ein echter Bruder …"

„Aber?" Cams Panik ging allmählich in Ungeduld über.

„Ach, ich hab null Ahnung, was richtig ist. Ich weiß nicht, was ich tun soll!", gestand Alex. „Ich meine, wir können doch nicht an zwei Orten zugleich sein …"

„Jedenfalls nicht, solange Amaryllis nicht wieder auftaucht", schnaubte Cam. Sie stockte, doch dann begann sie plötzlich zu strahlen. „Alex, wenn wir jetzt gleich nach Coventry gehen, können wir vielleicht rechtzeitig zurück sein. Ich meine, es ist noch nicht mal sieben Uhr abends. Wenn wir es schaffen, am Samstagabend vor sieben Uhr zurück zu sein, wäre doch alles gebongt!"

„Hallo." Beth war endlich neben sie getreten und reichte Ileana die Hand. „Ich bin Beth Fish, eine Freundin der beiden."

„Freut mich, dich kennen zu lernen", sagte Ileana und umschloss Beths Hand mit beiden Händen. „Ich heiße Ileana und bin die Vormundshexe von Cam und Alex."

Alex traute ihren Ohren nicht. Cam zog hörbar die Luft ein, aber ihr Vormund lächelte nur.

„War nur ein Scherz", sagte Ileana. „Ich bin eine Freundin der Familie Barnes."

„Ach so", grinste Beth. „Ich wusste, dass ich Sie schon mal gesehen habe."

Natürlich hat sie das, dachte Cam. Ileanas Lover war der Filmstar Brice Stanley, der ebenfalls der Hexengemeinde angehörte. Ihr Vormund war mehr als nur einmal mit dem Hollywoodstar zusammen in der Regenbogenpresse abgebildet gewesen. Aber diese Verbindung war Beth nicht in den Sinn gekommen.

„Ah, deshalb die Verkleidung. Eine Hexe! Nettes Kostüm." Beth schien sich mit der Erklärung vollkommen zufrieden zu geben. Während sie Ileana fragte, wo sie die Hexenklamotten und die coolen Sandalen gekauft hätte und ob man die Katze gratis dazu bekäme, beschäftigten sich Alex und Cam mit ihrem eigenen Problem.

Und kamen zur selben Schlussfolgerung: Amaryllis.

Könnte funktionieren, denkmailte Alex.

Muss funktionieren, verbesserte Cam.

Wir müssen nur den richtigen Spruch finden, um sie hierher zu holen.

Den Reisenden, erinnerte Cam ihre Schwester.

Können es ja mal probieren, entschied Alex.

Oh nein! Cams Schultern sackten nach unten. *Sie ist eine Hexe! Sie darf uns doch gar nicht helfen!*

Alex sackte ebenfalls verzweifelt zusammen. Doch plötzlich richtete sie sich wieder auf, wie eine Pflanze, die mit einem Wunderwachstumsmittel begossen worden war. *Sie ist eigentlich keine Hexe. Jedenfalls nicht ganz. Sie ist noch nicht geweiht, das hat sie doch selbst zugegeben. Sie ist noch ein Hexenlehrling!*

Macht das denn einen Unterschied?, wollte Cam wissen.

Das werden wir doch gleich mal herausfinden, entschied ihre Schwester.

„Entschuldigt uns eine Minute." Cam griff nach Alex' Hand. „Wir sind gleich zurück."
„Müssen mal kurz weg", rief Alex über die Schulter und stürzte hinter ihrer Schwester her.

„Warum? Weil du uns was schuldig bist!", erklärte Cam dem Mädchen, das sie widerwillig aus stahlgrauen Augen anstarrte. „Und ganz bestimmt willst du doch nicht auf der Insel sein, wenn wir dort ankommen, oder?", setzte Alex hinzu. „Denn dann wird Lord Thantos wissen, dass du ihn angelogen hast."
Der Zauberspruch hatte funktioniert. Hustend, spuckend und gehetzt hatte Amaryllis sich in einem toten Winkel des Korridors hinter den Toiletten aus dem Nichts materialisiert. Abgesehen von ihrem hellgelben Umhang sah Thantos' junge Komplizin immer noch wie Alex aus – oder wie Cam. Der Verwandlungsbann wirkte weiter, und wenn sie mit den Zwillingen zusammen war, wechselte sie im Aussehen ständig zwischen Cam und Alex hin und her.
Die Junghexe saß in der Falle, und das war dem Mädchen auch klar. Was jedoch nicht hieß, dass sie nicht furchtbar wütend sein konnte. „Aber ihr wollt doch *beide gleichzeitig* verschwinden! Wie soll ich gleichzeitig die eine und die andere sein?"
„Verdammt gute Frage", gab Alex zu. Ratlos stand das Trio zwischen Verpackungskartons und Dekorationsgegenständen, die zu den verschiedenen Jahreszeiten im Einkaufszentrum verwendet wurden. Im Moment liefen die Vorbereitungen für den Erntedank. An der Wand waren Plastikäste mit falschen Herbstblättern aufgeschichtet, daneben lehnten zwei fast lebensgroße Pappfiguren, die mittelalterliche Pilger dar-

stellten. In einer Ecke lag ein großes Füllhorn, und ein gewaltiger Truthahn mit aufgestelltem Balzrad verbarg die Zwillinge und Amaryllis vor neugierigen Blicken.
„Du könntest doch … na ja, eine Maske tragen?“, schlug Cam ziemlich schwach vor. „Schließlich ist es eine Kostümparty“, erinnerte sie Alex, die sie anschaute, als hätte sie zwei Köpfe.
„Hallo, entschuldige mal bitte“, äffte Alex den Tonfall ihrer Schwester nach, „aber es geht doch gar nicht um ihr Gesicht!“
„War ja nur so eine Idee …“, fauchte Cam zurück. „Und das ist entschieden mehr, als du zu bieten hast.“
„Immer noch eifrig beim Streiten, wie ich sehe“, kommentierte Amaryllis abfällig. „Hört ihr eigentlich nie damit auf? Ich meine, ihr scheint es ja kaum in einem Raum aushalten zu können …“
Alex und Cam warfen sich schnell einen Blick zu. „Das könnte tatsächlich funktionieren“, verkündete Alex.
Cam nickte. „Okay, du bist ich“, erklärte sie Amaryllis, „und wenn Beth oder irgendjemand sonst fragt, wo Alex ist, sagst du einfach, dass sie sich wieder mal mit mir – also mit dir – gestritten hat und jetzt im Schlafzimmer schmollt oder so ähnlich …“
„Dann verkündest du, dass du zu ihr gehen willst“, fuhr Alex fort. „Du verschwindest die Treppe hinauf und kommst als Alex herunter.“ Sie wandte sich an ihre Schwester. „Aber glaubst du im Ernst, dass sie das zwei volle Tage lang durchziehen kann?“
„Sie muss! Oder hast du einen besseren Vorschlag?“
„Hallo! Ich bin auch noch da!“ Amaryllis wedelte gereizt mit der Hand vor ihren Gesichtern herum. „Natürlich kann ich das durchziehen! Schließlich habe ich sogar euch beide he-

reingelegt, oder etwa nicht? Aber denkt daran – ich kann nur noch zwei Tage lang in eurer Haut bleiben“, warnte sie die Zwillinge. „Wenn ihr bis dahin nicht zurück seid, werden eure Freunde, eure Eltern und überhaupt die ganze Welt erfahren, was ihr wirklich seid – nämlich Hexen!“

Cam und Alex rasten in die Ladenpassage zu Ileana und Beth zurück. Die beiden saßen nebeneinander auf einer Ruhebank. Ileana hatte sich elegant und entspannt zurückgelehnt; Beth streichelte Boris, der sich in ihrem Schoß bequem zusammengerollt hatte.
„Fertig zum Abmarsch?“, fragte ihr Vormund, ohne sich aus ihrer lässigen Position zu rühren.
Entschuldige, aber geht's nicht ein wenig diskreter?, denkmailte Cam ihrem Vormund mit einem Seitenblick auf Beth. Aber ihre Freundin blickte nicht einmal auf, sondern strich dem schnurrenden Kater gedankenverloren mit gleichmäßigen Bewegungen über das Fell.
Ileana folgte Cams Blick. „Wegen ihr? Keine Angst, Boris hat die Situation voll im Griff.“
Alex betrachtete Beth aufmerksam. „Du hast bei ihr Magie angewandt“, sagte sie grinsend zu Ileana. „Ich dachte, du darfst uns nicht helfen?“
„Helfe *ich* euch denn?“, fragte Ileana gelassen.
Sie brauchten ein paar Sekunden, dann dämmerte es ihnen.
„Boris?“, rieten sie.
„Er ist ein sehr begabtes kleines Biest“, bestätigte Ileana und kraulte ihm das seidig-dichte Fell. „Die meisten Katzen verursachen nur Allergien, aber Boris kann Zaubersprüche förmlich riechen. Der Vergessenszauber ist einer seiner Lieblings-

zaubersprüche. Beth wird sich daran erinnern, mir begegnet zu sein, aber nicht an das, worüber wir uns jetzt gerade unterhalten. Boris wird eurer Freundin Gesellschaft leisten, bis Thantos' Komplizin ankommt."

Kapitel 10

ZURÜCK AUF DIE INSEL

Bevor Cam und Alex die Augen ganz öffnen konnten, wussten sie, dass sie sich auf der Insel Coventry befanden. Die Luft war frisch. Sie hörten Wellen, die sich am felsigen Ufer brachen. Der Duft von Kräutern aus hunderten liebevoll gepflegter Gärten wehte über das Land.

Und sie erkannten noch einen anderen Duft – eine Mischung aus Tannennadeln, süßem Lavendel und würzigem Rosmarin, ein Duft, der ihnen sagte, dass sie bei ihrer Mutter waren. Miranda schloss beide gleichzeitig in die Arme. Und versetzte sie in Erstaunen, als sie ihnen erklärte: „Ich bin noch nicht so weit, tut mir wirklich Leid. Aber so früh habe ich euch nicht zurückerwartet."

Als sie die Mädchen aus der Umarmung entließ, sahen sie, was sie gemeint hatte. Sie standen im Wohnraum von Luna Soleil. Das einst so herrschaftliche Landhaus, in dem die Zwillinge geboren worden waren, war während Mirandas langer Abwesenheit fast verfallen. Miranda war von ihrem betrügerischen Schwager Thantos über ein Jahrzehnt lang in einer Nervenheilanstalt versteckt gehalten worden. All die Jahre hatte sie in Trauer um ihre Zwillingstöchter verbracht, denn Thantos hatte ihr eingeredet, dass sie kurz nach ihrer Geburt gestorben seien.

Aber jetzt … Die Oberlichter im Dach waren repariert worden. Das Geröll aus Glasscherben, Holzstücken, zerbrochenen Möbeln und von den Wänden abgeplatztem Putz war weggeräumt worden. Jemand hatte sich offenbar daran gemacht, das ganze Haus zu renovieren.

„Ich hatte gehofft, mindestens zwei Zimmer für euch fertig zu haben", sagte ihre Mutter erfreut, als sie die überraschten Gesichter ihrer Töchter sah. „Macht es euch etwas aus, vorerst in einem Zimmer zu schlafen?"

„Es ist absolut erstaunlich", sagte Alex und drehte sich langsam, um den völlig veränderten Raum zu betrachten.

„Hast das alles du gemacht?" Cam konnte kaum ihren Augen trauen.

„Ja, für euch", nickte Miranda. „Nach eurer Weihe wird das euer Zuhause sein."

Der Reisende wirkte noch immer nach und verursachte ein leichtes Schwindelgefühl. Was ihre Mutter soeben gesagt hatte, drang sofort durch ihre Benommenheit.

„Soll das heißen, dass wir hier bleiben müssen?", platzte Cam heraus.

„Das geht nicht", setzte Alex entschlossen hinzu. „Wir müssen zurück. Warum hat uns niemand gesagt …"

„Ich … ich kann eure Fragen nicht beantworten. Das wisst ihr doch. Ich darf es nicht", sagte Miranda seufzend. „Nur eure Prüfungsmentorin darf das. Wartet hier und ruht euch aus. Richtet euch in dem Zimmer ein, das ich für euch vorbereitet habe. Ich werde Rhianna benachrichtigen, dass ihr hier seid."

„Direkt nach der Weihe verschwinde ich von hier", verkündete Cam entschlossen, sobald Miranda das Haus verlassen hatte. „Und da alle um uns herum ständig davon reden, dass wir Entscheidungen treffen sollen, wird mich kein Mensch aufhalten können."

„Dasselbe gilt für mich", sagte Alex, die langsam im Zimmer herumging und sich zu erinnern versuchte, wie der Raum ausgesehen hatte, als sie zum letzten Mal hier gewesen war. Damals hatte sie den Kamin gar nicht bemerkt, denn halb verrottete Möbel waren davor aufgetürmt gewesen. Doch jetzt war Holz im Kamin aufgeschichtet, bereit für ein warmes, heimeliges Feuer in dieser kühlen Coventrynacht.

Der Mahagoni-Diwan war verschwunden, ebenso die kleine Korbwiege, die sie letztes Mal hier gefunden hatten. Stattdessen entdeckten sie ein großes neues Sofa mit federweichen Sitzkissen. Auch der halb verrottete, gefährlich morsche Boden war erneuert worden; auf den neuen Dielen lagen jetzt helle, wunderbar gewobene Teppiche.

Die Tür zum Keller und zu den unterirdischen Höhlen von Coventry war ebenfalls ausgetauscht worden, wie Alex bemerkte. Die alte, verwitterte Türe war verschwunden, ebenso wie die Holzlattenstücke, mit denen die Tür nach dem ersten, haarsträubenden unterirdischen Erlebnis der Zwillinge mit Sersee vernagelt geworden war.

Sersee, eine verschlagene junge Hexe, war seit ihrem ersten Zusammentreffen neidisch auf die Zwillinge gewesen. Cam hatte es ihr ganz besonders angetan, denn sie war auf Shane abgefahren, ohne zu ahnen, dass Sersee ihn für sich „beanspruchte". Und sie war sogar für kurze Zeit so naiv gewesen zu glauben, dass auch der verräterische junge Hexer sie liebte.

Aber natürlich hatte er sie direkt in Sersees Falle geführt.
„Würg!“ Cam schauderte. „An Sersee will ich nicht erinnert werden!“
„Und an Shane?“
„An den auch nicht, glaube ich.“ Ach, sie *glaubte* es nur? Wenn Alex in einer Nanosekunde kapierte, was die kleine Einschränkung bedeutete, dann konnte das praktisch auch jeder andere Bewohner dieser Insel. Denn hier konnten alle Leute Gedanken mithören; es war deshalb ziemlich schwierig, Geheimnisse zu haben.
Aber Alex war schon etwas anderes in den Sinn gekommen. „Komm, schauen wir uns mal unsere Bude an.“
Sie hatten eigentlich ein provisorisches, halb fertiges Zimmer erwartet; stattdessen hatte ihre Mutter für sie einen warmen, wunderbaren Raum geschaffen. Die Wände waren in zartestem Lila gestrichen und derselbe Farbton fand sich auch auf dem neuen Bezug des alten Diwans, der vom Wohnzimmer hier heraufgeschafft worden war. Die übrigen Möbel aus Coventry-Zedernholz waren liebevoll ausgesucht worden. Cam und Alex genossen den klaren Holzduft, der von ihnen ausging.
Das Bett, in dem sie schlafen sollten, war riesig. Ein dickes Deckbett und ein Haufen Kissen lagen darauf. Am Fußende hatte Miranda die kleine Quiltdecke ausgebreitet, mit der die Zwillinge in ihrer Wiege zugedeckt gewesen waren.
Alex hatte befürchtet, dass die Decke verloren gegangen war. Doch hier lag sie, Miranda hatte sie offenbar gefunden.
Alex nahm die Decke in die Hand und roch den Duft der schützenden Kräuter, die ihre Mutter vor langer Zeit in jedes der Patchwork-Quadrate eingenäht hatte. Cam nahm das an-

dere Ende in die Hand und strich damit sanft über ihre Wange.

Artemis, Apolla, ich bin immer bei euch.

Die liebevolle Stimme ihres ermordeten Vaters Aron schien der kleinen Decke zu entsteigen, genau wie damals, als sie die Decke zum ersten Mal berührt hatten. Und wie damals griffen sie instinktiv nach ihren Amuletten und spürten, wie sich die Goldmedaillons erwärmten.

Eine Weile saßen sie nebeneinander auf dem Bettrand, hielten die Enden der Decke und warteten darauf, dass die Stimme sich noch einmal hören ließ.

Schließlich stand Cam auf. Im selben Augenblick ging ihr der Spruch durch den Sinn, den sie im Kinderzimmer ihres Vaters auf Crailmore gefunden hatte: *Solange es niemandem schadet.* Die Wörter kamen klar und deutlich, als ob sie laut ausgesprochen worden seien. Sie warf Alex einen Blick zu und wusste instinktiv, dass ihre Schwester die Worte nicht gehört hatte, dass sie also für Cam allein bestimmt waren.

Alex saß auf dem Bett und starrte in das verblassende Licht des Herbsttages, das durch die lilafarbenen Vorhänge schien. Auf Coventry war es zwei Stunden früher als in Marble Bay. Sie wollte ihre Schwester gerade auf den Zeitunterschied hinweisen, als sie sah, dass Cam plötzlich erstarrte; ihre Augenlider flatterten und schlossen sich.

„Cam, alles in Ordnung? Hast du eine Vision?“, fragte Alex und trat schnell zu ihr.

„In den Höhlen“, flüsterte Cam, deren geschlossene Augen etwas sahen, das Alex nicht sehen konnte. „Immer noch da …“

„Wer?“, fragte Alex und lauschte auf Geräusche oder Bewegungen. Cam konnte alles und jeden gemeint haben. Tief unter Luna Soleil lag eine Höhle, die mit einem Gewirr aus vielen weiteren Höhlen und Gängen verbunden war. Höhlen und Gänge erstreckten sich unterirdisch bis ans Nordende der Insel nach Crailmore, dem Herrschaftssitz der DuBaers, der von ihrem Onkel Thantos bewohnt wurde. Die Zwillinge kannten längst die vielen Geschichten von verrückt gewordenen Hexen und Hexern, die sich in einigen der Höhlen versteckt halten sollten, und von den Geistern der Ahnen, die in anderen Höhlen spukten.

„Ich werde dir nichts tun!", sagte Cam unvermittelt und offenbar an eine Person gerichtet, die sie in ihrer Vision sah. „Nicht einmal dir! Dazu lasse ich mich nicht verleiten …"

Dann hörte auch Alex etwas. Eine Tür, die aufgestoßen wurde. Kleider, die mit leisem Rascheln über den Boden glitten. Langsam heranschleichende, ganz leichte Schritte.

Cam riss plötzlich die Augen auf. „Sersee", sagte sie im selben Augenblick, als auch Alex den Namen aussprach. „Sie ist immer noch hier. Sie ist nie von hier weggegangen."

„Wie klug ihr beide doch seid!" Die Hexe mit den violetten Augen stand in höchst wirkungsvoller Pose im Türrahmen. Sie war wieder schlank wie zuvor, war nicht mehr der aufgeblasene Ballon, in den Cam sie verwandelt hatte. Sersee lehnte sich gegen die Türzarge, verschränkte die Arme und verzog die Lippen zu einem spöttischen Lächeln, obwohl ihre Augen die Zwillinge gleichzeitig wütend anfunkelten. „Willkommen daheim, Hexengirls. Euer Haus ist mein Haus." Sie lachte schrill.

„Dein Haus? Du hast kein Haus, Sersee. Du vegetierst wie ein Insekt in der Erde, dein Haus ist ein Erdloch, eine dunkle, feuchte, unheimliche Höhle", stieß Cam wütend hervor.

„Sie will dich nur reizen", warnte Alex ihren Zwilling. „Fall nicht darauf herein." Telepathisch fügte sie hinzu: *Denk immer an Milde, Mitgefühl, Gerechtigkeit und Liebe!*
Aber bei Cam hatte der Anblick der schönen, grausamen Hexe eine Menge bitterer Erinnerungen hervorgerufen. Zum Beispiel an eine höhnisch grinsende Sersee, die Cam durch einen schmerzhaften Zauberspruch in einen Hamster verwandelt hatte. An Sersee, wie sie verzweifelt um die Aufmerksamkeit des mächtigen Lord Thantos gebuhlt hatte; an Sersee, die bereit gewesen war, alles zu tun, um Thantos' Anerkennung zu gewinnen. An die ewig neidische Sersee, die heimlich tödliche Pläne ausgeheckt hatte …
Die Hexe ignorierte Cams Gefühlsausbruch und schnurrte: „Eure Mutter, diese arme verrückte Seele …"
„… sie ist nicht verrückt!", unterbrach Cam sie heftig. „Ihr Herz war gebrochen. Während sie von deinem Busenfreund Thantos ständig belogen wurde, der ihr damit noch mehr Leid zugefügt hatte!"
„Das bedauere ich zutiefst!" Die Hexe ließ übertrieben unschuldig ihre dunklen Augenwimpern flattern. „Aber, Apolla, eigentlich wiederhole ich nur, was alle anderen auf der Insel sagen: dass Miranda nichts mehr auf die Reihe kriegte, dass sie durchdrehte, verrückt wurde …"
Alex konnte Cam gerade noch zurückhalten, sich auf die bösartige Hexe zu stürzen.
„Aber schaut euch doch nur mal an, was Miranda aus diesem Zimmer gemacht hat." Sersee stieß sich vom Türrahmen ab und trat mitten in den Raum. „Ich würde sagen, sie hat sich prächtig erholt." Sie blickte zur Decke und kniff betont die Augen zusammen. „Ich persönlich bevorzuge eigentlich ein

offenes, luftigeres Dach“, sagte sie und richtete einen intensiven Blick auf das Oberlicht.
„Hör auf!“, brüllte Cam, der sofort klar war, was Sersee vorhatte.
Das Oberlicht zersplitterte. Glasscherben regneten auf den polierten Holzboden und die hübschen neuen Teppiche. Ein großer Splitter fuhr wie ein Messer in das Sofapolster. Eine weitere Scherbe bohrte sich in eine der frisch gestrichenen Wände.
„Hoppla, wie ungeschickt von mir“, lachte Sersee.
Jetzt konnte Alex ihre Schwester nicht mehr zurückhalten. Cam riss sich los und stieß Alex zurück. Sie war die Starathletin in ihrer Schule, und mit ihrer ganzen Schnelligkeit und Kraft stürzte sie sich auf die herzlose Hexe und griff sie brutal an.
Sersee ging sofort zu Boden. Cam kniete über ihr; automatisch bog sich ihr Arm mit geballter Faust zum Schlag zurück.
„Was machen wir dieses Mal?“, zischte Sersee und grinste ihre Gegnerin spöttisch an. „Welchen Zauber willst du anwenden? Und wie viel Gewalt willst du einsetzen? Ehrlich, Apolla, ich bin ganz scharf darauf, das zu erfahren – oder sollte ich sagen: Ich sterbe vor Neugier?“
„Cam, hör sofort auf! Siehst du denn nicht, was sie vorhat?“, schrie Alex und rappelte sich hoch. „Sie provoziert dich, damit du sie verletzt, damit du sie hasst – weil deine Wut dir selbst schadet! Sie will, dass du etwas Unrechtes und Böses tust!“
„Aber natürlich will ich das!“, fauchte die Hexe Cam an. „Willst du es nicht auch? Du willst mir doch etwas antun, oder? Mach schon – ich fordere dich heraus!“

Alex versuchte, Cams Arm zu packen und sie von Sersee wegzureißen.
„Halt dich da raus!“, schrie Cam und riss sich los.
„Sie hat natürlich Recht“, zischte Sersee voller Verachtung. „Deine Wut und deine Aggressivität schaden dir *wirklich*.“ Sie bohrte ihre violettblauen, brennenden Augen in Cams Augen, wobei sie absichtlich schielte.
Sofort verschwamm Cams Blick. Heiße Tränen brannten in ihren Augen, aber sie konnte sie nicht schließen, konnte nicht wegblicken. Die Schmerzen verursachten ihr ein Schwindelgefühl. „Hör sofort auf damit, oder …“, stöhnte sie.
„… oder was?“, sagte Sersee herausfordernd. „Solange ich lebe, Apolla, werde ich deine Feindin sein. Ich werde nie den gemeinen Bannzauber vergessen, den du und dieser lächerliche Idiot Shane über mich verhängt habt. Also, mach mit mir, was du willst, bevor ich dir was antue!“
Cam konnte förmlich spüren, wie ihre Faust vorwärts drängte, um in Sersees falsch grinsende Visage zu schlagen. Die brennend heißen Tränen ließen sie fast blind werden und es kostete sie ihre gesamte Willenskraft, sich zurückzuhalten. „Ich werde dir nichts tun!“, sagte Cam wie in ihrer Vision. „Nicht einmal dir! Dazu lasse ich mich nicht verleiten …“
Und plötzlich schlugen Bedauern und Reue wie eine Welle über ihr zusammen. Es war noch gar nicht so lange her, als sie die bösartige Hexe wirklich verletzt und erniedrigt hatte. Sie wusste jetzt, dass sie das nie wieder tun durfte. Niemals.
„Solange es niemandem schadet“, klangen wieder die Worte ihres Vaters in ihren Ohren. Niemandem schaden, wiederholte sie zu sich selbst, während Sersees bösartiger Blick in ihren Augen brannte. Ich werde niemandem schaden.

Langsam wich die Wut aus ihrem Körper. Ihre Faust öffnete sich, die Hand fiel kraftlos herunter. Es erforderte eine große Anstrengung, doch Cam schaffte es, Sersee freizugeben und sich von dem hasserfüllten Bannblick der jungen Hexe zu lösen.

„Du kannst aufstehen", befahl Cam. „Es ist vorbei."

„Nein!", schrie Sersee. „Niemals! Du kannst nicht einfach weggehen!"

„Du hast Recht, das kann ich nicht." Cam streckte die Hand aus und half der vor Wut bebenden Hexe auf die Füße. „Zuerst muss ich mich noch entschuldigen. Tut mir Leid, Sersee, dass ich dich verletzt habe. Der Zauberspruch, den mir Shane damals beigebracht hatte, war böse, aber es war meine Entscheidung, ihn anzuwenden. Ich hoffe, dass du mir verzeihen kannst."

„Du Feigling!" Sersee schlug Cams Hand weg.

Alex lief zu ihrer Schwester und umarmte sie stürmisch. „Das war super, Schwester, du hast es wirklich geschafft!", jubelte sie. „Du hast gewonnen. Sie ist doch nichts weiter als eine von Thantos' Marionetten, genau wie Amaryllis und Shane …"

Sersee war inzwischen aufgestanden und klopfte Staub und Glasscherben von ihrem purpurfarbenen Kleid. Als sie Shanes Namen hörte, blickte sie auf. „Ihr Idioten. Ihr kapiert rein gar nichts", sagte sie verächtlich. „Shane Wright ist nicht Lord Thantos' Marionette! Er ist sein ärgster Feind. Er wurde dazu erzogen, euren Onkel zu vernichten! Aber ihr beide seid natürlich zu blöd, um das zu begreifen!"

Als ihre Mutter mit einer keuchenden und leicht gereizten Rhianna im Schlepptau zurückkam, war das Haus bereits wieder in einem besseren Zustand. Zwar waren weder die Scheiben im Oberlicht noch der klaffende Riss im Sofa repariert, trotzdem hatten es Cam und Alex dank des Reparatur-Zauberspruchs geschafft, den größten Teil der Schäden zu beseitigen, die Sersee angerichtet hatte.

Die Hexe hatte sich davongeschlichen, nachdem es ihr nicht gelungen war, Cam – und Alex – so zu provozieren, dass sie sich zu Wut und Rachegelüsten hinreißen ließen. Es war offensichtlich, dass Sersee nur dann erhobenen Hauptes das Schlachtfeld verlassen konnte, wenn es ihr gelang, die Zwillinge zu unüberlegtem, gemeinem Verhalten zu provozieren. Deshalb musste sich die sonst so hochmütige Hexe dieses Mal geschlagen geben. Allerdings gab sie auch nichts weiter von dem preis, was sie über Shane und den Onkel der Zwillinge wusste.

„Wann genau seid ihr hier eingetroffen?“, fragte Lady Rhianna, wobei sie den Blick durch den Raum schweifen ließ und mit aufmerksamen, wissenden Augen alle Spuren der Beschädigung registrierte.

„Kurz nach fünf“, sagte Miranda.

„Eure Töchter stehen kurz vor der Weiheprüfung, Miranda“, seufzte Rhianna und ihre goldfleckigen braunen Augen glitzerten warnend. Aus einer Tasche ihrer weiten Robe zog sie einen altmodischen, mit einer Feder geschmückten Bleistifthalter und ein in Gold gebundenes Notizbuch. „Sie sollten eigentlich in der Lage sein, selbst Auskunft zu geben.“

„Natürlich“, sagte ihre Mutter, ohne sich im Geringsten durch die Ermahnung beleidigt zu zeigen. „Möchte jemand eine Tasse Tee?“

„Hagebuttentee, bitte“, nickte Rhianna. „Ohne Milch, ohne

Honig." Als Miranda den Raum verlassen hatte, wandte sie sich an die Zwillinge. „Fünf Uhr. Sieben Stunden früher als vorgesehen!" Sie leckte die Spitze des Bleistifts und begann, eifrig in ihr Notizbuch zu schreiben.

„Äh, ja, aber dort, wo wir herkommen, war es schon sieben Uhr", wagte Alex zu bemerken.

„Und deshalb sind wir nur fünf Stunden zu früh gekommen", fügte Cam hinzu.

„Fünf oder sieben – spielt keine Rolle. Was aber eine Rolle spielt, ist die Tatsache, dass ihr den ordentlichen Ablauf der Dinge durcheinander gebracht habt. Und so wie es hier aussieht" – sie gestikulierte mit dem Bleistift und zeigte auf die noch sichtbaren Schäden im Zimmer – „seid ihr auch schon mit den ersten Aufgaben eurer Weiheprüfung konfrontiert worden."

Damit meinte sie natürlich die Begegnung mit Sersee.

„Dieser Teil war aber nicht unsere Schuld", versuchte Alex zu erklären.

„Wir haben uns wirklich nur um unsere eigenen Angelegenheiten gekümmert, als …", begann Cam.

„Glaubt ihr denn, dass ich nicht wüsste, was passiert ist?" Rhianna richtete sich zu ihrer ganzen eindrucksvollen Größe auf. „Habt ihr denn noch niemals vom ‚Situator' gehört?" Damit meinte sie einen Zauberspruch, der es ihr ermöglichte, die Zwillinge in einem absolut klaren Rosenquarzkristall zu beobachten und jede ihrer Unternehmungen zu verfolgen, wann immer es ihr gefiel.

„Natürlich haben wir schon davon gehört", gab Alex ein wenig gereizt zurück.

Plötzlich erklang hinter Rhianna ein lautes Rascheln. Cam

und Alex fuhren erschrocken zurück, als sich die Flügel der Hexe drohend entfalteten. „Das reicht!“, verkündete Rhianna. „Wenn ihr wirklich die Weiheprüfung ablegen wollt, werdet ihr dieses Haus bis zur Morgendämmerung nicht verlassen. Habt ihr mich verstanden?“
Die Zwillinge nickten stumm.
„Außer ihr wollt von der Insel abreisen“, fügte Rhianna hinzu. „In diesem Fall steht es euch frei zu gehen, wohin ihr wollt. Ich rate euch allerdings, die vorgeschriebenen achtundvierzig Stunden abzuwarten, bis ihr die Weiheprüfung hinter euch habt. Ich verspreche euch, dass ihr noch lange an diese beiden Tage denken werdet. Morgen werdet ihr vor den Erhabenen Ältesten des Großen Einheitsrates stehen, die eure magischen Fähigkeiten prüfen werden. Wenn eure Mutter und euer Vormund Recht behalten, dürfte dieser Teil der Zeremonie für euch nicht allzu schwierig werden. Für euch ist die Sache so gut wie ‚verspeist‘, wie es euer Vormund ausdrückte.“ Rhianna lächelte jetzt, offenbar sehr mit sich zufrieden, weil sie sich an Ileanas neumodischen Ausdruck erinnert hatte.
„Gegessen …“, korrigierte Alex.
„… Lady Rhianna“, fügte Cam nervös hinzu.
Rhianna starrte die Zwillinge an, als hätten sie zwei Köpfe – jede.
„Der Ausdruck“, versuchte Alex noch einmal zu erklären, „richtig heißt es: ‚Die Sache ist so gut wie gegessen.‘“
Rhianna räusperte sich und machte sich wieder ein paar Notizen in ihr goldenes Buch.
War das nötig?, denkmailte Cam kritisch ihrer Schwester. *Musstest du unbedingt so … aufrichtig sein?*
Ja, ich glaube schon, gab Alex zurück.

Falls ihre Prüfungsmentorin den telepathischen Austausch gehört hatte, ließ sie sich nichts anmerken.

„Der zweite Teil eurer Weiheprüfung wird sich mit euren Beziehungen und eurem Umgang mit anderen Menschen befassen", fuhr Rhianna fort. „Beides ist wichtiger und sehr viel schwieriger als die Aufgaben, die euch morgen bevorstehen. Nun denn …" Entschlossen klappte sie ihr Notizbuch zu. „Dann wäre alles so weit klar?"

„Ich möchte nicht unhöflich sein oder so", sagte Cam vorsichtig. „Aber ich habe da noch eine ganz allgemeine Frage. Warum müssen wir das eigentlich …, ich meine, welchen Nutzen hat es, dass wir …"

„Welchen Nutzen hat es für euch?", antwortete Rhianna erneut gereizt. „Eure Zauberkraft wird geschliffen und geschärft. Sie wird stärker, vor allem, wenn ihr sie dafür einsetzt, ein Unrecht wieder gutzumachen oder einander zu helfen." Es klang, als zitiere sie die Prüfungsordnung aus einem Handbuch für Mentoren. „Fehler bei der Anwendung von Magie oder bei der Einschätzung einer Situation werden festgehalten und frühzeitig korrigiert – auf mitfühlende Art und Weise –, um euch oder den Menschen, denen ihr helfen wollt, spätere Peinlichkeiten und Schäden zu ersparen. Ihr werdet von Hexenzöglingen zu Hexen befördert und gehört dadurch zu den Auserwählten, die ihr Wissen und die Weisheit und die Fähigkeiten unserer Gemeinschaft weitervermitteln können."

„Heißt das, dass wir keinen Vormund und keine Beschützerin mehr haben werden?", fragte Cam, die davor zurückschrak, ohne Ileanas manchmal ungeduldige, aber immer liebevolle Führung leben zu müssen.

„Natürlich nicht", antwortete Rhianna. „Ileana hat sich le-

benslang verpflichtet, sich um euch zu kümmern. Aber nach eurer Weihe gilt das für unsere ganze Gemeinschaft. Sollte euer ziemlich flatterhafter Vormund aus irgendeinem Grund nicht bereitstehen, könnt ihr jeden Hexer oder jede Hexe von Coventry zu Hilfe rufen. Alle werden darauf eingeschworen, euch zu helfen. Und auch ihr werdet als Vormunde oder Beschützerinnen wählbar und könnt Junghexen oder Junghexer unter eure Fittiche nehmen …"
„Wenn wir schon von Flügeln reden …", begann Alex.
„Ganz bestimmt nicht!", unterbrach Rhianna ihre Frage, die ihr sicherlich schon tausendmal gestellt worden war, wie Alex plötzlich klar wurde. „Auch wenn ihr geweiht seid, habt ihr noch keinen Anspruch auf Flügel! Es sind lange Dienstjahre nötig und ein Höchstmaß an Fähigkeiten in der Hexenkunst, bis ihr auch nur die ersten Federn bekommt!"
„Lady Rhianna, ich weiß nicht, ob unsere Mutter es schon erwähnt hat …", sagte Cam vorsichtig.
„Fragen, Fragen, nichts als Fragen!", beklagte sich Rhianna, bevor Cam ihren Satz zu Ende führen konnte. Cam hatte eigentlich der dicken Hexe von der Geburtstagsfete erzählen wollen, die Emily plante; sie wollte herausfinden, wie lange genau ihre Weiheprüfung dauern würde. Würden es achtundvierzig Stunden ab Mitternacht sein oder lief der Countdown schon seit ihrer Ankunft auf Coventry? Aber Rhianna hatte genug. „Prüflinge sollten eigentlich die Fragen der Ältesten beantworten. Warum stellen sie nur selbst dauernd Fragen?" Die Hexe zog eine altertümliche Taschenuhr heraus. „So spät schon! Wieder mal zu spät!", rief sie aus und wandte sich schnell zur Tür.
Alex warf Cam einen Blick zu. *Was ist mit Shane?*, fragte sie

ihre Schwester telepathisch. Bevor Cam jedoch antworten konnte, rief Alex: „Hey, wartet doch noch ein Sekündchen. Wir müssen Euch noch etwas fragen."
„Ehrwürdige geflügelte Erhabene Älteste", warf Cam schnell ein, als Rhianna wütend zu Alex herumfuhr, „es geht um Shane Wright …"
„Nein, um den geht es nicht", mischte sich Alex wieder ein, „sondern um diese Sache mit der ‚Bestimmung'." Sie senkte die Stimme, da sie befürchtete, ihre Mutter könnte mithören und vielleicht verletzt sein. „Was wäre, wenn wir – oder jedenfalls ich – die Führung des DuBaer-Clans gar nicht übernehmen wollten?"
„Danach wollte ich aber nicht fragen", brummte Cam.
Rhianna seufzte tief auf, als flehte sie: „Gib mir Kraft", und wandte sich wieder den Zwillingen zu. „Ich kann nur immer eine Frage auf einmal beantworten! Zuerst Artemis: Niemand kann euch zwingen, die Verantwortung zu übernehmen. Aber ihr solltet immer daran denken, dass es euer eigener Großvater und euer verehrter Freund Lord Karsh waren, die den Plan entwickelt haben …"
„Wegen der Sache mit dem Antayus-Fluch", warf Alex ein.
„Ja. Die Antayus-Hexer waren dazu verflucht, die Patriarchen, also die männlichen Oberhäupter der DuBaer-Familie zu töten. Keine weibliche Hexe ist je dem Fluch zum Opfer gefallen."
„Okay, also sind Cam und ich vermutlich immun. Aber was ist, wenn wir gar nicht auf Crailmore leben wollen und …"
„Versteht ihr denn immer noch nicht? Ihr habt die Wahl!" Rhianna hob einen mahnenden Finger. „Es wird eure eigene Entscheidung sein. Aber denkt daran, eure Entscheidungen

bestimmen euer Handeln, euer Handeln bestimmt euer Leben …“

„Bin ich jetzt dran?“, mischte sich Cam ein.

Die Unterbrechung rief sofort ein heftiges, wütendes Flügelrascheln hervor. „Es geht also um den jungen Wright!“, sagte Rhianna.

Alex verdrehte die Augen. „Nein, es geht um den jungen Wrong“, murmelte sie.

Cam überhörte die Bemerkung geflissentlich. „Ja, es geht um Shane. Er war doch früher einer von Lord Thantos’ Lehrlingen …“

„Ja, ja. Ich kenne den Jungen und seine Familie. Aber jetzt muss ich mich dringend um meine eigenen Angelegenheiten kümmern.“

„Aber Ihr seid die Einzige, die unsere Fragen beantworten kann“, beklagte sich Cam.

„Aber nur, wenn ich will!“, fuhr Rhianna sie scharf an. „Ihr habt doch sicherlich Lord Karshs Aufzeichnungen gelesen. Dann müsstet ihr eigentlich wissen, was er dazu zu sagen hat.“

„Aber über Shane hat er doch gar nichts geschrieben!“, sagte Cam.

„Doch“, sagte Rhianna beharrlich, „das hat er! Habt ihr mir eigentlich nicht zugehört?“ Sie blickte noch einmal auf ihre Taschenuhr. „Das war’s! Ich hab’s eiliger als ein Hexenjäger, denn ich habe schon wieder den Beginn des Abendessens verpasst! Wollt ihr etwa, dass ich verhungere?“

Cam und Alex warfen sich einen leicht verzweifelten Blick zu. Rhianna klappte ihre eindrucksvollen Flügel zusammen und marschierte zur Tür hinaus.

Kapitel 11

DER TAG IST DA

Das Klopfen weckte sie auf.

Cam öffnete ein Auge und blinzelte in das Licht.

Hinter den lilafarbenen Vorhängen pochte Shane Wright an die Fensterscheibe.

Sie rollte sich herum und schaute zu Alex' Bettseite hinüber. Die Sonne strahlte hell in ihr Schlafzimmer. Ihre Schwester war verschwunden.

Cam drehte dem Fenster den Rücken zu und schloss wieder die Augen – als könne sie so Shane loswerden, ihn irgendwie vertreiben. Denn ihr Herz hatte wieder einmal heftig zu klopfen begonnen und das feste Versprechen, das sie sich selbst gegeben hatte, nie mehr auf ihn hereinzufallen, zerrann bereits wieder …

„Apolla!" Er wusste, dass sie wach war. „Ich hab gehört, dass du wieder da bist. Das weiß hier jeder – wegen deiner Weiheprüfung. Ich wollte nur …, ich konnte es nicht erwarten, dich wiederzusehen. Dreh dich um. Komm schon, mach das Fenster auf. Lass uns miteinander reden."

Sie kämpfte gegen die Versuchung, die Hände auf die Ohren

zu pressen. Fühlte sich wie gelähmt. Viel zu schwach, sich zu bewegen. Schließlich rollte sie sich wütend herum. Sie zog die Bettdecke um sich, dann stand sie auf. „Wenn du mit mir reden willst, musst du vor der Haustür warten", befahl sie ihm, wandte sich ab und ging ins Bad, wobei sie die Bettdecke mit sich schleppte. Und die Tür hinter sich zuknallte.

Alex, wo bist du?, schickte sie eine telepathische Botschaft los. *Hilfe! Ich brauche dich. Jetzt sofort!*

Ein paar Minuten später, als sie eben die Zahnpasta aus dem Mund spülte, flog die Badezimmertür krachend auf und ihre Schwester stürmte herein, einen schweren eisernen Feuerschürhaken zum Angriff erhoben.

Cam verschluckte sich beinahe. „Reg dich ab", stotterte sie und spuckte die Zahnpasta ins Waschbecken. „Alles okay. Ich wollte doch nur mit dir über Shane reden."

„Was soll dann das Geschrei um Hilfe?", bellte Alex wütend. „Oder war das nur ein Schluckauf?"

Cam drehte den Wasserhahn zu. „Er ist hier."

„Weiß ich doch. Ich hab seinen Geruch aufgefangen – Pfefferminze, Zedern und …"

„… und Gewürznelke", ergänzte Cam und stellte fest, dass sich ihr Geruchssinn deutlich verbessert hatte.

„Und Stinktier, wollte ich eigentlich sagen", erklärte ihre Schwester.

Cam ließ es durchgehen. „Ich wollte nur, dass du dabei bist, wenn ich rausgehe und mit ihm rede."

„Und warum willst du überhaupt noch mit ihm reden? Nach allem, was er dir angetan hat, nach all den abscheulichen Spielchen, die fast tödlich waren? Wie er dich behandelt hat, oder genauer, uns behandelt hat?", erinnerte Alex ihren Zwilling. „Warum lässt du dich überhaupt noch auf ihn ein? Oder schaust du immer noch wie ein Mondkalb aus der Wäsche, sobald du ihn siehst?"

„Überhaupt nicht! Ich wollte doch nur herausfinden …" Cam brach mitten im Satz ab. Sie wich Alex' Blick aus, wandte sich ihr dann aber doch wieder zu, aufgeregt und mit brennenden Wangen. „Vielleicht doch", sagte sie leise. „Ich bin nicht sicher."

Alex war echt beeindruckt. „Das bringt dir bestimmt einen Punkt in der Kategorie Aufrichtigkeit", sagte sie spöttisch.

„Deshalb habe ich es aber nicht gesagt", verteidigte sich ihre Schwester heftig. „Alex, willst du denn nichts über ihn herausfinden, über seine Beziehung zu Thantos? Spürst du nicht …, hast du nicht das Gefühl, dass hier irgendwas Seltsames abgeht?"

„Seltsam?", fragte Alex. „Untertreibung des Jahrhunderts. Lass mich mal nachdenken. Da wäre erstens mal unser Onkel Thantos, der seit unserer Geburt versucht, eine von uns oder uns beide auf Dauer auszuschalten. Zweitens hätten wir da Shane, der lügt, sobald er den Mund aufmacht. Was willst du eigentlich wissen? Dass es hier jemanden gibt, der sich ziemlich fies benimmt? Dann, Kumpel, solltest du mal im Wörterbuch nachschlagen, was ‚fies' bedeutet – du wirst die beiden als fieseste aller Visagen abgebildet sehen. Und was sollen wir jetzt tun? Shane bitten, uns alles zu gestehen? Eins wissen wir jedenfalls über diesen Jungen genau: Shane und die Wahrheit sind nicht miteinander befreundet. Sie kennen sich nicht einmal. Ganz zu schweigen davon, dass er als Coventry-Hexer eine Superausrede hat: Er darf keine unserer Fragen beantworten."

„Nicht aussprechen, okay", sagte Cam mit Betonung, „aber wie wär's, wenn wir uns in seine Gedanken einloggen? Komm schon, Alex. Bei vielen Dingen, die wir bisher überhaupt nicht tun konnten, werden wir immer besser. Ich hab mich in Amaryllis' Gedanken eingeblendet, obwohl sie versucht hatte, uns auszuschließen. Wenn sogar mir das gelang, dann sollte die Sache für dich doch …" – sie grinste spöttisch –, „‚verspeist' sein, wie Rhianna es ausdrückt. Es wäre doch einen Versuch wert, oder nicht?"
„Klar doch. Und wir haben ja auch den ganzen Tag zur Verfügung, oder?", gab Alex sarkastisch zurück. „Eben nicht. Oder hast du vergessen, dass heute unser Prüfungstag für angewandte Magie ist?"
„Das passt doch prima", sagte Cam. „Wir wenden sie gleich mal am lebenden Beispiel an. Shane."

Er wartete am Gartentor. Ein großer, sportlicher Junge. Eine plötzliche Brise fuhr durch sein glänzendes helles Haar, sodass ein paar Strähnen über seine azurblauen Augen fielen. Er warf die Haare mit einer Kopfbewegung zurück, um wieder klar zu sehen, sah Cam und strahlte vor Freude.
An deiner Stelle wäre ich mir nicht so sicher, dachte Alex. Sie folgte ihrer Schwester mit ein paar Schritten Abstand und hielt ihr Mondamulett fest in der Hand. Auch sie hatte Shanes plötzlichen Stimmungswechsel bemerkt, aber sie war keineswegs sicher, ob er tatsächlich reinste Freude empfand. *Er hat seine Gedanken absolut dicht eingeschlossen,* denkmailte sie ihrer Schwester.
Wie kann jemand nur so böse sein und so verdammt gut aussehen?, sinnierte Cam wehmütig.

Alex runzelte frustriert die Stirn, aber Shane grinste breit. Natürlich hatte auch er Cams Gedanken aufgefangen, wie Alex bemerkte.

Er hört dich, warnte sie Cam. *Berühre das Sonnenamulett und benutze das Guckloch.*

Cams Wangen liefen vor Verlegenheit rot an, aber sie konnte ein Lächeln nicht unterdrücken. Selbst als sie die Stahltür in ihrer Vorstellung zuknallte und den Zugang zu ihren Gedanken versperrte, nahm sie ihre Gefühle klar und deutlich wahr. Sie war total glücklich, ihn wiederzusehen.

Und genau das wusste auch der Hexer, der sie jetzt intensiv anstarrte.

Er müsste absolut blind sein, um es nicht zu bemerken, dachte Alex. *Fass sofort dein Amulett an!,* befahl sie ihrer hingerissenen Schwester.

Aber Shane kam ihr zuvor und legte schnell seine Arme um Cam. Er hob sie einfach hoch und wirbelte sie herum. „Ach, ist das ein gutes Gefühl, dich im Arm zu halten!“, murmelte er. „Was letztes Mal passiert ist, als du hier warst, Apolla …, was auf Crailmore passiert ist, meine ich …, das hätte nirgendwo sonst passieren können. Ich hatte mich von Lord Thantos befreit, aber er hat mich zurückgelockt. Nur weil ich in seiner Nähe war, wurde ich dazu getrieben, das zu tun. Es liegt an Crailmore, das ist das Haus des Bösen. Versprich mir, dass du nie mehr dorthin gehst.“ Seine Augen hielten sie ebenso fest wie seine Arme.

Und Cams Augen, ihre außergewöhnlichen grauen Augen, die durch Wände sehen, Feuer entfachen und in die Zukunft blicken konnten, waren wie verschleiert. Sie konnte sie nicht von Shanes durchdringendem Blick abwenden.

Er sprach einen Bann über sie, das wurde Alex plötzlich klar. *Cam … Apolla …!* Sie brüllte praktisch durch das Guckloch in ihrer Vorstellung.

Nichts.

Cams Hände lagen auf Shanes kräftigen Schultern. Ihr Sonnenamulett baumelte nutzlos an ihrem Hals, als er sie durch die Luft wirbelte.

Cam mochte hilflos sein, dachte Alex, aber ich bin es noch lange nicht. Und sie hatte nicht die Absicht, einfach abseits zu stehen und dem verschlagenen Hexer zuzusehen, wie er mit Cam wieder eines seiner üblen Spielchen trieb.

Zuerst einmal würde sie ihrem Plan folgen und herauszufinden versuchen, was im Kopf des Jungen vorging. Das sollte ihr eigentlich ziemlich leicht fallen, weil er offenbar kaum bemerkte, dass sie da war!

Alex schloss die Augen und versuchte, in Shanes Gedanken einzudringen. Zuerst sah sie nichts; sie vernahm nur ein statisches Knistern und unzusammenhängende, kaum hörbare Wörter, was bedeutete, dass er seine Gedanken verschlossen hatte oder absichtlich durcheinander wirbelte. Doch dann tauchten aus dem Dunkel wirre, zackige Linien auf, als ob die statischen Störungen plötzlich sichtbar würden.

Sie konzentrierte sich noch mehr. Mit allen Sinnen.

Die hin und her zuckenden Linien und Blitze leuchteten unvermittelt in gleißend hellen Farben auf. Glutrot, violett, gelb wallte es wie in einem Wildwasserfluss hinter ihren Augenlidern vorbei. Die Farben wurden zu Wörtern, Tönen, Gedanken.

Alex hielt ihr Mondamulett so fest gepackt, dass die Ränder fast durch die Haut ihrer Handfläche schnitten.

„Auf Crailmore bin ich machtlos, sobald dein Onkel in der Nähe ist“, erklärte der verlogene Hexer soeben ihrer Schwester. Damit wollte er sich offenbar dafür entschuldigen, dass er Cam bei ihrem letzten Zusammentreffen fast in den Tod geschickt hätte. „Er beherrscht alles und jeden, und ich muss ihm gehorchen.“

Aber bald werden die Karten neu gemischt. Dem Schicksal wird Gerechtigkeit zuteil.

Alex hörte es, so deutlich, dass sie zuerst glaubte, er habe es laut gesagt.

Doch inzwischen redete er laut weiter: „Er ist gefährlich“, mahnte er Cam. „Halte dich von ihm fern. Und auch von Crailmore. Je weiter du wegbleibst, desto besser. Versprich es mir.“

Denn meine Vorfahren müssen gerächt werden.

Alex riss die Augen auf. Was dachte er da?

Shane blickte sie fragend an, einen Moment lang unsicher geworden.

„Lass sie herunter“, befahl Alex wütend. „Wir müssen gehen. Wir haben noch viel zu erledigen.“

Spielt das für dich wirklich eine so große Rolle? Shanes Grinsen wirkte provozierend. *Er hat euch doch nichts als Schaden zugefügt.*

Wen meint er?, fragte Alex sich verblüfft.

„Lass mich herunter!“, befahl Cam scharf. Weil Shane kurze Zeit durch Alex abgelenkt war, hatte er seinen Bannblick von ihren Augen gelöst – Cam erwachte aus ihrer Trance. „Ich … mir ist schwindlig …, gleich wird mir schlecht …“

„Kein Problem.“ Der blonde Junge wandte sich Cam wieder zu. „Ich kümmere mich um dich“, versprach er.

Alex trat zwischen Cam und Shane und legte ihrer Schwester den Arm um die Schultern. „Nein danke“, sagte sie mit sehr viel Betonung. „Du hast dich schon viel zu sehr um sie gekümmert.“

Punkt 12.00 Uhr sollten sie sich im Einheitsdom einfinden. Um sich der vielleicht wichtigsten Prüfung ihres Lebens zu stellen. Während Cam versuchte, allmählich wieder Klarheit in ihre Gedanken und Gefühle zu bringen, grübelte Alex unablässig über Shanes seltsame Geheimbotschaften nach. Doch nun mussten sie das Erlebnis erst einmal beiseite schieben und sich auf die Prüfung vorbereiten.
Auf ihrem Bett lagen zwei lange Samtkleider ausgebreitet. Das eine war goldfarben mit eingewirkten, leuchtend rosa und roten Fäden; das andere schimmerte silbern und dunkelblau. Dazu passend lagen Roben mit Kapuzen bereit. Die Samtslipper erinnerten Cam an die Schuhe, die Karsh immer getragen hatte.
„Such du dein Kleid zuerst aus“, zwang Cam sich zu sagen, obwohl sie trotz ihres immer noch leicht verschwommenen Blicks sofort das glamouröse Goldkleid ins Auge gefasst hatte.
„Als ob mir Klamotten nicht total egal wären!“ Alex verdrehte die Augen. „Du wählst zuerst. Aber lass dich nicht zu sehr davon beeinflussen, dass das eine die Farbe von Mondlicht und das andere die Farbe des Sonnenaufgangs hat.“
„Ist das nicht cool?“, lachte Cam, als ihr klar wurde, dass Alex wieder mal den Nagel auf den Kopf getroffen hatte. Das Sonnenkleid war tatsächlich für sie bestimmt, und das Kleid, das wie silbernes Mondlicht schimmerte, war für Alex.
Sie genossen ein köstliches Bad mit Duftsalzen und beruhi-

genden Kräutern, dann kleideten sie sich an. Jetzt mussten sie noch zwei Rituale hinter sich bringen, bevor sie sich zum Einheitsdom begaben.

Mit dem ersten Ritual sollten sie sich von allen unguten und bösen Gedanken und Vorstellungen befreien. Die Vorschriften für die Vorbereitung und Reinigung vor der Zeremonie waren streng: Sie mussten eine Liste aller Personen erstellen, die ihnen Kummer oder Schaden zugefügt hatten, eine Art Hassliste also, die sie anschließend verbrennen mussten. Das zweite Ritual bestand aus einer Meditation, die der Selbstreinigung diente.

Cam hatte eigentlich erwartet, dass sie für die erste Aufgabe länger brauchen würde als für die zweite, besonders wenn sie an all die Personen dachte, die sich ihr und Alex in den Weg gestellt hatten. Aber wie so vieles auf dieser Insel war das genaue Gegenteil der Fall.

Zugegeben, eine ganze Horde von Leuten, darunter viele richtig bösartige Typen, hatten sie und ihre Schwester hereinlegen wollen. Um nur ein paar zu nennen: ihr gewissenloser Onkel Thantos; der stets verschlagene Shane; die giftige Sersee und ihre Bande von Furien; Amaryllis; außerdem ihr durchgeknallter Onkel Fredo und die mörderischen Freaks Tsuris und Vey, die seine Sprösslinge waren … Sie alle auf die Hassliste zu setzen und das Papier der Tradition entsprechend zu verbrennen, dauerte nur ein paar Minuten.

Das Reinigungsritual dauerte dagegen länger. Und wie sich zeigte, war es besser geeignet als die Hassliste, ihre Konzentration zu fördern und ihre Seele zu stärken. Diesem Ritual widmeten sie sich getrennt voneinander.

Cam wählte als Meditationsort die kleine Wildrosenlaube neben dem Eingang von Luna Soleil. Die Sommerblumen waren verblüht, aber viele hellrote Hagebutten hingen im Gewirr der dornigen Zweige. Die Rose, ob blühend oder im Winterkleid, war das Sinnbild der Liebe, und Liebe war genau das, worüber Cam nachdenken wollte.

Sie saß in der Laube, schloss die Augen und ließ den Gedanken freien Lauf. Sie wanderten zu Shane. Cam wehrte sich gegen den Drang, sein Bild aus ihren Gedanken zu verbannen, und ließ all die Gefühle zu, die sich mit seinem Bild verbanden: Scham, Frustration, Sehnsucht …

Als Cam Lady Rhianna über Shane hatte ausfragen wollen, hatte die alte Hexe erklärt, Cam kenne die Antwort bereits, denn sie stehe in Karshs Aufzeichnungen geschrieben.

Karsh.

Lord Karsh Antayus.

Plötzlich kam ihr das Bild des alten Hexers in den Sinn. Wie immer trug er schwarze Kleidung. Seine seltsame Weste – sein Wams – war aus schwarz glänzendem, weichem Samt, genau wie seine Hose und seine Schuhe. Durch Karshs schütteres weißes Haar schimmerte seine braune papierne Haut, und auch durch die weiße, cremeartige Salbe, die er immer auftrug, um seine altersbrüchige Haut zu schützen.

Die weiße Salbe wirkte so wie eine Gesichtsmaske. Cam erinnerte sich, wie erschrocken sie gewesen war, als sie Karsh zum ersten Mal sah.

Ileana behauptete immer, Karsh habe seine Salbe wie eine Kriegsbemalung getragen. Die Creme bestand aus einer Mischung von Kräutern und Pudern, die den alten Hexer stärkten und ihm Mut einflößten.

Tränen rannen über Cams Wangen. Karshs Gesicht zu sehen,

löste bei ihr längst keine Angst mehr aus, sondern rührte ihr Herz. Sie war so froh, ihn wiederzusehen.
„Jetzt also ist der Tag gekommen“, hörte sie ihn leise mit seiner rauen Stimme sagen.

Alex saß mit untergeschlagenen Beinen mitten in einem kleinen Hain von Koniferen, die hinter Luna Soleil wuchsen. Die Baumnadeln bildeten einen weichen Teppich; sie roch den süßen Duft von Erde und Bäumen, selbst die herbstliche Kühle schien ihren eigenen Duft auszuströmen – es war, als sei sie wieder zu Hause in Montana bei ihrer geliebten Adoptivmutter.
Viel, viel früher, als Sara noch jung und lebhaft und gesund gewesen war …, bevor die heimtückische Krebskrankheit ihre Lungen zerfressen hatte. Es war das Bild ihrer Beschützerin, das aus Alex’ Erinnerung aufstieg. Und das zu ihr sprach.
„Jetzt also ist der Tag gekommen“, hörte sie Sara flüstern.

Kapitel 12

DIE PRÜFUNG

Normalerweise ging es auf dem Platz vor dem Einheitsdom sehr lebhaft zu; heute jedoch war er wie leer gefegt, als die Zwillinge zwischen Miranda und Ileana über das Kopfsteinpflaster zum Eingang eilten. Vor dem prächtigen Gebäude wartete eine Kindermenge, um einen Blick auf Cam und Alex zu erhaschen.

Die Kinder tuschelten aufgeregt, viele kicherten nervös, manche seufzten, andere riefen den Zwillingen Grüße und gute Wünsche zu, als sie näher kamen.

„Viel Glück!" – „Apolla, Artemis, kommt hierher!" – „Wie schön sie sind!" – „Alles Gute für die Prüfung!"

Ileana bahnte entschlossen einen Weg durch die Versammlung der kleinen Nachwuchshexen und -hexer; die anderen folgten ihr dicht auf den Fersen. Miranda ging am Schluss der kleinen Prozession. Cam und Alex, von den beiden Frauen umrahmt, zitterten jetzt vor Aufregung. Sie hielten sich mit schweißnassen Händen aneinander fest und ihre Lippen waren wie ausgetrocknet.

Als die riesigen Türen des eindrucksvollen Gebäudes vor ihnen aufschwangen, schallte ihnen lautes Stimmengewirr entgegen. Die große, kreisrunde Halle war bereits überfüllt, ein aufgeregt lärmender Bienenstock erwartungsvoll gestimmter Hexen und Hexer. Die Sonne fiel gleißend hell durch die hohe Glaskuppel und brachte die ganze Farbenpracht ihrer Samtgewänder und Roben zum Erstrahlen.

Im Bienenstock wurde es augenblicklich still, als die vier Frauen die Halle betraten und feierlich über den Marmorboden zur Mitte der Arena schritten.

Genau im Zentrum der Arena wurden sie von Lady Rhianna und ihren Kollegen Lady Fan und Lord Grivveniss erwartet. Wie Richter saßen sie hinter einem Tisch, der so hoch war, dass Cam und Alex nur den Rand der Goldschale mit den Heiligen Steinen sehen und die beiden goldenen Kästchen erahnen konnten, die vor den drei Prüfern standen. Vor Lady Rhiannas Platz stand außerdem ein Computermonitor. Lady Fan und Lord Grivveniss hatten die Aufgabe, die Zwillinge mithilfe der Edelsteine zu „benoten“ und dann ihre Ergebnisse Lady Rhianna zu melden, die sie im Computer erfassen sollte. Die übrigen Mitglieder des Rates der Erhabenen Ältesten besetzten die erste Reihe der steil ansteigenden Zuschauerränge. Vor jedem Ratsmitglied stand ein Notebook. Hinter ihnen reihte sich Rang um Rang, dicht besetzt von prächtig gekleideten Hexen und Hexern. Alex entdeckte Sersee, die mit ihrer Furienbande ganz hoch oben saß, am hinteren Rand des Auditoriums. Jeder Diener und jeder Hexenlehrling, die Alex je kennen gelernt hatte, waren anwesend – mit Ausnahme von Amaryllis. Thantos' Dienerin befand sich immer noch im Feldeinsatz – in Marble Bay, Massachusetts, auf dem Festland.

„Willkommen, Apolla und Artemis DuBaer“, wurden sie von

ihrer Mentorin Lady Rhianna begrüßt. „Es kommt nur selten vor, dass zwei Prüflinge gleichzeitig zur Weihe gelangen, und noch seltener, dass Zwillinge geweiht werden sollen."

Cam schubste ihre Schwester mit dem Ellbogen – nicht aus Nervosität, sondern weil Alex gerade die Zuschauermenge eingehend betrachtete und offenbar der leicht reizbaren alten Hexe gar nicht richtig zuhörte. Dabei hatte Rhianna die Macht, die Hexengirls durchfallen zu lassen, wenn sie wollte.

Alex gab ihr den Ellbogenstoß sofort zurück. „Schau dir mal die Familienbank an", raunte sie ihr zu und nickte in Richtung der Sitzreihe, in der sich soeben Miranda und Ileana niederließen.

„Würg! Da ist ja Fredo!" Cam konnte ihren Ekel kaum unterdrücken. Da saß tatsächlich ihr Onkel, der offen zugegeben hatte, dass er ihren Vater ermordet hatte. „Wie hat der es denn geschafft, aus der Heilanstalt auszubrechen?"

Die Heilanstalt war eine Einrichtung, die der Hexengemeinde von Coventry für die Verwahrung ihrer vom guten Weg abgeirrten oder geisteskranken Mitglieder diente. Dort saß Fredo ein – nicht nur, weil er den Mord an Aron DuBaer zugegeben hatte, sondern auch, weil er als unberechenbar galt.

„Wahrscheinlich haben sie ihm einen Begnadigungszauber gewährt, damit er an unserer Weihezeremonie teilnehmen kann", vermutete Alex.

Cam schaute sie verständnislos an.

„Hast du denn das *Regelbuch der Heilanstalt* nicht gelesen?", fragte Alex. „Vergiss Fredo. Jetzt rate mal, wer sich *nicht* blicken lässt?"

Tatsächlich: Thantos war nicht zu sehen.

„Wie kommt es nur, dass ich ihn so gar nicht vermisse?" Doch als Cam zur Sitzreihe des Einheitsrates hinübersah, bemerkte sie ein Paar, das einen Stuhl zwischen sich freihielt. Der Mann hatte strahlend blaue Augen; sein langes blondes Haar war zu einem Pferdeschwanz zusammengebunden. Auch die Frau sah sehr gut aus. Beide trugen schwarze Samtkleidung, und beide wirkten seltsam angespannt. Eine Aura von Zorn und erwartungsvoller Spannung schien sie zu umgeben.

Obwohl Cam sicher war, dem Paar noch nie begegnet zu sein, kam ihr der Mann irgendwie bekannt vor. Kaum die Lippen bewegend, flüsterte sie ihrer Schwester zu: „Wer ist der Typ dort drüben? Der mit dem schwarzen Wams, so ähnlich wie die Weste, die Karsh immer trug? Irgendwie ähnelt er …“

„Shane“, fiel beiden gleichzeitig ein.

„Ich wette, das sind seine Eltern“, vermutete Alex.

„Ich wette, der leere Platz ist für ihn“, sagte Cam.

„Apolla! Artemis!“, rief eine gereizte Stimme hinter ihnen. Sie wandten sich rasch um und richteten die Augen auf eine eindeutig irritierte Lady Fan. Ungeduldig warf sie einen glitzernden Stein von einer Hand in die andere. „Dürfen wir um eure geschätzte Aufmerksamkeit bitten? Der mündliche Teil eurer Weiheprüfung wird jetzt beginnen, und ich kann euch nur empfehlen, genau aufzupassen. Für jede richtige Antwort erhaltet ihr einen heiligen Stein; die Steine werden in diesen Kästchen gesammelt. Wie es die Tradition erfordert, hat jede von euch ein eigenes Kästchen.“ Bevor Cam sich voll konzentrieren konnte, feuerte die Hexe bereits die erste Frage auf sie ab. „Apolla, welche Bedeutung hat die Heilkunst für unsere Zunft?“

Lady Fans Frage kam so schnell, dass Cam völlig unvorbereitet war und die Fassung verlor. „Hei… Heilkunst?“, stotterte

sie. Sie versuchte, Zeit zu gewinnen. „Heilen ist ... äh ... sehr wichtig ..."
Enttäuscht und missbilligend schüttelte die kleine Hexe den Kopf. Folglich gab es keinen Stein für das goldene Kästchen mit dem eingravierten Namen Apolla.
„Artemis, kannst du uns ein bisschen ausführlicher Auskunft geben?", fragte der weißhaarige, gutmütige Lord Grivveniss.
Klar konnte Alex das, schließlich hatte sie alles gebüffelt und kannte sich aus. Allerdings: Im Moment tickte in ihrem Kopf eine Art Zeitschalter, der die Antwort für die fernere Zukunft zurückhielt. Alex schloss die Augen und versuchte, die Antwort wenigstens zu sehen, wenn sie sie schon nicht hören konnte. In *Moralische Prinzipien der Magie* gab es doch irgendwo eine Seite, einen bestimmten Abschnitt, in dem die Antwort geschrieben stand! Wie war das noch mal ... „Jeder Zauberspruch, jede Magie ...", begann sie zu zitieren.
„... ist für das Heilen zu nutzen!", erinnerte sich Cam plötzlich und schnitt damit ihrer Schwester abrupt das Wort ab.
Die nächste Frage wurde von Lady Rhianna gestellt. „Welche Bedeutung hat das Vergeben für den Heilprozess?"
„Der Heilprozess folgt meistens, wenn nicht sogar immer, aus dem Akt des Vergebens!", platzte Cam heraus.
Lady Fan runzelte die Stirn, warf aber mürrisch einen Stein in Cams Kästchen.
Alex kochte vor Wut. Resolut schob sie sich vor ihre Schwester. „Und Vergeben kann nur aus der Verpflichtung zur Liebe und zum Dienst am Nächsten erwachsen ...", schrie sie beinahe.
„... nachdem Zorn und Furcht freigesetzt wurden!", rief Cam über Alex' Schulter.

„Hervorragend!", gratulierte Lord Grivveniss strahlend.
Klick. Klack. Die beiden Ältesten deponierten Steine in den Kästchen der Zwillinge. Rhianna, die voller Enttäuschung die Augen geschlossen hatte, öffnete sie wieder und wandte sich an die Ratsmitglieder. „Zur Frage der Definition des Heilens: Hat der Hohe Rat eine Bewertung beschlossen?"
„Haben wir." – „In der Tat." – „Wir sind bereit, Lady Rhianna."
Die Ältesten drückten jetzt wohl die Taste „Senden" auf ihren Tastaturen, dachte Cam, und Lady Rhianna blickte auf ihren Monitor. Mit leichtem Nicken nahm sie eine Hand voll Steine aus der Schale und verteilte sie schnell auf die beiden Kästchen.
Zu schnell für Cam, um ausrechnen zu können, wie viele Steine jede von ihnen bekommen hatte.
„Mach das nicht noch mal!", fauchte Alex ihre Schwester warnend an.
„Sie haben mich zuerst gefragt!", schoss Cam zurück.
„Ruhe! Artemis, Apolla!" Lady Rhianna starrte sie wütend an. Erst als die Mädchen aufmerksam zu ihr heraufblickten, wandte sie sich an ihre Kollegen: „Grivveniss …"
„Ja, nun, äh, hm." Der alte Mann räusperte sich. „Apolla, beschreibe bitte die Begnadigungsprozedur, die im *Regelbuch der Heilanstalt* dargelegt wird."
Cam biss sich auf die Lippe. Konnte es sein, dass der alte Hexer vorhin ihre Bemerkungen über Fredo gehört hatte und nun versuchte, ihr eine Falle zu stellen?
„Drehst du durch?", fauchte Alex und flüsterte ihr so laut zu, dass es alle Ratsmitglieder hören konnten: „Die Ältesten versammeln sich um den Gefangenen und erinnern ihn an jede gute Tat, die er jemals begangen hat."

Applaus wurde laut, aber Rhianna unterbrach ihn mit einer knappen befehlenden Handbewegung. „Wusstest du die Antwort nicht?“, fragte sie Cam.
„Ich glaube nicht“, gestand Cam unglücklich.
Rhianna schüttelte leicht verzweifelt den Kopf. „Lady Iolande, ich denke, Ihr seid jetzt an der Reihe.“
„Nenne mir einen Zauberspruch, oder eine Abwandlung davon, mit dem man einen Heilprozess am besten auslösen kann“, sagte sie, „und gib dafür ein Beispiel. Artemis, bitte fang an.“
„Der Wahrheitsfinder!“, antwortete Alex schnell, um die weitere feindliche Übernahme einer Frage durch ihre Schwester zu verhindern.
Doch dann fiel ihr plötzlich kein Beispiel dafür ein!
Der Wahrheitsfinder! Warum hatte sie ausgerechnet diesen Zauberspruch genannt? Wie konnte man durch Wahrheit heilen? Wann hatten sie zuletzt den Wahrheitsfinder angewandt, oder eine Abwandlung davon?
Amaryllis! Sie durfte die verräterische, heilungsbedürftige Junghexe nicht beim Namen nennen. Deshalb erzählte Alex nur, wie sie den Zauberspruch angewandt und „eine rebellische Junghexe“ auf diese Weise gezwungen hatten, ihre wahre Identität zu enthüllen.
„Aber inwiefern konnte dadurch eine Heilung bewirkt werden?“, hakte Lady Fan nach.
Alex dachte kurz nach – dankbar, dass Cam sich dieses Mal nicht einmischte – und beschrieb dann, wie krankhaft, überspannt und verängstigt sie selbst fast vierzehn Jahre lang gewesen sei, weil sie nicht gewusst habe, wer oder was sie war, und dass ihr nur eines sicher gewesen zu sein schien: dass sie

anders war als die anderen Mädchen. Durch dieses Geheimnis sei sie genauso verletzlich und gereizt gewesen wie die Junghexe in ihrem Beispiel, erklärte sie. Bis sie endlich ihr Geheimnis mit jemandem habe teilen können – und dieser Jemand war zufällig ihre Schwester. Die Wahrheit sagen und zugeben zu dürfen, dass sie Hexen seien und dass sie nicht allein waren, habe die größte Angst in ihrem Leben völlig beseitigt. Und genau das habe zu ihrer Heilung beigetragen. „Menschen werden krank, wenn sie böse Geheimnisse hüten", sagte sie abschließend, wobei sie einen von Karshs Aussprüchen zitierte.

Ein mitfühlendes Murmeln ging durch das Auditorium. Als Alex aufblickte, sah sie eine verständnisvoll nickende Lady Iolande. Auch mehrere andere Ratsmitglieder nickten beifällig.

„Und man darf auch eines nicht vergessen: Die Wahrheit wird euch befreien!" Cam hatte sich wieder gefangen und wollte natürlich auch ihren Anteil an der Ernte.

Aber Alex war in großzügiger Stimmung. Um die Wahrheit zu sagen – und darum ging es ja wohl? –, sie hatte bis zu diesem Augenblick keinen Gedanken daran verschwendet, dass der Wahrheitsfinder auch nützlich sein könnte, um zu heilen. Aber sie freute sich über die Erkenntnis.

„Apolla, kannst du uns noch ein weiteres Beispiel nennen?", wandte sich Iolande an Cam.

„Den Aus-Zitrone-mach-Limonade-Zauber!", sagte Cam eifrig. In der Halle brach Gelächter aus. „Man kennt ihn auch als Verwandlungs- oder Umkehrungszauber", setzte sie schnell hinzu. Dann beschrieb sie die nötigen Zutaten und zitierte den Spruch, den sie in der Cafeteria angewandt hatte, um Nadine vor Bully Stevies Angriff zu bewahren und den Rowdy in Nadines liebevollen Beschützer zu verwandeln.

„Ha!“, rief Alex verärgert. „Den letzten Teil hab ich gemacht!“ Sie wandte sich an Lady Iolande. „Dass sie sich ineinander verlieben, meine ich …“

„Ah, die Liebe!“, seufzte Lord Grivveniss wehmütig und lächelte. „Wahrlich, was könnte besser heilen als die Liebe?“

Und so ging die Befragung weiter, und jede einzelne Antwort wies auf denselben Sachverhalt: dass das Heilen die Kunst der Hexenzunft sei. Und dass Liebe und Vergebung die wichtigsten Elemente des Heilens seien.

Als die Befragung endlich endete und der nächste Teil – praktische Magie – beginnen sollte, hatten auch die Prüflinge Alex und Cam ihre Lektion gelernt.

Bei der vierten Frage – „Nenne mir die botanischen sowie die allgemein gebräuchlichen Namen von fünf Heilpflanzen, beschreibe ihre Düfte und ihre Heilwirkungen“ – hörten sie endlich auf, sich gegenseitig ins Wort zu fallen. Bei der sechsten Frage – „Welche heiligen Steine benutzten Hexen und Hexer während der Pest und zu welchem Zweck?“ – hörten sie auf, sich zu hänseln und das Versagen der Schwester zum eigenen Vorteil zu nutzen. Bei der zehnten Frage – „Formuliere eine Abwandlung des Wahrheitsfinders, des Reisenden oder des Verwandlungsspruchs, mit dem sich Wutanfälle bändigen lassen“ – waren beide Schwestern so weit, dass sie aufrichtig auf den Erfolg der anderen hofften.

Liebe und Vergebung lagen in der Luft. Und zwar so intensiv, dass Lady Rhianna, die selbst hundertfach versiegelte Gedanken lesen konnte, die Zwillinge davor warnte, einander zu helfen.

Sich nicht einzumischen fiel ihnen besonders schwer, als jetzt beide aufgefordert wurden, magische Kräfte vorzuführen, die jeweils der anderen Schwester leichter fielen. Alex musste etwas sehen, das normale Augen nicht sehen konnten, sie sollte durch massive Gegenstände hindurchsehen und etwas so scharf anstarren, dass es Feuer fing. Die beiden ersten Aufgaben erschöpften sie so sehr, dass sie froh und glücklich war, bei der dritten Aufgabe wenigstens ein dünnes Rauchwölkchen hervorgebracht zu haben.

Sie spürte, dass sie dabei nicht gerade glänzend abschnitt. Genauso wenig wie Cam, als sie aufgefordert wurde, Geräusche zu beschreiben, die so weit entfernt waren, dass sie von normalen Ohren nicht gehört werden konnten. Sie musste durch reine Konzentration Gegenstände hochheben und telekinetisch bewegen und bestimmte, kaum wahrnehmbare Düfte erkennen.

Erschöpft und auch ein wenig entmutigt, wurden sie von dem herzlichen Applaus und den aufmunternden Rufen der versammelten Hexengemeinde völlig überrascht. Offenbar waren die Zuschauer von ihren verzweifelten Bemühungen sehr viel stärker beeindruckt als sie selbst.

Doch Lady Rhianna setzte dem Augenblick des Triumphs sehr schnell ein Ende.

„Eure nächste und wichtigste Aufgabe für heute“, verkündete sie streng, während das Publikum plötzlich absolut still wurde und ehrfürchtig lauschte, „ist, euch eine Person vorzustellen, die keine Vergebung verdient. Natürlich gab es im Verlauf der Geschichte immer wieder Personen, die sich ungeheurer Verbrechen schuldig gemacht haben und keine Vergebung verdienen, aber ihr sollt euch nur auf Personen aus eurer Umgebung besinnen. Allerdings darf jede von euch nur eine einzige Person benennen."

Eine was?, fragte Alex telepathisch ihre Schwester. *Eine Person, die so böse ist, dass sie keine Milde, kein Mitgefühl, keine Gerechtigkeit oder keine Liebe verdient?*

Cam zuckte die Schultern und verzog den Mund. *Ziemlich scheinheilige Sache, wenn du mich fragst. Wen würdest du denn wählen?*

Einfach so, aus dem Ärmel? Da gibt's nur einen, nämlich Onkel T, entschied Alex schnell. *Und du?*

Cam zögerte, dann seufzte sie. *Shane, denke ich.*

„Das reicht!", donnerte Lady Rhianna vom Podium schnell dazwischen, damit die Zwillinge keinen Namen laut nannten. Cams Wangen brannten, als ihr plötzlich einfiel, dass sie sich hier in der Hexenhauptstadt befand, in der wohl kein Gedanke lange geheim bleiben konnte. Sie blickte scheu zu dem Paar hinüber, das wie Shanes Eltern aussah und zwischen dem der Sitz immer noch leer war.

„Eure letzte Aufgabe am heutigen Tag besteht darin, diesen beiden Personen zu dienen", verkündete Rhianna.

„Macht Ihr jetzt Witze oder was?", platzte Alex heraus.

Ihre Weihementorin schloss gequält die Augen; vielleicht hoffte sie, dass die DuBaer-Junghexen spurlos verschwunden wären, wenn sie die Augen wieder öffnete. Leider blieb ihr diese Erlösung verwehrt.

Die Menge drängte zum Ausgang. Lady Rhianna nahm Ileana und Miranda beiseite. Cam und Alex standen ein wenig verloren immer noch im Zentrum der großen runden Arena. Sie hatten keine Ahnung, was jetzt von ihnen erwartet wurde.

Sollten sie hier bleiben oder gehen, und wenn ja, wohin? Sollten sie hier überlegen, wie sie ihren beiden Feinden dienen könnten, oder sollten sie das als Hausaufgabe mitnehmen? Plötzlich verspürte Alex ein Schwindelgefühl. Ihr Herz pochte heftig und das Blut dröhnte durch ihren Kopf, sie konnte die Augen kaum noch offen halten. Inzwischen kannte sie diese Warnzeichen: Offenbar stand ihr gleich eine Vision bevor. Sie streckte die Hand aus, um sich zu stützen.

Cam!, rief sie, aber sie war nicht einmal sicher, ob sie laut gerufen oder nur gedacht hatte, denn ihre Stimme hallte wie aus der Ferne. Als ihre Hand die Schulter ihrer Schwester berührte, verspürte sie einen elektrischen Stromstoß, aber Cams Haut fühlte sich kalt und ablehnend an. Alex spürte, dass auch Cam eine Vision hatte.

In der schmerzhaft pulsierenden Dunkelheit ihrer geschlossenen Augen sah Alex einen Wasserfall, der jedoch nicht aus Wasser, sondern aus unzähligen Büchern zu bestehen schien. Das letzte Buch, das ihr entgegenkam, war in Leder gebunden und so alt, dass es rissig und brüchig war. Sein Titel lautete *Vergebung oder Rache.*

Es war kein richtiges Buch, wie sie erkannte, als sich der Einband wie von Geisterhand öffnete; es war innen hohl, eine Buchattrappe. Sorgfältig darin versteckt lag ein Stapel Pergamente, die mit der zittrigen Handschrift eines sehr alten oder sehr kranken Menschen beschrieben waren.

Karsh!

Unvermittelt wurde Alex klar, dass ihr verehrter alter Freund Lord Karsh Antayus diesen Text geschrieben und versteckt hatte. Sie und Cam hatten ihn gelesen! Die Pergamentblätter enthielten sein Vermächtnis für die Zwillinge.

Die ungebundenen Blätter flatterten aus ihrem Versteck. Sie kreisten um Alex' Kopf, als würden sie von einem Wirbelwind getrieben. Ein einzelnes Blatt segelte langsam herab und schwebte direkt vor ihren Augen. Sie konzentrierte ihren Blick auf einen Satz: *Dass fortan in jeder Generation ein Antayus den Tod eines DuBaer-Sohnes verursachen solle.*

Der Antayus-Fluch!

Alex riss die Augen auf.

Thantos! Er war der Sohn, der die Herrschaft über die DuBaer-Familie an sich gerissen hatte. Also war er in Gefahr. Aron, der Vater der Zwillinge, war durch die Hand seines eigenen Bruders gestorben, nicht durch einen der Nachfahren von Abigail Antayus. Nicht der Fluch hatte ihren Vater getötet, sondern Fredo.

Und Fredo selbst? Er war jetzt nur noch ein armseliges und machtloses Wesen. Man hatte ihn in die Heilanstalt eingewiesen und dorthin würde er heute Abend wieder zurückkehren. Nur Thantos, der seinem verräterischen Ahnen Jacob DuBaer so ähnlich war, konnte noch dem Fluch zum Opfer fallen, könnte von jemandem aus der Antayus-Familie getötet werden.

„Shane!", rief Cam plötzlich. Sie presste die Hände gegen ihre Schläfen, versuchte, die Augen offen zu halten, das Bewusstsein wiederzuerlangen. „Er ist ein Antayus! Er und sein Vater tragen dieselben Westen, die auch Karsh immer trug."

„Shane A. Wright!" Alex fiel ein, dass Amaryllis ihn so genannt hatte. „Steht das A vielleicht für Antayus?"

Cam nickte und stöhnte vor Schmerzen. „Das haben doch Amaryllis und Sersee angedeutet! Shanes Familie dürfte wahrscheinlich direkt von Abigail Antayus abstammen. Des-

halb versuchte Shane immer, Thantos' Vertrauen zu gewinnen. Um ihm ständig nahe zu sein. Um den Fluch ausführen zu können. Alex, Shane wird versuchen, Thantos zu töten!"
„Wenn er es nicht schon getan hat", rief Alex entsetzt. „Wahrscheinlich ist er jetzt gerade auf Crailmore ..."
„Und deshalb sind die beiden nicht zur Weiheprüfung erschienen", stellte Cam fest.
„Ja, und das ist auch der Grund, warum Shane uns heute Morgen besuchte. Er versuchte, einen Zauberbann über dich zu verhängen, damit du dich nicht auf Crailmore blicken lässt." Alex fiel ein, dass der unheimliche Junge auch sie seltsam angeschaut hatte. Erst als ihm klar geworden war, dass sie in seine Gedanken eingebrochen war, hatte er gegrinst und sie still gefragt: *Spielt das für dich wirklich eine so große Rolle? Schließlich hat er euch nichts als Schaden zugefügt.*
Natürlich! Shane hatte Thantos gemeint.
Alex packte Cams Hand und wollte sie zum Ausgang zerren. Sie mussten sofort nach Crailmore.
„Nein, warte." Cam rührte sich nicht von der Stelle.
Alex geriet in Panik. Hatte Shane schon erreicht, was er wollte? Stand ihre Schwester immer noch in seinem Bann, hatte sie Angst oder war ihr verboten worden, auch nur in die Nähe der Festung zu kommen?
„Sag mal, spinnst du?", fragte Cam, die ihre Gedanken gehört hatte. „Fass dein Mondamulett an. Mit dem Reisezauber kommen wir doch viel schneller nach Crailmore."

Am kahlen Nordende der Insel war die Luft deutlich kühler. Der unerbittliche Wind ließ nur verkrümmte und schiefe Bäume heranwachsen. Hohe Wellen donnerten unablässig gegen die steil aufragenden Klippen und wirbelten eiskalte Gischt durch die Luft.

Die Kälte nahm Cam und Alex fast den Atem, als sie vom Reisenden vor dem Herrenhaus abgesetzt wurden. Crailmore thronte hoch auf den baumlosen Klippen und ragte unheilvoll vor ihnen auf.

Einer der riesigen Flügel des Eisentores, die den Zugang zu dem Herrenhaus versperrten, stand weit offen. Er schwang quietschend und knarrend im heftigen Wind hin und her. Zitternd vor Kälte und Furcht rannten die Zwillinge durch das Tor. Beide hielten ihre Amulette fest in der Hand.

Ihre Mutter war erst vor wenigen Wochen aus Crailmore ausgezogen, doch der wunderbare Kräutergarten, den sie angelegt hatte, war bereits zerstört. Wer die Zerstörung angerichtet hatte, ob Mensch oder Tier, war kaum festzustellen, denn der noch vor kurzem so prächtig gedeihende Garten sah jetzt aus wie ein Schlachtfeld. Reihenweise lagen die Pflanzen niedergemäht, zerschnitten, zertrampelt auf dem Boden, als seien sie von einem gewaltigen Schwert niedergemacht worden. Doch zwischen den Beeten waren in der aufgeweichten Erde frische Fußabdrücke zu sehen, die zum Hauseingang führten. Auch die große Eingangstür stand offen. Die Fußspuren waren auch auf der Türschwelle zu sehen und führten quer durch die lange Eingangshalle. Am anderen Ende der Halle endeten sie vor den Kassettentüren der Bibliothek. Und dort hatte jemand ein Paar mit Erde beschmutzte Stiefel abgestreift und achtlos hingeworfen.

Es gab keinen Zweifel: Die Stiefel gehörten Shane. Es waren dieselben Stiefel, die er am Morgen getragen hatte. Hatte er sie ausgezogen, um sich unhörbar an Thantos anschleichen zu

können? War es ihm tatsächlich gelungen, ihren sonst so misstrauischen Onkel zu überraschen oder sogar zu überwältigen? Vorsichtig schob Alex die Türen auf.
Die Bibliothek lag in Trümmern. Überall lagen Bücher verstreut herum – Bücher und Buchteile, herausgerissene Blätter, beschädigte Buchrücken, Bücher, die in zwei Hälften zerrissen worden waren. Einige Regalbretter waren heruntergefallen, andere waren zerbrochen und hingen schief in den Bücherschränken. Thantos' Schreibtisch war umgestürzt worden. Das Porträt von Jacob DuBaer hing in Fetzen aus dem Rahmen.
Alex und Cam rannten durch den Raum zum hinteren Flur, der um das gesamte Erdgeschoss herumführte. Am Fuß einer Treppe hinter der Küche blieben sie stehen. „Hinauf?", fragte Alex.
„Sie könnten unten sein", gab Cam zu bedenken, „in den Höhlen."
Doch dann hörten sie ein Geräusch, als ob Stahl auf Stein treffen würde; es wies ihnen den Weg. Sie liefen dem Geräusch nach in Richtung der großen Küche, deren Wände aus grob behauenen Steinen gemauert waren. Noch bevor sie die Küchentür erreichten, schlug ihnen starker Brandgeruch entgegen. Der Geruch von brennendem Holz. Und von versengtem Haar, stellte Alex mit ihrem scharfen Geruchssinn in dem Augenblick fest, in dem sie die Tür aufrissen.
Brennende Holzstücke aus dem gewaltigen Kamin lagen überall verstreut. Als Brandwurfgeschosse hatten sie ihr Ziel wohl verfehlt, aber sie hatten überall auf dem Boden und an den Wänden schwarze Rußspuren hinterlassen.
So wie es hier aussah, musste der Kampf zwischen Thantos und Shane schon seit Stunden toben.

In den Möbeln waren tiefe Kerben zu sehen, als ob ein kraftstrotzender Holzfäller die Stühle und Tischflächen mit der Axt bearbeitet hätte. Der lange Holztisch, dessen Platte eine Handbreit dick war und der sich fast über die gesamte Länge der Küche erstreckte, war nur noch ein Trümmerhaufen.

Dahinter stand Shane Antayus Wright. Sie sahen ihn von der Seite. Er stand leicht nach vorn gebeugt, heftig um Atem ringend. Der Griff eines gewaltigen Schwerts stützte ihn unter der Achsel, wie eine Krücke. Als er sich ein wenig aufrichtete, sahen sie, dass die schwarze Weste direkt über seinem Herzen zerrissen war. Blutflecken breiteten sich in Höhe des Knies auf seinem Hosenbein aus. Die Spitzen seiner blonden Mähne waren versengt und rußgeschwärzt; der Rest seines langen Haares klebte schweißnass am Kopf. Ein paar Locken hingen ihm in die Augen. Der Rauchgeruch kam von ihm, und als er den Kopf hob, sahen sie, dass sein Gesicht mit Asche beschmiert war.

Shane kniff die Augen zusammen und versuchte, den Blick zu konzentrieren – auf Thantos DuBaer.

Der gewaltige, bullige Hexer lag auf dem Rücken. Sein Kopf lag auf dem Rand der Feuerstelle im Kamin. Seine Brust hob und senkte sich heftig, während er um Atem rang. Über seine Wange zog sich eine lange, blutende Wunde. Er hob die Hand, die in einem Handschuh steckte, und tastete vorsichtig die Wunde ab.

Shane trug keine Handschuhe. Jetzt packte er das Schwert, und als es richtig in der Hand lag, ging er auf Thantos zu. Der einst so mächtige Hexenmeister lag auf dem Boden, unbewaffnet und wehrlos, aber immer noch mit einem höhnischen Grinsen im Gesicht.

„Ja, lache nur", keuchte Shane. „Das Lachen wird dir gleich vergehen. Das hier ist das geheiligte Schwert, durch das Generationen von DuBaers gestorben sind."

Er hob die Waffe hoch über den Kopf und ließ sie dann mit aller Kraft auf Thantos niedergehen. Aber Thantos rollte blitzschnell zur Seite, robbte und rutschte über den Boden außer Reichweite. Laut scheppernd traf das Schwert den Steinboden. Durch die Wucht des Schlages sprang es Shane aus der Hand. Thantos kam mühsam auf die Beine und taumelte rückwärts Richtung Kamin. Die Handschuhe schützten seine Hände; er riss ein brennendes Holzscheit aus dem Feuer und schleuderte es auf Shane.

Cam und Alex waren vor Schock erstarrt in der Tür stehen geblieben. Keiner der beiden Kämpfer hatte sie bemerkt; sie waren viel zu sehr damit beschäftigt, einander auszulöschen. Als aber das lichterloh brennende Holzscheit auf Shane zuflog, wurde Cam aktiv.

Sie konzentrierte ihren feurigen Blick auf das flammende Holzstück – und ließ es mit einer einzigen gewaltigen Stichflamme vollends verbrennen, bevor es sein Ziel erreichen konnte. Als die Stichflamme erlosch, zerbröckelte das Holz auf der Stelle zu Holzkohle. Nur wenige Zentimeter vor Shanes Gesicht verglühten die Kohlestückchen zu einem Regen aus Ascheflocken, die harmlos zu Boden schwebten.

Verblüfft wandten sich Thantos und Shane um und erblickten die Zwillinge.

„Seid ihr wahnsinnig?", brüllte ihr Onkel außer sich vor Wut. „Dieser verhasste Hexer ist nicht nur mein Feind, sondern auch eurer!"

Kaum war Thantos einen Moment lang abgelenkt, bückte sich

Shane blitzschnell und hob das Schwert vom Boden auf. Nur für einen kurzen Augenblick schaute er Cam an. „Er lügt. Ich habe keinen Streit mit euch. Kommt bloß nicht näher", befahl er und wandte sich wieder seinem wütenden Gegner zu.

„Haltet ihn auf!", befahl Thantos, der mit dem Rücken bereits gegen die Ziegelmauern des Kamins stieß. „Wenn er gewinnt, ist euer Erbe, alles, was ich für euch aufgebaut und bewahrt habe, dahin. Crailmore, euer Familienvermögen, das Ansehen der Familie, der ganze Respekt ..."

Cam konnte Shane kaum noch anblicken. Seine Wunden verursachten ihr Schmerzen, als seien es ihre eigenen Wunden. Sie wandte sich schnell ab. „Ansehen? Respekt?", fragte sie ihren Onkel. „Vor dir haben alle Angst, das hat mit Respekt absolut nichts zu tun."

Er winkte verächtlich ab. „Angst gebiert Respekt. Hast du das immer noch nicht kapiert? Die Menschen kriechen vor dir, sie betteln förmlich darum, dass du deinen Willen durchsetzt. Wenn dein Gegner Furcht, Wut, Neid und Hass empfindet, wird er schwach! So schwach wie dein lächerlicher Freund hier. Ich überlasse dir die Ehre, ihn zu vernichten."

Shanes kalte blaue Augen ließen Thantos' Gesicht keine Sekunde lang unbeobachtet, was er aber sagte, war für Cam und Alex bestimmt: „Ihr könnt mich nicht vernichten. Ihr könnt mich nicht aufhalten. Der Tod ist sein Schicksal; ihn zu töten, ist meine Bestimmung." Wieder schwang er das gewaltige Schwert über dem Kopf. „Diese Begegnung wurde schon vor vierhundert Jahren beschlossen!"

„Dann werden wir sie jetzt eben absagen!", verkündete Alex mit Bestimmtheit. Sie starrte das Schwert an, um es Shane auf telekinetische Weise zu entreißen. Aber in dem Augenblick, in dem es sich seinem Griff zu entwinden begann, packte er es noch fester und drehte sich zu ihr um.

Alex' Willenskraft zerrte jedoch an dem Schwert. Es zitterte so heftig, dass Shane es kaum noch halten, geschweige denn auf irgendetwas oder irgendjemanden richten konnte. Dafür richtete er seine Hexeraugen unergründlich und durchdringend auf Alex – und versuchte, Alex in seinen Bann zu zwingen.

Cam erkannte blitzschnell die Gefahr. Sie sah, wie Shanes Lippen sich stumm bewegten, als er einen geheimen Zauberspruch murmelte.

„Pass auf!", schrie sie warnend und sprang schnell vor ihre Schwester.

Ein Schneesturm wirbelte plötzlich um sie herum und schloss sie vollkommen ein. Wenn er Alex eingeschlossen hätte, wie es Shane beabsichtigt hatte, so hätte er sich wie ein dichter weißer Vorhang über sie gesenkt und ihren Blickkontakt mit dem Schwert unterbrochen.

Aber Hitze war Cams Spezialdisziplin. Sie konzentrierte ihren mächtigen Blick in Richtung Shane und hoffte, dass sie sich die Stelle genau eingeprägt hatte, wo seine Hand das hin und her schwingende Schwert gepackt hielt.

Der Wirbelwind aus Schnee schmolz sofort dahin. Cam hatte ihr Ziel genau getroffen. Der Griff des Schwertes glühte bereits weiß. Mit einem Schmerzensschrei ließ der verwundete Hexer die Waffe fallen.

Im selben Moment begann auch Alex' telekinetische Kraft wieder zu wirken. Statt auf den Boden zu fallen, wirbelte das Schwert durch die Luft und landete auf dem zerstörten Tisch.

Oder eigentlich nicht *auf* dem Tisch. Sondern eher *darin.*

Die scharfe Schwertspitze fuhr in die zerborstene dicke Tischplatte und blieb tief im Holz stecken. Nutzlos wackelte das Schwert hin und her.

„Hervorragend!", rief ihr Onkel vom Kamin herüber. Betont langsam klatschte er Beifall. Der Boden vor ihm war mit Trümmern übersät. „Wusste gar nicht, dass ihr das Zeug dazu habt, so wunderbar gemein zu sein!"

Shane öffnete und schloss seine Hand, um zu prüfen, ob sie verletzt war. Dabei schaute er Cam an und seine Augen waren vor Entsetzen weit aufgerissen. „Ich dachte, du liebst mich", flüsterte er. „Ich habe es in deinen Augen gelesen, in deinem Herzen, in deinen Gedanken …"

„Das tut sie doch auch", spottete Thantos und kam drohend ein paar Schritte näher. „Aber sie haben gerade den ersten Tag ihrer Weiheprüfung hinter sich. Der Rat hat ihnen wohl eine Gehirnwäsche verabreicht. Und deshalb liebt ihr jetzt alle Menschen, nicht wahr?", fragte er seine Nichten sarkastisch.

„Wir haben uns verpflichtet, dir zu helfen, aber nicht, dich zu lieben", gab Alex zurück, die sich nicht auf sein Spiel einlassen wollte. „Und wenn wir verhindern, dass du umgebracht wirst, dann reicht das, denke ich. Soweit es mich angeht, ist diese Mission erfolgreich abgeschlossen."

„Und was ist mit dir?", wandte sich Shane an Cam und ging rasch zu dem Tisch, in dem das Schwert steckte. „Hast du dich auch verpflichtet, ihm zu helfen?"

„Nein", gab Cam heftig zurück, „ich soll dir helfen …"

„Und das hat sie auch getan!", erklärte Alex. „Sie hat dich jedenfalls erst mal davon abgehalten, den größten Fehler deines Lebens zu begehen …"

„Das Oberhaupt der DuBaer-Dynastie zu vernichten, ist kein Fehler!", schrie Shane wütend und versuchte, das Schwert aus

dem Holztisch zu ziehen. „Es ist meine Pflicht, meine Verantwortung …"
Ein grausamer Geistesblitz hellte Thantos' Gesicht auf. „Wenn es deine Pflicht ist, das *Oberhaupt* meiner Familie zu vernichten", erklärte er Shane höhnisch, „dann bist du bei mir an der falschen Adresse. Das wäre wirklich der größte Fehler deines Lebens. Ich bin nämlich gar nicht der, den du suchst. Sie sind es: Meine klugen kleinen Nichten werden bald die DuBaer-Dynastie führen. Die Zwillinge und nicht ich sind die rechtmäßigen Ziele deiner Rache!"
„Für wie dumm hältst du mich eigentlich?", brüllte Shane und zerrte und rüttelte weiter an dem Schwert. „Keine Hexe, keine Frau hat jemals deinen verräterischen Stamm geführt."
„Dann frag sie doch selbst!", lachte Thantos voller Hohn. „Sie müssen dir die Wahrheit sagen. Aufrichtigkeit ist eine der Tugenden, für die sie ein paar Heilige Steine kassieren können."
„Deine kleinen faulen Tricks müssten dir eigentlich längst selbst zum Hals heraushängen, Thantos! Ich jedenfalls hab genug davon, genug von dir und deinen Täuschungen."
Shane machte sich längst nicht mehr die Mühe, auf den bulligen Hexer zu achten. Er konzentrierte seine ganze Energie darauf, das Schwert aus der Tischplatte zu reißen. Es gab tatsächlich nach, wenn auch nur ganz langsam.
„Es stimmt, Shane", sagte Cam.
Alex griff nach ihrer Hand. „Nur wenn wir es wollen", berichtigte sie ihre Schwester. „Niemand kann uns dazu zwingen."
„Meine faulen Tricks?", fragte Thantos spöttisch. Shane hatte den verschlagenen Hexer ein paar Sekunden zu lange unbeobachtet gelassen. „Dann verfaule in Frieden!", brüllte Thantos und warf eine Hand voll Kräuter über den Jungen. „Aber

bevor du weiteratmest, sollst du wissen, dass das meine ganz persönliche Kräutermischung ist – sie wird dir buchstäblich die Lungen wegschmoren." Er lachte höhnisch. „Irgendwann muss eben jeder von uns eine Entscheidung treffen ..."

Alex erkannte die giftige Kräutermischung sofort am Geruch: Fingerhut, Alraunwurzel, Baldrian und noch etwas anderes.

„Nachtschatten", vermutete Cam, die den Geruch aus dem *Interaktiven Coventry-Kompendium für Düfte und Unsinn* kannte.

„Ich habe wieder einmal unterschätzt, wie begabt ihr seid", grinste ihr Onkel bösartig. „Ja, nur ein paar Kräuter sind giftig, wenn man sie berührt, andere sind tödlich, wenn man sie einatmet. Als Mischung, Shane, werden sie deine Müdigkeit beseitigen und dir endlich die Ruhe geben, nach der du dich so sehnst – und zwar für immer und ewig."

Ohne eine Sekunde zu zögern, richtete Alex ihren Blick auf die grünen Kräuterflöckchen, die auf Shane herabgerieselt waren: Zuerst hoben sie sich einzeln in die Luft, dann stiegen sie in kleinen Klumpen auf, schwebten von seinen Lippen, seinen rußverschmierten Wangen und der zerrissenen Weste nach oben. Vor und über dem verblüfften Jungen schwebten sie als Kräuterballen in der Luft – bis Cam sie mit ihrem Feuerblick abfackelte.

Thantos starrte seine Nichten wütend an. Shane versuchte hustend und spuckend, die letzten Kräuterpartikel loszuwerden, die er eingeatmet haben mochte. Als er sich gerettet glaubte, wandte er sich den Hexengirls zu.

Er will sich bei uns bedanken, hoffte Cam.

Total daneben, denkmailte Alex ihrer Schwester. *Was ist bloß aus deinen hellseherischen Fähigkeiten geworden?*

Der Junge, dem sie soeben das Leben gerettet hatten, starrte sie einen Moment lang aus kalten blauen Augen an. „Wenn es stimmt, dass ihr herrschen werdet, dann hat euer Onkel wohl Recht“, sagte er schließlich. „Dann seid ihr das Ziel meiner Rache und nicht er.“ Mit einer gewaltigen letzten Anstrengung riss er das Schwert aus dem Holztisch. „Ich werde mein Gelübde erfüllen, auch wenn es mir schwer fällt. Abigail Antayus muss gerächt werden.“

„Na, hab ich es euch nicht gesagt?“, verkündete Thantos theatralisch. Er hatte sich wieder zum Kamin zurückgezogen und lehnte gelassen dagegen, jetzt nur noch in der Rolle des interessierten Beobachters. Lässig strich er über seinen wirren Bart. „Tu dir bloß keinen Zwang an“, forderte er den aufgewühlten Jungen freundlich auf. „Fühl dich wie zu Hause.“

Shane hob die schwere Waffe mit beiden Händen hoch über den Kopf.

Alex verdrehte die Augen zur Decke. „Der Junge ist wirklich schwer von Begriff“, knurrte sie.

Cam antwortete mit einem Schulterzucken und einem Zitat aus dem Englischunterricht: „Wer einen Fehler vergisst, macht ihn noch einmal.“ Doch der lässige Wortwechsel konnte nicht darüber hinwegtäuschen, dass die Zwillinge plötzlich wieder Angst verspürten. Würden sie Shane wirklich aufhalten können?

Sie griffen nach ihren Goldamuletten, dann konzentrierten sie den Blick ihrer magischen Augen wieder auf den jungen Hexer mit dem Schwert.

Alex nahm sich die Waffe vor, deren Klinge sie allein durch ihre Willenskraft verbiegen wollte. Sie konnte es schaffen. Sie *musste* es schaffen.

Cam fokussierte ihren Laserblick auf die Hände des Jungen, der sie zweimal – nein viermal – getäuscht hatte. Sie kniff die Augen zusammen und schickte einen besonders intensiven Hitzestrahl gegen seine Fäuste. Doch Shane hielt das Schwert stur und unerbittlich mit beiden Händen fest umklammert. Sein Gesicht lief blutrot an. Schweiß rann in Bächen über sein Gesicht, durchtränkte sein Hemd und das zerrissene Wams. Obwohl schon kleine Rauchwolken aus seinen Händen aufstiegen, versuchte er noch immer, mit dem Schwert auf die Zwillinge einzuschlagen. Doch die Waffe war fest im Visier von Alex' Augen; langsam bog sich die Klinge zurück, bis sie immer mehr einer Sichel glich. Die neue Form war nicht mal so unpassend, fand Alex, denn sie glich einer Mondsichel.

„Shane", sagte Cam ruhig und bestimmt. „Der Kampf ist vorbei. Hörst du? Thantos ist nicht das wahre Oberhaupt der Familie DuBaer ..."

„Und wenn ich Karshs Aufzeichnungen richtig verstanden habe", fuhr Alex fort, „mussten die Antayus-Söhne nur immer die männlichen Oberhäupter der DuBaers töten. Darin ist keine Rede von den DuBaer-Frauen."

„Also dann, Kumpel, Pech gehabt", fügte Cam hinzu. „Wenn du uns kaltmachst, erfüllst du keinen Racheschwur und es bringt dir absolut gar nichts."

Alex begann zu strahlen. „Dafür bringt es uns eine Menge Steine, dass wir eure miserablen Existenzen gerettet haben", sagte sie zu den beiden Hexern. Sie wandte sich zu ihrer Schwester und die Zwillinge schlugen die Hände im High-Five zusammen. Danach bedeutete Alex ihrer Schwester mit einer Kopfbewegung, ihr zu folgen. Sie konnten die beiden Bösewichte jetzt ruhig allein zurücklassen.

„Du hast Recht!“, jubelte Cam begeistert. „Wir haben es geschafft! Wir haben den Menschen geholfen, die keine Vergebung verdienten!“

Thantos und Shane standen wie festgewurzelt und starrten mit völlig identischem, absolut ungläubigem Gesichtsausdruck hinter den Zwillingen her. Alex drehte sich noch einmal um: „Vergesst bloß nie wieder“, rief sie und drohte ihnen mit dem Zeigefinger, „ein Hund beißt nicht in die Hand …“

„… die ihn füttert!“, ergänzte Cam.

„… die ihn vom Bösen befreit!“, verbesserte Alex.

Kapitel 13

DIE ABRECHNUNG

„Da seid ihr ja wieder“, begrüßte sie Rhianna, als sie am Samstagmorgen in den Einheitsdom kamen. Sie winkte sie näher heran. „Habt ihr denn überhaupt eine Ahnung, was ihr da gemacht habt?“

Noch gestern hätte eine solche Begrüßung durch die beleibte Prüfungsmentorin bei ihren Prüflingen einen Stressanfall ausgelöst. Heute trug die ansonsten schwer zufrieden zu stellende alte Hexe jedoch ein Megawatt-Lächeln im Gesicht.

„Haben wir ausnahmsweise mal das getan, was von uns erwartet wurde?“, rätselte Alex. Über die Schulter warf sie Ileana einen unsicheren Blick zu. Ihr Vormund hatte den ganzen Morgen vergeblich versucht, ein breites Grinsen zu unterdrücken. Ganz im Gegensatz zu Miranda, die unerklärlicherweise schon am frühen Morgen gegen die Tränen angekämpft hatte und jetzt wieder in ihr Taschentuch schnupfte.

Aber keine der beiden Frauen hatte den Zwillingen erklärt, warum ihre Gefühle an diesem Morgen derart überschäumten. Und Alex und Cam hatten inzwischen gelernt, dass es manchmal besser war, keine Fragen zu stellen.

Die Menschenmenge, die in die Halle drängte, schien doppelt so groß wie am Vortag. Thantos saß mit Schnittwunden im Gesicht bei den übrigen Familienmitgliedern. Und zwischen dem Paar – offenbar seine Eltern – saß Shane. Die versengten Haare waren verschwunden und was noch übrig war, hatte man ordentlich frisiert.

Doch der sonst so strahlend aussehende Junge wirkte bedrückt und niedergeschlagen. Seine Eltern hingegen hatten ein Grinsvirus eingefangen und beobachteten die Zwillinge mit geradezu glühender Dankbarkeit.

„Ihr habt viel mehr getan!“, frohlockte Lord Grivveniss, als sich Cam und Alex mit fragenden Gesichtern dem Einheitsrat zuwandten. Der klapperdürre Hexer machte ebenfalls einen höchst vergnügten Eindruck – aber bei ihm war das eigentlich meistens der Fall.

Die winzige Lady Fan beugte sich weit über den Richtertisch, damit sie die Zwillinge sehen und selbst gesehen werden konnte. „Ihr habt einer Plage unserer Gemeinschaft ein Ende gesetzt!“, verkündete sie.

„Okay, prima“, sagte Cam. Sie und Alex schauten sich ratlos an.

Lady Rhianna zeigte sich zum ersten Mal an diesem Morgen leicht gereizt. „Apolla! Artemis! Versteht ihr denn gar nicht? Ein DuBaer, in diesem Fall zwei DuBaers, retten das Leben eines Antayus und brechen dadurch den Antayus-Fluch!“

„Cool“, nickte Cam und versuchte so diskret wie möglich, einen Blick auf ihre Armbanduhr zu werfen. „Dann, äh … könnten wir jetzt mit dieser Sache hier weitermachen?“

„Sie ist ein wenig nervös, weil sie rechtzeitig zurück sein will“, gestand Alex. „Emily …, das ist unsere … äh, eine Art Mutter in Marble Bay ..., sie lässt heute Abend eine Fete zu unserem sechzehnten Geburtstag steigen ... Ist als Überraschungsparty gedacht ..."

„Ach so, richtig: Alles Gute zum Geburtstag, Apolla und Artemis!", krähte Lord Grivveniss begeistert.

Rhianna und Lady Fan zogen die Augenbrauen hoch, blickten ihren Teamkollegen strafend an und schüttelten missbilligend die Köpfe.

„Sie war immer so gut zu mir ... zu uns", erklärte Cam, „und mit der Fete hat sie sich so viel Mühe gegeben und ..."

„Schon gut, schon gut", unterbrach sie Lady Rhianna. „Dann wollen wir mal anfangen." Sie räusperte sich und sprach mit völlig veränderter Stimme weiter. „Sind die Ratsmitglieder bereit?", rief sie der ersten Reihe im Befehlston zu. Ein paar Leute nickten, andere riefen laut: „Natürlich!" – „Ja, gewiss doch!" – „Selbstverständlich!"

„Oh, das wird euch beiden gefallen, glaube ich", schmunzelte Lord Grivveniss und bebte voller Vorfreude. „Ihr habt nämlich nichts zu tun. Müsst nur dastehen und zuhören."

Nacheinander traten die Mitglieder des Hohen Rates der Erhabenen Ältesten vor und wandten sich an die Zwillinge. Jedes einzelne Mitglied berichtete von den guten Taten, die Alex und Cam bis jetzt begangen hatten, allein oder gemeinsam, auf der Insel oder auf dem Festland. Die Schilderungen reichten weit in ihre Kindheit zurück, etwa als Cam durch ihre Vorahnungen das Leben ihrer Freundin Beth gerettet hatte oder als Alex sich mit Lucinda angefreundet hatte, einem einsamen, von den anderen verstoßenen Mädchen in ihrer Grundschule.

Nach dem ersten Dutzend Schilderungen war Alex' Gesicht

feuerrot vor Verlegenheit, trotzdem konnte sie nicht genug davon kriegen. Cam wurde immer zappeliger und musste sich sehr anstrengen zu verstehen, was hier vorgetragen wurde, statt nur daran zu denken, wie lange es noch dauern würde.
Ein paar altgediente Hexen und Hexer erhielten keine Möglichkeit mehr, ihr Lob auf die Zwillinge loszuwerden, denn Rhianna verkündete zur Überraschung aller das vorzeitige Ende der „Zeugnisse der guten Taten“, wie dieser Teil des Prüfungsverfahrens genannt wurde.
„Mit eurer Erlaubnis“, sagte sie zu den Zwillingen, „werden wir nun zum letzten Teil der Zeremonie übergehen.“
Cam zitterte inzwischen vor Ungeduld. „Okay, aber mach schnell, Mädchen“, entfuhr es ihr.
Die imposante, strenge Hexe war offenbar inzwischen einiges gewöhnt, denn sie zuckte mit keiner Wimper. „In Übereinstimmung mit unserer Tradition wurden alle Hexen und Hexer überprüft, mit denen ihr während des Prüfungsmonats in Kontakt gekommen seid“, verkündete sie feierlich. „Beurteilt wurden ihr Verhalten und die Befolgung der Regeln. Genau wie bei euch selbst. Eure letzte Aufgabe ist daher, eure Beziehung zu diesen Personen endgültig zu bestimmen.“
Grivveniss las von einer langen Papyrusrolle ab. „Die Hexe Sersee, die die Regeln der Gemeinschaft missachtet, und, ach so, auch Amaryllis. Ich denke, diese beiden wurden angemessen und gerecht behandelt“, verkündete er. „Shane Antayus.“ Er wandte sich an Rhianna. „Ich würde sagen, mit ihm sind sie fertig, und mehr als das.“
Rhianna nickte knapp.
„Fredo DuBaer geht in die Heilanstalt zurück“, fuhr der alte Mann fort, der seine Rolle offenbar genoss.

„Ich denke, wir können damit kurzen Prozess machen“, unterbrach ihn Lady Fan und riss ihm die Pergamentrolle aus den bleichen zittrigen Händen. „Bleibt eigentlich nur noch Thantos DuBaer übrig. Seine Bewertung hat ergeben, dass er den Geist und die Gesetze von Coventry mehrfach missachtet hat. Lasst mich mal sehen …“ Sie las in der Rolle. „Er wandte sich gegen seine Nichten, obwohl sie ihn zuvor gerettet hatten. Und er belog ihre Mutter, als er behauptete, die Zwillinge seien längst tot!“ Die Augen der kleinen Hexe sprühten Feuer. „Das allein reicht, um ihn hinauszuwerfen. Und es kommt noch mehr … viel, viel mehr … Versuchte, ihr Erbe betrügerisch zu erschleichen … Oh, und hier: Hat seit ihrer Geburt seine einzige Tochter verstoßen und vernachlässigt, Lady Ileana, die auch der Vormund der Zwillinge ist …“

„Göttin“, verbesserte Rhianna ihre Kollegin. „Sie bevorzugt den Titel Göttin.“

„Göttin? Den Titel hab ich ja noch nie gehört“, lachte Grivveniss.

„Wenn Karsh ihn für angebracht hielt, wird er wohl auch für uns gut genug sein“, verkündete Rhianna mit großer Bestimmtheit. „Lady Fan, Ihr seid rechtschaffen und weise. Ein Übermaß an Verrat wurde Artemis und Apolla DuBaer durch ihren Onkel zuteil. Es ist daher angemessen, dass sie und nicht wir über sein Schicksal entscheiden.“

Thantos sprang auf. „Wie könnt ihr es wagen!“, donnerte er. „Ich habe alles nur getan, um diese Familie zu erhalten! Ich allein habe sie zusammengehalten, nachdem ihr Vater vorzeitig gestorben ist. Ich allein habe das Vermögen verwaltet und das Haus für sie geschützt. Habt ihr auch nur den blassesten Schimmer, was es mich gekostet hat, einen zugigen Steinhaufen wie Crailmore instand zu halten? Oder wie viel Geld ich Jahr für Jahr hinblättern musste, um ihrer Mutter ein sicheres und gesundes Leben zu ermöglichen und ihr die Heilung und Pflege angedeihen zu lassen, die sie benötigte?"

„Ich hätte sie niemals benötigt, wenn du mir nicht vorgelogen hättest, meine Kinder seien tot!" Miranda war aufgesprungen und verabreichte ihrem Schwager eine schallende Ohrfeige.

Thantos schnappte hörbar nach Luft und betastete vorsichtig seine Wange. Nicht ganz zufällig hatte Miranda genau die Stelle getroffen, an der Shanes Schwert eine tiefe Schnittwunde hinterlassen hatte.

„Das reicht!", donnerte Lady Rhianna. „Apolla und Artemis, sicherlich habt ihr gelernt, dass man immer nach den eigenen Entscheidungen beurteilt wird. Eure Entscheidungen und euer Handeln bestimmen euren Charakter. Ihr werdet hier und heute in die Lage versetzt, eine mächtige und auch gefährliche Entscheidung zu treffen. Gemäß unseren Gesetzen und Regeln müsst ihr hier und jetzt entscheiden, was mit Lord Thantos DuBaer geschehen soll."

Thantos sprang wieder auf, seine immer noch frisch blutende Wange betastend. „All die Jahre habe ich versucht, euch zu beschützen! Wenn sich dieser lästige alte Hexer Karsh nicht überall eingemischt und euch nicht am Tag eurer Geburt von Coventry entführt hätte, hätte ich euch wie meine eigenen Töchter behandelt!"

Cam und Alex warfen Ileana schnell einen Blick zu. Die Lüge ihres Vaters war so ungeheuerlich, dass Ileana laut loslachte.

„Du *hast* uns doch wie deine eigene Tochter behandelt!", sagte Alex scharf. „Genau wie sie wolltest du auch uns aus dem Weg räumen!"

„Vor uns hattest du nämlich genauso viel Angst wie vor Ileana“, fügte Cam hinzu.
Ileanas Mutter war eine geborene Antayus gewesen. Thantos, der immer befürchtete, dass sein eigenes Kind irgendwie den Antayus-Fluch auslösen könne, hatte seine Tochter verstoßen, als sie noch ein Kleinkind war.
„Ihr seid genau wie sie!“, knurrte der wütende Hexer. „Eine undankbare Brut, alle zusammen!“
Rhianna hatte es geduldet, dass die Zwillinge Dampf abließen – nicht zuletzt deshalb, weil sie sich selbst von Thantos beleidigt fühlte. Denn dass er ihren guten alten Freund Karsh als lästigen Hexer bezeichnet hatte, der sich überall eingemischt habe, war unverzeihlich. Doch jetzt hieb sie mit der Faust kräftig auf den Richtertisch. „Lord Thantos!“, bellte sie wütend. „Ihr kennt das Verfahren. Ihr seid verpflichtet, Euch dem Urteil der neu geweihten Hexen zu unterwerfen!“
Thantos richtete sich zu seiner eindrucksvollen Größe auf. Einen Augenblick zögerte er, als wolle er aus dem Einheitsdom stürmen, doch dann gab er sich einen Ruck und ging zur Mitte der Arena. Er musste dabei an den übrigen Familienmitgliedern vorbei, zuletzt an Fredo, dem jüngsten seiner Brüder, den er jahrelang für seine düsteren Pläne benutzt und ausgenutzt hatte.
Alex hörte Fredo leise murmeln: „Gute Reise“, gefolgt von einem schrillen Kichern. Cam sah, dass er den Fuß ausstreckte. Einen Sekundenbruchteil später stolperte Thantos, stürzte längelang in den schräg nach vorn abfallenden Gang und schlitterte auf dem Bauch in die Arena. Direkt vor den Füßen der Zwillinge blieb er liegen.
Das halbe Auditorium stöhnte auf, während die andere Hälfte

vor Genugtuung gluckste. Lady Rhiannas Kiefermuskeln leisteten nun Schwerstarbeit, um ihr aufkeimendes Lachen unter Kontrolle zu bekommen. „Ihr dürft Euch jetzt wieder erheben, Lord Thantos", verkündete sie gnädig.

Thantos rappelte sich auf und klopfte sich mit dem letzten Rest von Würde, zu dem er noch fähig war, den Staub von den Kleidern. Lady Rhianna verkündete feierlich: „Apolla und Artemis, der Rat ist zu der Ansicht gelangt, dass ihr weise seid. Wir sind auch der Auffassung, dass euch euer Onkel Thantos umfassende Wiedergutmachung schuldet. Wägt eure Entscheidung gut ab. Ihr müsst nun beschließen, was mit ihm geschehen soll – Verbannung oder Tod oder …"

„Mich von meinem Heim, von Crailmore zu verbannen, von dem Land, in dem meine Vorfahren begraben sind, das *wäre* der Tod für mich!", warf Thantos theatralisch ein.

Der übertreibt wohl ein bisschen, denkmailte Cam ihrer Schwester.

Verdient aber einen Oskar für seinen Auftritt hier, gab Alex nicht ohne Anerkennung zurück. Sie hatte keine Probleme, die Gedanken des Hexers zu hören. Denn in Wahrheit ging es ihm um das Vermögen, das er in Crailmore und in den verhexten Höhlen unter der Insel angehäuft hatte: Er hatte schlicht Angst, es zu verlieren.

„Der Tod wäre mir lieber, als auf Lebenszeit von Crailmore verbannt zu werden!", verkündete er leidenschaftlich.

Cam schüttelte den Kopf. *Was für eine Show er da abzieht! Er liebt nicht nur den Reichtum, er setzt sich auch gern vor großem Publikum in Szene!*

Vor allem, wenn das Publikum ihm nicht nur applaudiert, sondern auch um ihn herumschleimt und sich ihm unterwirft, stimmte Alex zu. *Unser großer Onkel lebt nämlich von Furcht und Unterwerfung. Der ist nur glücklich, wenn er gebeugte Rücken vor sich sieht, das braucht er rund um die Uhr und sieben Tage in der …*

Du hast es erfasst!, bestätigte Cam.

Rhianna räusperte sich. „Ich dachte, ihr Mädchen müsst dringend …"

„… woandershin?", platzte Cam heraus. „Richtig, Lady Rhianna. Und ich glaube, dass wir auch schon einen Beschluss gefasst haben. Stimmt's?", fragte sie Alex.

„Ich würde es eher einen Kompromiss nennen", meinte Alex. „Wir sind absolut dagegen, unseren Onkel zu töten."

„Oder den Job von jemand anders erledigen zu lassen", sagte Cam und vermied, Shane anzusehen. „Außerdem ist Crailmore nicht gerade unser Traumhäuschen. Also …"

„… darf Thantos dort weiter wohnen bleiben", fuhr Alex fort. „Er darf weiterhin auf Coventry leben …"

„… aber er wird in Zukunft von allen …" Cam warf Alex einen fragenden Blick zu, um sicher zu sein, dass sie dasselbe dachte. Alex nickte. „… ignoriert werden", beendete Cam ihren Satz.

Thantos blinzelte verblüfft; er hatte nichts begriffen. „Ignoriert?"

Rhianna dachte einen Moment lang darüber nach, dann begann sie zu strahlen. Lord Grivveniss ließ den Blick durch das Auditorium schweifen, um zu sehen, ob es auch alle anderen begriffen hatten. „Alle haben es verstanden", bestätigte ihm Lady Fan schmunzelnd, „nur Lord Thantos nicht …"

Denn Thantos lachte laut los vor Erleichterung. Mit ausgebreiteten Armen wandte er sich an das Publikum und machte sich auf, um wie ein Olympiasieger eine Ehrenrunde durch das Auditorium zu drehen.

Doch als er durch die Gänge lief, um sich beglückwünschen zu lassen, erhoben sich die Hexen und Hexer, eine Sitzreihe nach der anderen, schauten ihn kurz an – und drehten ihm dann ihren Rücken zu.

Bis Thantos endlich wieder die Reihe erreichte, in der seine eigenen Familienmitglieder saßen, war das triumphierende Grinsen längst aus seinem Gesicht verschwunden. „Miranda", bettelte er, „du weißt doch, dass ich dir nie schaden wollte."

Ohne ein Wort stand die Mutter der Zwillinge auf, sah ihn kurz an – und wandte ihm den Rücken zu. Und mit irrem Kichern wandte sich sogar Fredo von ihm ab.

Zuletzt richtete Thantos sich an Ileana, die Tochter, die er verstoßen und verunglimpft hatte. Das Kind, das für ihn nie gelebt hatte, das man seiner Ansicht nach zu ihrer Mutter ins Grab hätte legen sollen, als diese im Wochenbett gestorben war.

„Ileana." Thantos schluckte schwer, blickte zu Boden, holte tief Atem. Selbst jetzt fiel es ihm schwer zu sagen: „Es tut mir Leid." Und so spuckte er förmlich die Entschuldigung heraus und schüttelte sich danach so heftig, als habe er die bitterste Pille seines Lebens schlucken müssen. „Ich erkenne dich als meine Tochter an. Von diesem Tag an werde ich dich lieben, dich ehren und dich beschützen."

Ihr ganzes Leben lang hatte Ileana auf diese Worte warten müssen.

Alex und Cam beobachteten sie und hielten unwillkürlich den Atem an. Sie spürten einen Knoten im Hals, und Tränen drängten in ihre Augen.

Ileana stand langsam auf, sah Thantos verächtlich an – und wandte ihm den Rücken zu.
Jetzt war niemand mehr da, den er anflehen konnte, nur noch Cam und Alex. Er wandte sich an sie; in seinem Gesicht kämpften Wut und Furcht miteinander. „Apolla, Artemis, wir gehören derselben edlen Sippe an …"
Cam und Alex blickten ihn mitleidig an – und wandten ihm den Rücken zu.
Wann und wie Thantos den Einheitsdom verlassen hatte, konnte hinterher niemand mehr sagen. Es herrschte absolute Stille. Dass Thantos DuBaer verschwunden war, bemerkten die Zwillinge erst, als Lady Rhianna sich räusperte.

„H-E-X-E!", buchstabierte Alex. Sie saß auf den Planken des Landestegs der Fähre zum Festland. Ihr Gesicht war halb unter der Kapuze ihrer silbernen Robe verborgen; den unteren Teil der Robe hatte sie hochgezogen und zusammengeballt in ihren Schoß gelegt. Ihre nackten Füße baumelten nur Zentimeter über dem aufgewühlten Wasser des riesigen Sees. „Ich kann's noch gar nicht richtig fassen." Sie starrte die Pergamenturkunde an, die ihr Lady Rhianna am Schluss der Zeremonie feierlich überreicht hatte.
Cam ging nervös auf dem Steg auf und ab und blickte immer wieder ungeduldig auf die Uhr. Sie hielt ihre Urkunde zusammengerollt in der Hand. Die Zwillinge warteten auf Ileana, denn Alex hatte sie gebeten, ihr die Schnürstiefel mit den stahlverstärkten Schuhspitzen zu bringen, die sie in Luna Soleil vergessen hatte. Sie *musste* sie unbedingt wiederhaben, bevor sie nach Marble Bay abreiste. „Ja, ich weiß, es ist total cool", sagte Cam ungeduldig. „Unser Titel ‚Hexe' bedeutet

Weisheit, Verständnis, Vertrauen, Mut, Aufrichtigkeit. Eine Hexe hat all diese Eigenschaften und noch mehr. Aber ich verstehe trotzdem nicht, warum sie dir mehr Punkte für Vertrauen gegeben haben als mir. Du bist die misstrauischste Person, mit der ich es jemals zu tun hatte. Du vertraust überhaupt niemandem …“

„Vielleicht deshalb, weil ich absolutes Vertrauen habe, dass wir rechtzeitig zu deiner Superfete kommen, während du vor Nervosität schier durchknallst“, antwortete Alex. „Und außerdem hat dir der Rat mehr Punkte für Mut gegeben als mir – und das ist total daneben. Schließlich bist du der Angstzwilling. Aber spielt das jetzt noch eine Rolle?“

„Für mich schon!“, gab Cam scharf zurück. „Es war ziemlich viel Mut erforderlich, Amaryllis zu entlarven, Shanes Zaubersprüchen zu widerstehen und gegen Sersee zu kämpfen. Was ich nicht fassen kann ist, dass wir in punkto Aufrichtigkeit genau gleichauf liegen. Ich meine, in der Kategorie hab ich mir doch wirklich das Letzte abverlangt …“

„Aber ich hab mehr Punkte in Verständnis“, erinnerte sie Alex.

„Und ich mehr in Weisheit“, schoss Cam zurück. „Also haben wir genau die gleiche Punktzahl. Da ist der Große Jubelschrei fällig.“

„Der ist auf jeden Fall fällig. Wir haben es geschafft, Schwester. Wir sind die totalen Hexen. Und heute ist auch noch unser Geburtstag …“

„War“, verbesserte Cam, „wenn wir jetzt nicht endlich von hier verduften!“

„Okay, dann geh doch endlich“, grummelte Alex. „Ist schließlich deine Party!“

Cam warf ihr einen schnellen Blick zu. „Das meinst du doch nicht im Ernst?", sagte sie. „Nur weil wir jetzt nicht mehr bewertet werden, heißt das noch lange nicht, dass du jetzt unehrlich werden darfst."

Ileana raste über den Landesteg heran. Sie hielt Alex' ausgelatschte Doc-Martens-Stiefel so weit von sich weg, wie es ihr mit ihren schlanken Armen nur möglich war. „Okay, kurze Lagebesprechung", sagte sie keuchend und warf die Stiefel ihrer erleichterten Besitzerin vor die Füße. „Ihr geht beide zurück nach Marble Bay. Der Rat hat euch die Erlaubnis gegeben, mindestens bis zum Schulabschluss auf dem Festland zu bleiben, vorausgesetzt, dass ihr dort das macht, wofür ihr geboren seid …"

„Helfen, heilen, lernen", zitierte Cam hastig, um Ileanas „Lagebesprechung" möglichst kurz zu halten.

„Und wir können nach Coventry zurückkehren, wann immer wir einen Anlass dafür haben oder uns danach zumute ist", ergänzte Alex. „Und jede Hexe und jeder Hexer auf der Insel ist verpflichtet, uns zu unterstützen …"

„Da gibt's aber gewisse Ausnahmen", warf Ileana ein. „Zum Beispiel mein so heiß geliebter Vater …"

„Und noch ein paar andere seiner Art", sagte Cam, wobei sie an Shane dachte – und plötzlich feststellte, dass sie über ihn hinweg war. Total. Zum ersten Mal, seit sie dem glatten, angeberischen Hexer begegnet war, blieben ihr Puls und ihr Herzschlag völlig normal, wenn sie an ihn dachte.

„Wenn wir schon von gut aussehenden Schurken reden", begann Ileana, die offenbar Cams Gedanken aufgefangen hatte. „Ich habe es selbst ziemlich eilig …"

„Verabredung mit Brice dem Superstar?", fragte Cam.

Ileana nickte. „Er hat auf Schmollmodus umgeschaltet. Wegen akuter Vernachlässigung", sagte sie. Sie winkte ihnen noch kurz zu und eilte dann davon.
Alex hatte inzwischen ihre Stiefel angezogen und war gerade mit dem Zuschnüren fertig, als ein den Zwillingen inzwischen vertrauter eisiger Wind zu wehen begann. Alex' Kapuze und der Goldumhang ihrer Schwester blähten sich auf. Der Landesteg begann zu beben.
„Ihr seid ja immer noch nicht reisefertig!" Aus dem Nichts erschien Amaryllis auf dem Steg – mit drei prall gefüllten Einkaufstaschen. Sie hatte ihr eigenes Aussehen wieder, denn der Verwandlungszauber hatte pünktlich zum Monatsende seine Kraft verloren. Die Zwillinge starrten sie verblüfft an. „Tut mir Leid", sagte sie und zuckte die Schultern, „aber ich konnte nicht mehr mitnehmen."
„Was konntest du nicht mitnehmen?", fragte Alex und stand auf.
„Abgesehen von Beths bestem Kaschmirpulli?", setzte Cam hinzu, der der cremefarbene Pulli, den die Junghexe trug, sofort bekannt vorgekommen war.
„Steht mir, stimmt's?" Amaryllis drehte sich wie ein Fotomodel um sich selbst. „Ist aber nur ein Souvenir. Deine Freundin hat ja noch so viele davon. Und den hier hat sie mir praktisch aufgedrängt, als ich meine ‚Alex-hat-nichts-anzuziehen'-Show abgezogen habe", behauptete die Junghexe. „Übrigens, Alex, du hast am Freitag die Schule geschwänzt. Wäre mir wirklich zu anstrengend gewesen, den ganzen Tag lang zwischen zwei Klassenzimmern hin und her zu laufen. Aber auch so bin ich fix und foxy. Wir haben das gesamte Shopping Center durchforstet, einen Laden nach dem anderen, bis Beth fast

aus den Socken kippte und ihr diese bescheuerte Pyjamaparty praktisch zum Hals raushing. Die Zeit verging viel zu schnell. Übrigens sind eure achtundvierzig Stunden fast vorbei. Genau genommen seid ihr in genau dieser Minute auf dem Weg zu Tante Ems Geburtstagsfete – in Kostümen natürlich! Eure Freundin hat darauf bestanden, dass ihr in Halloween-Kostümen aufkreuzen müsst."

Amaryllis betrachtete kritisch die goldenen und silbernen Roben der Zwillinge. „Ich habe euch allerdings in Schwarz mit blutroten Kapuzen eingeplant. Aber egal, Beth ist so daneben, dass sie den Unterschied nicht bemerken wird. Ich hab sie ein wenig benebelt, bevor ich abreiste. Übrigens – wenn wir schon von Überraschungen reden: Stellt euch nur mal vor, wie überrascht sie sein wird, wenn sie jetzt gleich vor eurer Haustür aufkreuzt und ihr seid nicht da!" Die freche Hexe warf einen Blick auf ihre Armbanduhr – Cam erkannte die rote Swatch-Uhr, die Beth zu ihrem elften Geburtstag bekommen hatte. „In einer Minute wird sie dort stehen!"

Alex seufzte. „Okay, bringen wir's hinter uns. Hol die Kräuter raus, Cam, ich sage den Reisespruch auf ..."

„Jaaaa!", rief Cam begeistert. „Schnalle deine Siebenmeilenstiefel an, Hexenschwester, und sprich mir nach: Am schönsten ist's zu Haus!"

Kapitel 14

EIN UNVERGESSLICHER ABEND

„Überraschung!!!“

Auch wenn es eigentlich längst keine mehr war, es wurde trotzdem eine.

Wie hatten sie jemals glauben können, sie wüssten über Emilys Pläne längst Bescheid? Auf das, was dann in echt abging, waren sie nämlich in keiner Weise vorbereitet. Die Galafete stellte alles in den Schatten, was sie jemals an Bombenüberraschungen, Knallern, Gejubel und Gekreische erlebt hatten, worauf später eimerweise vergossene Tränen der Dankbarkeit folgten.

Der Reisende hatte seine Pflicht getreu erfüllt. Der Zauberspruch hatte sie innerhalb einer Minute von der Hexeninsel Coventry vor das Haus der Familie Barnes in Marble Bay, Massachusetts versetzt. Beth stand zwischen ihnen, und die Zwillinge hatten sich an jedem ihrer sehnigen Arme untergehakt.

Aus dem Haus war Lärm zu hören, ein wildes Gewirr von total aufgeregtem Gekicher und Geflüster. Wie Blitzlichtaufnahmen lieferten die alles durchdringenden Blicke der Hexengirls flüchtige Bilder nach draußen, eine verrückte Diashow aus Lichtern und Gesichtern. Bevor sie irgendein Bild genauer betrachten konnten, wurde die Haustür aufgerissen und die Menge der Partygäste brüllte ihm Chor: „Überraschung!!!“

Alex wurde einen Moment lang vom Gewitter der Blitzlichter geblendet, aber Cams Superblick nahm sofort die Vollversammlung all ihrer Freunde und Freundinnen wahr, deren Gesichter im Licht der Kürbislaternen aufleuchteten, die überall dekorativ aufgestellt waren.

Rufe wie „Alles Gute zum Geburtstag!“ oder „Das haut euch echt um, stimmt's?“ gingen allmählich über in Fragen wie „Echte Überraschung?“ oder „Das hättet ihr nicht erwartet, oder?“ Und auch die Antworten wurden gleich mitgeliefert: „Irgendwas müssen sie ja wohl gemerkt haben, sie tragen ja die richtigen Kostüme!“ oder „Glaub ich nicht, die sind total baff, schau dir nur mal ihre Gesichter an!“

Dankbares, aufgeregtes Gelächter – die Fete konnte beginnen. Cam und Alex wurden buchstäblich ins Haus gefegt, wo die Begrüßung in eine Massenumarmung überging – vor Freude glühende Gesichter kristallisierten sich aus der Menschenmenge heraus, entzückte Ausrufe, erstauntes Lachen und Jubelschreie. Alle redeten gleichzeitig und so laut wie möglich, um über der voll aufgedrehten Musik gehört zu werden:

„They say it's your birthday! It's my birthday, too, yeah!“

Die Beatles mit dem „Birthday-Song“. Als hätten sie ihn für die Hexenzwillinge geschrieben.

In Gedanken waren die Zwillinge noch halb auf Coventry und bei den erstaunlichen Ereignissen der letzten beiden Tage. Doch allmählich zog sie die Fete in ihren Bann.

Klick: Alex' erster psychischer Knock-out an diesem Abend – das also war die Fete, vor der sie sich so gefürchtet hatte? Ein neuer Tag war angebrochen, und er hatte ihre Meinung völlig unerwartet korrigiert. Sie war plötzlich absolut aufgedreht. Fuhr völlig auf die Sache ab, mit Verstand, Körper, Seele.

Es war, wie sie ja bereits wussten, eine Geburtstagsfete zum Thema Halloween. Alle waren entsprechend verkleidet. Nur Cam und Alex in ihren Coventry-Roben waren, genau betrachtet, nicht verkleidet. Aber das merkte natürlich niemand. Und wer war da? Oder vielmehr: Wer war *nicht* da? Egal wie aufwändig die Kriegsbemalungen waren, wie kreativ die Klamotten, wie meschugge die Masken – diese Meute hätten die Zwillinge jederzeit erkannt. Cam brauchte ihren Superblick gar nicht erst einzuschalten, um trotz der Verkleidungen alle zu erkennen: Die eigene Familie, die Freunde, die Nachbarn und selbst ihr Fußballtrainer waren gekommen, und überhaupt alle, die sie mochte und die in ihrem Leben wichtig waren!

Auch Alex brauchte an diesem Abend nicht Gedanken zu lesen. Die Fete entfaltete eine Superschwingung – spürbar elektrisierend und absolut angeheizt. Und die ganze Aufregung, das Glücksgefühl und die liebevollen Empfindungen galten auch ihr, denn die Gäste wollten nicht nur Camryn Barnes überraschen und feiern, sondern auch sie, Alexandra Fielding! Menschen, die ihr noch vor einem Jahr völlig fremd gewesen waren, bezogen sie nun ebenso in ihre Glückwünsche und ihre Umarmungen ein wie ihre Schwester. Alex konnte es nicht länger abstreiten, jedenfalls nicht, nachdem sie sich zum x-ten Mal vergeblich einer sämtliche Rippen zerquetschenden Umarmung hatte entziehen wollen.

Natürlich hatte sich der Sechserpack in geschlossener Formation auf die Zwillinge gestürzt. Was für ein Anblick! Jetzt erst wurde den Zwillingen klar, warum Beths Kraushaar unter einer üppigen blonden Perücke steckte: Sie gehörte zu einem Trio von verkleideten TV-Serienheldinnen. Groß gewachsen und sehnig versuchte sie sich als Imitation von Cameron Diaz; Kristen war die dunkelhaarige, chic gekleidete Luce Liu und Amanda die total abgefahrene Drew Barrymore.

Cam begriff zuerst. „Charlie's Angels!", kreischte sie begeistert.

„Camryns Angels", korrigierte sie Beth grinsend.

„Cams und Alex' Angels", verbesserte die immer auf Gerechtigkeit pochende Amanda.

„Und was bist du?", fragte Alex Sukari, die stämmig, clever und normalerweise ziemlich schüchtern war, heute aber in einem eng anliegenden goldbraunen Outfit erschienen war, das direkt aus einer Designer-Kollektion stammen mochte.

Sukari grinste breit, als sie sah, dass niemand ihre Verkleidung erriet, und holte ein aufschlussreiches Accessoire hinter ihrem Rücken hervor: eine nachgemachte Oscar-Figur. „Schnallt ihr es immer noch nicht?" Sie machte eine wirkungsvolle Pause. „Ich bin Halle! Halle Berry!"

Alex platzte beinahe vor Lachen, und Cam warf dem leicht fülligen James-Bond-Girl die Arme um den Hals.

„Na, dann lasst mich mal raten, was ihr darstellt …" Brianna Waxman versuchte wieder einmal, sich hinter zynischen Bemerkungen zu verschanzen, aber ihr unwiderstehliches Grinsen nahm ihren Worten jede Schärfe. Brees Outfit bestand aus glänzendem schwarzem Spandex, und aus ihrem stark aufgehellten Haar ragten Katzenohren heraus. Ihre Beine steckten bis zu den Oberschenkeln in schwarzen Schaftstiefeln mit Stilettoabsätzen. „Oh, ich weiß: Zwillinge – wie Mary Kate und Ashley!“

„Bree wollte genauso kommen, wie sie wirklich ist, stimmt's, Bree?“, lieferte ihr ihre beste Freundin Kristen das Stichwort.

„Hält sich Bree etwa für eine Katze?“, fragte Alex verblüfft. Konnte Bree mit ihrer Selbsteinschätzung noch weiter danebenliegen?

„Natürlich nicht“, gab das Mädchen im engen Spandex zurück. „Ich bin ein Kätzchen … wie Catty.“

„Catty – schnallt ihr es denn immer noch nicht?“, schrie Amanda überflüssigerweise, denn alle brüllten bereits vor Lachen.

„Genau, mein Daddy hat mir nämlich eine genaue Kopie von Michelle Pfeiffers Catty-Outfit in *Batman* besorgt“, erklärte Bree mit viel Betonung. „Sie hat genau meine Größe. Und was wollt ihr beide eigentlich darstellen?“, fragte sie die Zwillinge.

„Hexen“, erklärte Cam.

„Zwillingshexen“, verbesserte Alex.

„Eben Hexengirls“, fügte Cam mit einem Seitenblick auf ihre Schwester hinzu.

„Ooooh, cool“, säuselte Amanda.

„Aber was ist passiert? Keine Moneten mehr für die nötigen Accessoires?“, fragte Bree ein wenig spitz. „Was ist mit Besen und Spitzhüten?“

Cam und Alex warfen sich lächelnd einen Blick zu und zuckten die Schultern. Da tauchte Dylan plötzlich im Kreis des Sechserpacks auf und half ihnen aus der Verlegenheit. „Besen und Spitzhüte sind schon lange nicht mehr in. Die beiden sind Newage-Hexen!“

„Schaut euch nur mal meinen kleinen Bruder an!“ Cam wirbelte zu ihm herum. Dylan war in Totalverkleidung erschienen; entgegen Cams Erwartungen war von einem Extremskaterboy nichts mehr zu sehen. Der Dylan, der hier vor ihr stand, war voll auf „Retro“ getrimmt: mit langem Haar und einem schütteren, aufgeklebten Ziegenbart. Und damit man auch wirklich kapierte, wer er sein wollte, hatte er eine Akustikgitarre an einem Batikgurt über seiner Schulter hängen. Dylan Barnes hatte sich in eine ziemlich gute Nachahmung von Bob Dylan verwandelt.
Mitten in dem freundlich-fröhlichen Chaos spürte Cam plötzlich eine warme Hand auf ihrer Schulter. So aufgeregt und überdreht, wie sie war, wirkte die Berühung ungemein beruhigend. Sie wusste sofort, wer da hinter ihr stand. Überraschend war nur, wie sehr sie sich freute.
„Hi, *Birthday Girl*“, sagte er leise, als sie sich zu ihm umdrehte und in die warmen, dunklen Augen von Jason Weisman blickte. Sie hatte halb vergessen, wie gut er aussah. Er hatte sich als Jason Kidd verkleidet, ein Basketball-Star der Superlative. Der eng anliegende Sportdress brachte seine Brustmuskeln recht gut zur Geltung, wie Cam feststellte.
„Du … du … bist auch hier?“, stotterte sie, dann brach sie ab. Wieso überraschte sie es, dass er da war? Jason würde doch immer für sie da sein, wann und wie immer sie es wollte – als Freund oder als Liebster. Er hatte sich selbst zu ihrem „Fels in der Brandung“ ernannt, ein ruhender Pol, auf den sie sich immer verlassen konnte.
„*Happy Birthday*, Cam.“ Mehr sagte er nicht. Er legte ihr den Arm um die Schultern und führte sie sanft zu einer anderen Gruppe, die nur darauf wartete, Cam zu gratulieren und zu

umarmen. Noch mehr Schulkameraden tauchten auf, Mädchen aus den gegnerischen Fußballteams, mit denen sie sich angefreundet hatte. Und schon bald schien es, als würden Cam und Alex in einem Meer von Küssen und Umarmungen und *Happy-Birthday*-Chören ertrinken.

Völlig aufgedreht hatte Alex die kurze Szene beobachtet, die sich zwischen ihrer Schwester und Jason abgespielt hatte. Für Cam war Jason eine Art „Seelenfreund", dachte sie. Sie bemerkte nicht, dass sich der Junge, der ihr eigener „Seelenfreund" sein wollte, durch die dicht gedrängte Menge zu ihr vorkämpfte. Erst als er ihr die Hand auf den Arm legte, schreckte sie hoch. Okay, seine Verkleidung – eine Baskenmütze und ein aufgeklebter Schnurrbart, der ihn absolut bescheuert aussehen ließ – wirkte nicht gerade wie ein Elektroschock, aber vielleicht wäre das auch zu viel verlangt gewesen. Ähnlich sah es wohl Cade selbst, denn jetzt zupfte er den Schnurrbart ab und presste ihr einen sanften Kuss auf die Lippen. Dann flüsterte er: „*Bon anniversaire, ma petite choucroute. Happy Birthday.*"

Alex brachte nur ein schwaches „Danke" hervor, und Cade konnte den leichten Spott nicht unterdrücken: „Alex, du wirst ja rot!" Dabei strich er ihr mit dem Finger über die Wange. Alex lächelte glücklich, trotzdem: Etwas fehlte.

Cam spürte es zuerst und ließ den Blick durch die Menge schweifen. Ihre Adoptiveltern Emily und Dave waren nicht zu sehen. Wo waren die Chefplaner dieser Party? Erst nach einigem Suchen entdeckte sie die beiden „Eventmanager". Sie standen dicht an die Wand gepresst im großen Vorraum, hielten sich an den Händen und badeten förmlich im Glanz des Spektakels!

Sie trugen genau gleiche T-Shirts mit riesigen aufgedruckten Buchstaben: C&A.
C&A? Seit wann kaufte ihre extravagante Adoptivmutter Emily bei C&A ein?
Dann plötzlich kam Cam die Erleuchtung: Cam & Alex!
Als sich ihre Blicke trafen, sah Cam in ihren Augen all die Freude und die Liebe, die ihr dieses Paar während ihres ganzen Lebens entgegengebracht hatte – ein Paar, das in fast jeder Hinsicht, nur eben nicht in biologischer, ihr Elternpaar geworden war. In diesem kurzen Moment spürte sie, dass das Band zwischen ihnen neu geknüpft worden war, trotz allem, was in den letzten Monaten geschehen war.
Über ein Jahr lang – genauer: seit dem Zeitpunkt, an dem sich Cam und Alex zum ersten Mal „entdeckt“ hatten – waren die fein gewobenen Bande der Familie Barnes aufs Äußerste strapaziert worden. Aber sie hatten jedem Druck standgehalten. Wenn sie und Alex sich jetzt darauf verlassen konnten, dass sie von der gesamten Hexengemeinde von Coventry unterstützt würden, dann galt das für dieses ungewöhnliche Paar in noch viel höherem Maße.
All das begriff Cam in diesem kurzen Augenblick. Worte waren überflüssig.
Sie spürte, wie Alex' Arm um ihre Hüfte glitt, ihr die Kraft verlieh, die sie brauchte, um sich aus dem Pulk der anderen Partygäste zu befreien und zu ihren Eltern zu gehen. Vier Menschen sanken sich mit Tränen in den Augen in die Arme!
Da setzte Dylan den Gefühlsaufwallungen ein lautstarkes, unüberhörbares Ende: „Okay, Leute! Bewegt euch! Alle raus in den Garten! Dort geht die Show erst richtig ab!“

Cams kleiner Bruder hatte nicht zu viel versprochen. Als die Zwillinge in den Garten traten, weiteten sich ihre Augen vor Staunen. Der gesamte Garten – vom Japanischen Kirschbaum, der die linke hintere Grenze markierte, bis hin zur Geißblatthecke, die den Garten auf der rechten Seite begrenzte – war in das Zentrum aller Sweet-Sixteen-Partys verwandelt worden.

Eine Zeltstadt-Metropole. Direktorin Emily hatte ihr Talent als Innenarchitektin voll entfaltet. Sie hatte zwei riesige Partyzelte gemietet und für jedes der beiden Mädchen entsprechend dekoriert.

Das Dekorationsthema waren die beiden Amulette der Zwillinge. Der Eingang des einen Zelts war von vielen strahlenden Sonnen umgeben, wobei die Sonnen aus Fußbällen bestanden. Über dem Eingang stand in glitzernden Goldbuchstaben: CAMS FUSSBALL-LIGA.

Das Zelt daneben war mit silbernen Sternen und Halbmonden geschmückt und über dem Eingang stand in Silberschrift: ALEX' HARDROCK-CAFÉ.

An jedem anderen Tag hätte Alex diese Dekorationen absolut bescheuert gefunden, als viel zu deutliche, oberpeinliche Anspielung. Aber in diesem besonderen Augenblick spürte sie so etwas wie Schmetterlinge im Bauch. An ihrer Seite stand Cade, und auf der anderen Seite hatte Dylan ihren Ellbogen ergriffen. Zusammen schoben sie Alex sanft in ihr Mondzelt hinein. Erst jetzt begriff Alex, dass im Innern noch weitere Überraschungen auf sie warteten.

„Wieso hast du so lange gebraucht, alter Kumpel? Ich hab hier schon Wurzeln geschlagen!"

Nicht einmal die überdimensionalen Sommersprossen und

die kugelförmige rote Pappnase konnten das vertraute, rundliche und offene Gesicht verbergen, das Alex jetzt begrüßte. „Komm sofort rein, damit ich dir zum Geburtstag ein paar Rippen zerquetschen kann!“, befahl Lucinda Carmelson mit einem Grinsen, das von einem Ohr zum anderen reichte und durch den geschminkten Clownsmund noch breiter wirkte. Lucinda, Alex' erste, einzige, ewige und beste Freundin, riss sie an sich und umarmte sie so heftig, dass Alex kaum noch atmen konnte.
„Hey, Luce, tritt mal ab, jetzt bin ich dran!“ Diese Stimme klang so warm und freundlich, wie sie den Jungen in Erinnerung hatte.
„Evan Fretts!“, rief Alex, als Lucinda sie endlich aus der Umarmung entlassen hatte. Sie schnappte buchstäblich nach Luft. Evan war gekommen! Wenn Lucinda ihre beste Freundin war, dann war Evan ihr bester Jugendfreund aus der Montana-Zeit, der Junge, der trotz seiner eigenen großen Probleme immer wie ein Bruder über sie gewacht hatte.
Evan hatte sie nie in Marble Bay besucht. Doch nun stand er mit ausgebreiteten Armen hier, so unerschütterlich und solide wie immer und gesünder und besser aussehend als je zuvor. Aber was war aus seinen Rastazöpfchen geworden? Hatte er sich nur für diese Party die Haare blond gefärbt? „Gefällt's dir?“, fragte Evan und fuhr sich mit der Hand durch die neue Frisur.
Alex versuchte, sich schnell wieder in den Griff zu bekommen. „Leute! Seid ihr wirklich den ganzen Weg von Crow Creek hierher geflogen? Wie habt ihr euch das überhaupt leisten können …?“ Doch bevor sie die Frage nur zu Ende stellte, kannte sie schon die Antwort: Natürlich hatten sie sich den

Flug nicht leisten können; Emily und Dave hatten ihnen die Tickets bezahlt. Ihre Vormunde wussten, welche Dinge im Leben für Alex wichtig waren!

Lucinda stieß einen schrillen Schrei aus, als sie Cade bemerkte. „Ist er das? Natürlich, das muss er sein!" Sie packte Alex am Arm und verlangte: „Sag es mir! Auf der Stelle!"

Alex lachte. Das war auch gut so, denn niemals hätte sie sich Tränen erlaubt!

Luce! Alex konnte es nicht fassen. Man konnte dieses Mädchen aus der weiten, offenen Landschaft Montanas hierher nach Massachusetts verpflanzen, aber niemals würde sie ihre Offenherzigkeit und ihr freimütiges Lächeln verlieren. Und warum auch? „Was in Crow Creek abgeht, erzähle ich dir später", versprach Lucinda, als Dylan die Musik aufdröhnen ließ. Musik war von Anfang an das Band zwischen Dylan und Alex gewesen, ihre eigene Sprache. Sie konnte sich deshalb voll darauf verlassen, dass Dylan genau wusste, welche Art von Musik er an Alex Fieldings sechzehntem Geburtstag auflegen musste. Nicht die Art Musik, zu der man gut tanzen konnte, keine gefühligen Duselhits aus den Charts. Stattdessen gab es eine Mischung aus Alternative Rock, Brat Rock, Pulse of Punk, und, okay, man konnte es auch Folk nennen, die Art Musik, bei der jede Doppelzeile eine eigene Geschichte erzählt. Das war der Soundtrack, der in Alex' Leben zählte, die Musik, die ihr unter die Haut ging.

Auch beim Essen hatte Emily nicht an Requisiten gespart. Sie kam gerade in Alex' Zelt und erzählte, dass sie eigentlich „nicht Richtiges gekocht" habe, worüber beide lachen mussten. Aber offenbar hatte sie ihre kreativen Talente auch beim Essen eingesetzt. Drei Büfett-Tische waren aufgestellt worden, alle quollen schier über mit so leckeren, einfachen Speisen wie Mini-Hotdogs, Mozarellascheiben auf Zucchini, Hähnchenflügel, Pommes in jeder denkbaren Form, Maiskolben, Tacos, Burritos …

Alex ließ den Blick über das appetitliche Fingerfood wandern, dann erstarrte sie. Denn am Ende des letzten Tisches standen – oh nein, bitte nicht! – Familienfotos! Ihre eigenen Familienfotos! Baby Alex, Alex im Krabbelalter, alle in Crow Creek, Montana, aufgenommen, und ihre Pflegemutter Sara war stets beschützend im Hintergrund zu sehen. Dann kamen die Schulbilder: Eine Aufnahme nach der anderen zeigte eine Alex mit riesigen grauen Augen, miserabel frisierten Haaren und stets ohne Lächeln.

Alex warf Luce einen Blick zu, die ihr zublinzelte, und Alex schüttelte den Kopf. Das hättest du nicht tun sollen, Luce, dachte sie. Evan lachte auf und sie hätte schwören können, dass er ihren Gedanken gehört hatte.

Das letzte Foto stammte nicht aus Montana. Es zeigte einen alten, weißhaarigen Mann, der zwei winzige Babys in den Armen hielt – und wenn man sehr, sehr genau hinsah, konnte man erkennen, dass jedes Baby ein aus Gold getriebenes Amulett um den Hals trug: Das eine zeigte einen Halbmond, das andere eine Sonne.

Alex hielt es für besser, Emily nicht zu fragen, woher sie dieses Foto hatte. Emily hatte sehr hart gearbeitet, um Alex diese wunderbare Geburtstagsfeier zu bescheren, und so wollte Alex jede Verwirrung vermeiden. Denn dieses Fotos konnte nur Ileana besorgt haben, mit freundlichen Grüßen.

War sie selbst etwa auch da? War das überhaupt möglich? Der Vorhang, der den Zelteingang verschloss, wurde weggezogen.

Aber nicht Alex' Vormundshexe erschien, sondern Amanda und Sukari spazierten herein. Lucinda und Evan machten sich mit ihnen bekannt und sofort ging ein aufgeregtes Geschwätz los. Andere Bekannte und Freunde schauten in Alex' Zelt: Schulkameraden, darunter auch der Klub der Ex-Rowdies mit Eddie Robins; Bully Stevie, der Nadine mitgebracht hatte; Mitglieder aus Dylans Skaterbande und außerdem die Jungs, an deren Tisch Alex beim Mittagessen in der Schulcafeteria normalerweise saß. Außerdem eine Menge anderer Leute, und bei einigen war sie keineswegs sicher, ob sie sie überhaupt kannte.

Wenn es Essen und Spaß umsonst gibt, kommen sie in Scharen, dachte sie, dann drang plötzlich eine andere Stimme in ihre Gedanken: Cams Stimme. *Nur weil wir jetzt keine Heiligen Steine mehr zu sammeln brauchen, heißt das noch lange nicht, dass du unehrlich werden darfst,* hörte sie ihre Schwester aus dem anderen Zelt telepathisch schimpfen.

Okay, reg dich ab, denkmailte Alex zurück. Vielleicht war es nicht nur das Gratisessen, das die Partygäste angelockt hatte. Vielleicht waren sie wirklich ihretwegen gekommen …

Aber spielte das überhaupt eine Rolle? Aus welchem Grund auch immer, alle waren jedenfalls total aufgedreht und partygeil. Und dass alle so hip waren, machte die Sache erst richtig zum Erfolg.

Cade war endlich von Lucinda freigegeben worden; jetzt trat er neben Alex und legte ihr einen Arm um die Schultern. Alex lehnte sich mit dem Rücken gegen seine Brust, schmiegte sich in seine Arme und beobachtete alles und jeden. Und keine Sekunde lang wich das breite Lächeln aus ihrem Gesicht.

Im Nachbarzelt stand das gleiche breite Lächeln in Cams Gesicht. Die Musik wurde von einem Nachbarn geliefert, der sich als Spinner-Scratcher-DJ betätigte. Er produzierte irre laute, schnelle, pulsierende Musik. Und Cam tanzte, zuerst mit Jason, dann mit Jason und Beth, dann mit Jason, Beth, Brianna und Kristen. Dutzende Tänzer wirbelten um sie herum, angeheizt von der Musik, die ihre aufgeregte Stimmung widerspiegelte. Absolut Cam-isch, und zwar total!
In den wilden, rhythmischen Beatbewegungen spürte Cam, wie der Stress der vergangenen Wochen allmählich von ihr abfiel. Hatte es wirklich einen ganzen Monat gedauert? Was hatte sie nicht alles aus nächster Nähe erlebt: Familienfehden, Bannflüche, Rettungen, Enthüllungen. Sie war mit Amaryllis fertig geworden und auch mit Sersee, und wieder einmal mit Shane, wobei sie dieses Mal endgültig erkannt hatte, wer und was er wirklich war. Sie war mit Fragen bombardiert worden, hatte schwierige Aufgaben lösen und dringende Entscheidungen treffen müssen, darunter sogar solche, bei denen es um Leben und Tod ging. Und am Ende war sie zur Hexe geweiht worden. Sie war endlich das geworden, wofür sie, wie alle auf der Insel Coventry glaubten, von Geburt an bestimmt war.
Und nun war sie wieder hier, in der Welt der normalen Menschen, in ihrem eigenen Garten, und sie genoss es, im Mittelpunkt der Aufmerksamkeit zu stehen. Überrascht – wieder einmal überrascht – stellte sie fest, dass sie sich hier nicht wie in einer „anderen Welt" fühlte. Ihr Coventry-Leben gehörte zu ihr, aber es war nur ein Teil von ihr, wenn auch ein wichtiger Teil. Sie fand, dass es so ganz okay war.
„Schließ die Augen und mach den Mund auf." Wenn Brianna, die so gerne den Boss spielte, diesen Befehl erteilte, tat man

besser daran, ihr zu folgen. Cam wurde mit einer würzigen Tunfischpastete belohnt: ein absoluter Gaumenkitzler! Sie stammte vom Büfett, das Cam genauso zusammengestellt hätte, wenn sie diese Party selbst organisiert hätte. Dave zwinkerte ihr zu, als habe er ihre Gedanken gehört, und zerrte seine Hosentaschen heraus, um ihr zu zeigen, wie leer sie waren. „Deine Mutter war nicht mehr aufzuhalten", witzelte er. „Für unser Sonnenkind war nicht mal das Beste gut genug."

Das war keine Übertreibung. Cam und ihre Clique genossen wahrhaft exotische Köstlichkeiten – von cremigen Pastas zu saftigem Sushi, von feinstem Wok-Fleisch bis zu Bergen von Shrimps und Hummerscheren, von zartestem Junggemüse bis hin zu Mesclun-Salaten, außerdem Melonen und Mousse und Muffins …

Es nahm kein Ende!

Am Ende des letzten Büfett-Tisches waren Familienfotos aufgestellt worden. Und die hatten genau die erwünschte Wirkung: Cam versank fast in den Boden vor Verlegenheit! Da war die dreijährige Cami am Strand, in einen mit Rüschen besetzten rosaroten Mini-Bikini mit roten Punkten gezwängt, aus dem wulstige Beinchen herausragten. Auf dem Kopf trug sie als Sonnenschutz einen breitkrempigen Schlapphut, und in den kleinen Wurstfingern hielt sie eine Plastikschaufel und einen Plastikeimer. Auf dem nächsten Foto war die sechsjährige Cam zu sehen, die stolz und ohne Schneidezähne in die Kamera strahlte und den Dollarschein hochhielt, den ihr die Zahnfee geschenkt hatte. Aber musste Emily wirklich dieses Foto aufstellen, auf dem sie in der siebten Klasse mit der absolut unübertrefflich scheußlichsten Frisur zu sehen war? Was war damals eigentlich in sie gefahren, dass sie ihrem Haar unbedingt eine Dauerwelle verpasst hatte? Okay, grinste Cam in sich hinein, solche Fotos gehörten eben zu einer Überraschungsparty!

„Woher hast du dieses Foto?" Dylan war in ihr Zelt gekommen, um zu kontrollieren, ob alles ordentlich lief. Er deutete auf ein Foto, das er noch nie gesehen hatte. Wie der Blitz tauchte Dave an ihrer Seite auf. „Ich hab's in einem Trödelladen gefunden. Kam mir so vor, als würde der alte Mann Zwillinge in den Armen halten. Ich konnte einfach nicht widerstehen, deshalb habe ich es mitgenommen."

Cam schob ihren Arm um Daves Hüfte und flüsterte ihm ins Ohr: „Ich bin so froh, dass du es mitgenommen hast. Ich werde es für immer aufbewahren."

Waren das Tränen in Daves Augen? Er konnte die Worte nicht zurückhalten: „Ich hoffe, dass du auch mich für immer bewahrst …, ich meine …, du wirst immer … mein kleines Mädchen sein …"

Ein hilfloses Lächeln breitete sich auf seinem Gesicht aus. „Geh schon, genieße die Party", sagte er, dann wandte er sich abrupt um und verließ das Zelt. Cam blickte ihm nach – und musste mit ihren eigenen Tränen kämpfen. Als sie sich dann wieder in den Trubel stürzen wollte, wurde sie von einer plötzlichen Vorahnung überfallen, der ein durchdringender Aufschrei folgte. Cam stürzte aus dem Zelt.

Der Schrei kam natürlich von Brianna. „Oh, mein Gott! Er hat es wirklich geschafft!", kreischte sie, als Cam in den Garten hinaustrat, der von Kerzen und Laternen in ein Zwielicht getaucht wurde. Auch Alex war aus ihrem Zelt gestürzt. „Bestimmt hat ihn mein Daddy geschickt!", verkündete Bree laut und zitterte vor Aufregung.

Aus dem Halbdunkel war ein Trio verkleideter Partygäste aufgetaucht – alle drei trugen weite, fließende Roben. Die Gestalt in der Mitte war der Anlass für Brees Aufschrei gewesen. Obwohl er einen mit einer langen Feder geschmückten Piratendreispitz und eine Augenklappe trug, hätte sie Brice Stanley jederzeit sofort erkannt. Sein Gesicht war nicht nur durch mehr als zwanzig Filme, die er gedreht hatte, berühmt, sondern auch, weil es auf zahllosen Titelseiten der Yellow Press abgebildet gewesen war, zusammen mit Schlagzeilen wie „Der Mann des Jahres“, „Der beliebteste Star“ oder „Der König der Hollywood-Stars“.

Briannas Vater, der Filmproduzent, hatte Brice Stanleys neuesten Film produziert – und er hatte, nachdem ihm seine Tochter wochenlang in den Ohren gelegen hatte, das Sechserpack schließlich zur Premiere eingeladen. Unter diesen Umständen konnte Cams filmstarbesessene Freundin gar nicht anders als annehmen, dass Brice Stanleys Auftauchen bei dieser Party ihrem Vater – und damit ihr selbst – zu verdanken sei.

Überhaupt kein Problem, dachte Cam und erkannte im selben Augenblick die beiden Frauen, die den berühmtesten Hexer von Coventry begleiteten.

„Da kommt ja eure Vormundhexe!“, rief Beth, die hinter Cam aus dem Zelt gelaufen war und Ileana vom Shopping Center wieder erkannte. Brices schöne Begleiterin hatte die gleichen durchdringenden grauen Augen wie die Zwillinge. Die burgunderrote Kapuze konnte die seidig glänzende blonde Haarpracht nur mühsam bändigen.

„Hi, Brice! Erinnern Sie sich an mich? Ich bin Eric Waxmans Tochter …“ Bree hatte sich endlich durch die Menge zu dem

Schauspieler vorgekämpft. Sie ignorierte die beiden Frauen, hängte sich schnell bei ihm ein und steuerte Brice mit Besitzerstolz durch die dicht gedrängten und vor Ehrfurcht erstarrten Partygäste.

Ileana wiederum hängte sich bei ihren früheren Schützlingen ein, die nach den Gesetzen von Coventry jetzt voll qualifizierte Hexen und ihr damit gleich gestellt waren. „Herzlichen Glückwunsch zum Geburtstag, Hexengirls", sagte sie leise. „Ich hoffe, ihr habt nichts dagegen, dass wir hier hereinplatzen. Zwei einmalige kosmische Konstellationen am selben Tag! Da konnten wir einfach nicht widerstehen."

Der Auftritt des Stars hatte große Unruhe ausgelöst und Dave und Emily kamen eilig herbeigelaufen. Emily erblickte die neuen Gäste; verwundert und ratlos schaute sie ihren Mann an, als eine Frau in einem burgunderroten Cape zu ihr trat.

Die schöne Fremde reichte ihr die Hand. „Ich bin Miranda DuBaer, eine Bekannte von Mr Stanley. Dort drüben steht meine Nichte Ileana, Brice Stanleys Freundin. Ileana und er haben mich eingeladen, mit zu der Geburtstagsparty zu kommen. Aber eigentlich wollte ich Sie beide schon seit längerer Zeit einmal kennen lernen ..."

Cam hörte alles und schnappte buchstäblich nach Luft. Auch Alex hatte gehört, was Miranda gesagt hatte. Ihr Magen schien sich zu überschlagen, als ihr klar wurde, dass Mirandas Auftauchen Dave und Emily zutiefst verstören musste. *Aber sie wissen doch gar nicht, wer Miranda ist!*, hörte sie Cam denken.

Entsetzt sahen die Zwillinge, dass Daves Mund buchstäblich offen stand und Emily plötzlich in Tränen ausbrach. Sie wussten es also! Ein einziger Blick auf Miranda hatte genügt, um ihnen zu sagen, wer sie war: Camryns und Alex' leibliche Mutter.

„Kriegt euch nur wieder ein!", zischte Ileana den Zwillingen zu. „Habt ihr es immer noch nicht kapiert? Wir bereiten niemandem Schmerzen; unser Leben ist allein dem Heilen und Helfen gewidmet."

„Ich bin so froh, Sie kennen zu lernen", sagte Miranda gerade zu Dave und Emily. „Sie haben zwei wunderbare Mädchen großgezogen. Zwei ganz besondere Kinder, die verzweifelt auf Ihre Liebe angewiesen waren. Ihre Liebe", betonte sie noch einmal. Wie gebannt hingen Daves und Emilys Blicke an ihren Lippen. „Keiner hätte das besser machen können. Ich bin eigens hierher gekommen, um Ihnen das endlich einmal zu sagen. Und um Ihnen beiden zu danken – von ganzem Herzen."

„Oh nein", stöhnte Cam.

„Wir müssen was unternehmen", sagte Alex hastig.

„Der Vergessenszauber", schlug Cam vor.

„Hast du die Kräuter?"

„Baldrianwurzel", sagte Cam und griff in eine Tasche ihrer Robe, während sie auf Emily und Dave zueilten. „Und eine Prise Rosmarin für Zufriedenheit und Liebe."

„Hallo Leute", rief Alex betont fröhlich und unbekümmert. „Wir wollten euch nur sagen, dass diese Fete so ziemlich das Größte ist."

„Absolut super", bestätigte Cam aus tiefstem Herzen. „Hätte ich selbst nicht besser auf die Beine stellen können."

„Ich möchte euch Miranda DuBaer vorstellen", sagte Dave und warf seiner Frau einen nervösen Blick zu.

Emily tastete unsicher nach seiner Hand. „Es ist wunderbar,

dass ihr sie kennen lernt“, sagte Emily tapfer. „Wir glauben nämlich, dass sie …“
„Sie ist meine Tante!“ Ileana tauchte plötzlich strahlend an Mirandas Seite auf. „Übrigens, das ist wirklich eine sagenhafte Party!“
„Absolut zauberhaft“, stimmte Miranda zu. Sie griff nach Cams geballter Hand, in der sich die Kräuter verbargen, öffnete sie behutsam und nahm ein wenig Rosmarin und Baldrianwurzeln heraus. Dann wandte sie sich an Dave und Emily. „Ihr Garten ist wunderbar. Vielleicht können Sie ihn mir einmal zeigen? Ich interessiere mich sehr für Kräuter …“
Cam begriff plötzlich. *Wir müssen den Zauberspruch aufsagen*, drängte sie Alex, als ihre wirkliche Mutter ihrer Adoptivmutter die Prise Rosmarin zeigte, ein stark wirkendes Kraut, das Vergessen bewirkte. Wie erwartet, griff Emily danach, um es genauer zu betrachten, und reichte es an Dave weiter.
Einen Augenblick später blinzelte Emily, als sei sie plötzlich müde geworden. „Entschuldigen Sie“, sagte sie zu Miranda, „bitte verzeihen Sie mir. Es ist mir furchtbar peinlich, aber ich kann mich nicht mehr an Ihren Namen erinnern.“
„Miranda“, erklärte ihr Alex glücklich. „Sie ist die Tante von Brice Stanleys Freundin.“
„Ach so, ja.“ Emily lächelte warm. „Natürlich. Wie dumm von mir.“
Miranda und Ileana hakten sich unter und spazierten davon, während Cam ihre beiden Adoptiveltern in die Arme nahm. Ihre beiden Familien waren sich soeben zum ersten Mal begegnet, aber ihre Adoptiveltern hatten die Begegnung bereits wieder vergessen. „Heute ist ein ganz besonderer Abend“, flüsterte sie Dave und Emily zu.

„Danke", sagte jetzt auch Alex mit breitem Lächeln. Ihre Stimme klang heiser, als sie sich zum zweiten Mal an diesem Abend in die Familienumarmung einfügte. „Wir werden niemals vergessen, was ihr für uns getan habt."

Es war fast Mitternacht, als Cam sich kurz von der Party entfernte. Sie trat vor die Haustür, raffte ihre lange Robe zusammen und setzte sich auf die Haustreppe. Keine Frage, dass sie von den Ereignissen dieses langen Tages überwältigt war, und dieses Gefühl hatte sie nun schon seit Stunden. Sie brauchte ein wenig Abstand, um in der frischen Nachtluft wieder zu Atem zu kommen. Und um die Ereignisse dieses ungewöhnlichen Monats an sich vorbeiziehen zu lassen – in einem wilden Wirbel aus Erinnerungen, die sie in eine überschaubare Ordnung bringen musste.

Sie schaute zum Sternenhimmel hinauf. Der Mond stand am Himmel und schon bald würde man die ersten rosa Streifen des neuen Tages am Horizont heraufdämmern sehen. Für kurze Zeit würden sich Sonne und Mond den Himmel teilen.

Instinktiv griff sie nach ihrem Amulett, bewegte es gedankenverloren an seiner Kette hin und her. Das Sonnenmedaillon, das ihr Vater für sie aus Gold gehämmert hatte und das sich genau mit dem Mondamulett ihrer Schwester zusammenfügen ließ.

Um das Haus herum drang die Musik aus den beiden Zelten über die Hecke.

Zwei Partys, dachte Cam, zwei Familien, zwei Leben … Heute Abend hatte sich endlich alles zu einer Einheit zusammengefügt.

Und sie spürte, dass ihre Schwester kam, noch bevor sie ihre

Schritte hörte oder Alex' Hand auf ihrer Schulter fühlte. Zwischen ihnen waren längst keine Worte mehr nötig, weder gesprochene noch gedachte.

Sie konnten ihren eigenen Gedanken nachhängen, dachte Alex, als sie sich neben Cam auf die Treppe setzte. Sie konnten verschiedene Gedanken denken, auch wenn diese wahrscheinlich immer so ähnlich sein würden wie sie sich selbst waren.

Keine der beiden Schwestern hätte sich träumen lassen, dass Dave und Emily das alles schaffen würden – und dass ihre Adoptiveltern damit auch gezeigt hatten, wie gut sie ihre Töchter kannten und wie sehr sie die Zwillinge liebten. Dave und Emily gehörten nicht zur Hexengemeinschaft. Sie hatten keine außergewöhnlichen magischen Kräfte, und trotzdem konnten sie in Menschenherzen lesen – und das war nichts weniger als Zauberkraft!

Und indem sie auch Miranda und Ileana willkommen geheißen hatten, hatten sie den Zwillingen das vielleicht wichtigste Geschenk gemacht: Sie hatten ihnen erlaubt, das zu sein, was sie wirklich waren – Töchter zweier Familien, Zwillinge, die endlich zusammen sein durften, Zwillingshexen.

Alle diese Gedanken wurden plötzlich verdrängt, als Dylans Stimme aus dem Haus drang: „Hey, Hexengirls, wo seid ihr? Kommt schon rein, höchste Zeit, die Torten anzuschneiden!"

Ravensburger Bücher

WITCHES
HEXENGIRLS

ISBN 3-473-**34947**-X

ISBN 3-473-**34945**-3

ISBN 3-473-**34941**-0

Diese Abenteuer der Hexengirls Cam und Alex sind bereits erschienen:

Band 1	**Die Entdeckung der Kraft**	34947-X
Band 2	**Warnung aus der anderen Welt**	34948-8
Band 3	**Rufe aus der Nacht**	34949-6
Band 4	**Schatten aus der Vergangenheit**	34950-X
Band 5	**Im Kreis der Geheimnisse**	34946-1
Band 6	**Im Bann der Magie**	34945-3
Band 7	**Geister der Vergangenheit**	34944-5
Band 8	**Hexenjäger**	34943-7
Band 9	**Dunkle Mächte**	34942-9
Band 10	**Die dunkle Gefahr**	34941-0

Ravensburger

www.ravensburger.de

HC_**05**_010